U0640492

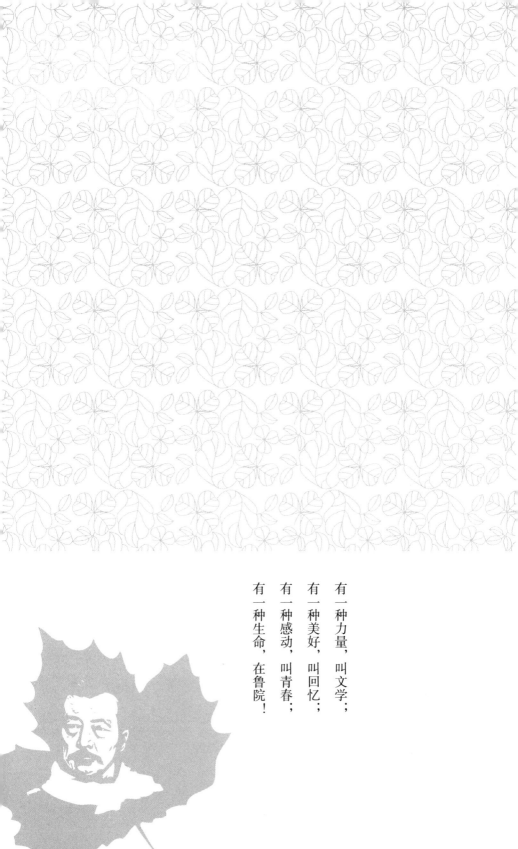

有一种力量，叫文学；

有一种美好，叫回忆；

有一种感动，叫青春；

有一种生命，在鲁院！

鲁迅文学院「百草园」书系

口音里的乡愁

黄桂元 ◎ 著

KOUYIN LI DE XIANGCHOU

江西高校出版社
JIANGXI UNIVERSITIES AND COLLEGES PRESS

越是身处天涯海角，口音的记忆越是容易频频造访。

图书在版编目（CIP）数据

口音里的乡愁 / 黄桂元著. —南昌 : 江西高校出
版社, 2017.5（2020.7 重印）
（鲁迅文学院"百草园"书系）
ISBN 978-7-5493-5511-2

Ⅰ.①口… Ⅱ.①黄… Ⅲ.①散文集—中国—当代
Ⅳ.①I267

中国版本图书馆CIP数据核字(2017)第118913号

出 版 发 行		江西高校出版社
社 址		江西省南昌市洪都北大道 96 号
总编室电话		（0791）88504319
销 售 电 话		（0791）88595089
网 址		www.juacp.com
印 刷		北京一鑫印务有限责任公司
经 销		全国新华书店
开 本		700mm×1000mm 1/16
印 张		15.25
字 数		190 千字
版 次		2017 年 5 月第 1 版
		2020 年 7 月第 2 次印刷
书 号		ISBN 978-7-5493-5511-2
定 价		42.00元

赣版权登字-07-2017-559

C目录
ontents

钟声响在"路上" …………… 1

物种与人性………………… 4

牵手春花秋叶 ……………… 6

都市叶公 …………………… 8

口音里的乡愁 ……………… 11

一种"独立"的善意 ………… 14

谁给时间做了手脚? ……… 17

"等待"的况味 …………… 20

爱情生态 …………………… 24

墓地"风景" ……………… 26

穿越生存的暗光 …………… 31

"天使",或"魔鬼" ……… 43

恍惚的境界 ………………… 50

滚滚红尘,以不变应万变 …… 52

天涯无语 …………………… 62

一座墓碑的诞生 …………… 70

遥远的阑珊 ………………… 75

亲近香港的理由 …………… 83

不要掠夺李庄的静默 ……… 88

妩媚的"两岸"青山 ……… 96

"触摸"澳门 ……………… 99

时光深处的石家大院 ············· 105

七里海的"地图" ············· 108

古镇婚俗的前世今生 ············· 111

"神游"瓦尔登湖 ············· 114

历史"小插曲"的隔世之感 ············· 117

"伤痕"与"彩票" ············· 122

怕碰碎了董桥 ············· 125

人如何活得快乐而有尊严 ············· 128

我的"鲁五"批评家同窗 ············· 132

宇宙的孩子 ············· 137

绚烂已逝,诗册犹存 ············· 152

快乐的负重"使者" ············· 156

"唐诗是用酒熏出来的" ············· 160

还是那个田晓菲 ············· 163

独语者的大自在 ············· 167

诗意的栖居,或毁灭 ············· 173

翅　膀 ············· 180

"才尽"与荷尔蒙 ············· 195

作家风范 ············· 199

"师承"的隐秘影响 ············· 203

诱惑与艺术 ············· 207

最初的文学记忆 ············· 211

中文系与作家摇篮 ············· 215

书房滋味 ············· 218

缪斯与"自动写诗机" ············· 221

读书与"找情人" ············· 225

汪陶陶不是杜拉拉 ············· 228

远去的书香 ············· 231

无"错"怎成书? ············· 234

钟声响在"路上"

我曾乘飞机几度跨越太平洋的上空。所有的一切都化作了无边无际的海蓝蓝、天蓝蓝，似乎连置身其间的空气都是那种飘浮而透明的瓦蓝。经灿烂阳光的洗涤，它们蓝得浩瀚、耀眼、神秘，蓝得令人惊心动魄、如临仙境。那一刻我感觉飞机没有动，像是融化在了那茫无边际的瓦蓝里。日后想起，总觉得那被阳光洗涤过的瓦蓝亦真亦幻。如果不是借助于二十世纪的现代飞行载体，跨越太平洋对大多数人来说不过是个梦想，而对于我，这样的梦想都不可能有。

进入新世纪的倒计时的日子里，我的案头摆了一套《百年写真》经典摄影作品集，里面纵横交错着二十世纪人类所走过的风雨历程。我常常在夜深人静时翻开它，像触到了一粒电钮，一个个神奇而缤纷的镜头随之出现：超导、激光、微波、避孕药、抽水马桶、电视、信用卡、多媒体、试管婴儿、"阿波罗"飞船、"克隆"羊、环球网、人机对弈……那是一些足以改变人类思维和生活方式的划时代奇迹。与此同时，人类社会的百年沧桑也具象成了无数的鲜花与墓地、辉煌与耻辱、歌声与眼泪，它们以绝对真实的画面姿态列队而来，去接受新世纪的庆典和检阅。尽管人类在二十世纪所经历的各种磨难与它创造的奇迹一样多，我们与二十世纪依依惜别的时候，眼里还是噙满了泪水。

记得一个冬日，我读到法国大预言家诺查丹玛斯在《诸世纪》结尾处对人类世界的恐怖预言："一九九九之年，七月之上，恐怖的大王从天而降……一切全在瞬间化为灰烬。"掩卷闭目，一种彻骨的寒冷顿时穿透了全身。而且我得知，随着这个被诺氏预言的日子的渐渐逼近，为之深深忧虑和苦苦研究的学者和科学家已经遍及了世界的许多国家，牵系地球的共同命运正是整个二十世纪人类的一种现代精神。而悲天悯人的情怀，往往源于现代人类对这个世纪、这个星球的深深热爱。今天，当我们激情满怀地走出了那个预言的巨大阴影而迈向新世纪的时候，又怎能不百感交集?!

有朋友郑重其事地建议：把所有的东西仔细收藏好吧，因为新年钟声一响，一切就都成了二十世纪的宝贝古董。这自然是个幽默。我却为之慨叹不已。难道还有什么疑问吗? 包括我们自身在内，不觉之间于那一刻，无一例外地都成了"二十世纪"的人。每当人们纷纷惊叹世界正在变小，我最突出的感觉却是时间正在变短，特别是进入了不惑之年，时间恶作剧般像是被一只无形的手隐秘地拨快了节奏，缩短了本该匀速进行的流程。当我还没有足够的精神准备时，二十世纪就匆匆离去了。我很喜欢古希腊大智者赫拉克利特的这样一句话："人不能两次走入同一条河。"人最终只能经历一个人生时段，而永远无法重复自己所走过的时光。不是谁选择了这条河流，而是时间和空间的历史性交叉，构成了我们每个人的具体置身其间的河流。世界变小，时间变短，我相信现代人类"在路上"的行路感觉将更加强烈。

我常常在不眠之夜倾听时钟的嘀嗒声音，那是时间的匆匆脚步，如同清晰的鼓点儿，简捷，短促，决绝，无情。不是周而复始，而是永劫不复。于是那些前天还活泼泼的日子，就成为昨天的发黄一页而被永远地翻了过去，今天又将覆盖昨天，而明天的太阳正在升起。更令人惊魂的是，此刻的分分秒秒，当我们意识到它的存在时，它就已经成了历史。而它根本无视我们这些生命个体对它的"诚惶诚恐"。一度我甚至羡慕过男耕女织的古代社会，人们日出而作日落而息，对于时间并没有现代人的那种敏感和脆弱。

时态的区分在现代英语中是最严密的，"过去时""现在时""将来时"，一有误差，整个语法系统都将混乱，而那个午夜钟声则在一刹那，为时间举行了一个最激动人心的新旧"交接仪式"，那一刻，所有历史的、现实的、未来的时间概念都模糊了。时间尖锐而醒目地提示世人，时间君临一切、笼罩一切、销毁一切又赢得一切。当我们与时间纠缠得越深，交往得越久，就越能感受其存在与虚无的无穷奥秘。

时间本是一条永远流动着的河，滔滔滚滚不舍昼夜，出于一种需要，我们便人为地划出了时间的单位刻度。首先，它使我们警醒、清醒，从而可以控制人类的惰性；第二，它使我们科学地驾驭日程，规划现在，设计未来；第三，只有人类才能摆脱原始、洪荒的无序状态，清晰而有效地使用时间，而时间对于动物来说是混沌的，这是文明人类与蒙昧动物之间的根本区别。人类发明、界定了时间的刻度，是为了真正做时间的主人。而时间又绝非那么顺服，它一次次地使我们感到了步履艰难任重道远。一位哲学家说得好：现代人的一切时间感觉来源于个体生命的暂时性。我想，如果生命真的是无始无终无生无死，思考时间岁月也就失去了严肃的意义。只有当时间变成了总结报告中的一堆统计数据，或者是一个永久的被凭吊的记忆，我们的心才会被刺痛：这一年光阴真的是一去不复返了。

走向未来，对于我们生命个体来说意味着什么？时间的逝水依然不舍昼夜，飞溅而去，我却意识到自己还没有具备进入新世纪所应有的理念、技能和知识结构，我所能做的就是尽力而为，切莫愧对时间和生命。

世纪的钟声为谁而敲？为世界上所有"在路上"的跋涉者。

物种与人性

　　1987 年 6 月 6 日，当最后一只黑海雀悄然死去，这种南美洲特有的珍稀雀科鸣鸟，就此在地球上永远消失。而最终难以开脱杀手罪责的居然是人类。这绝非毫无根据的耸人听闻。现代科技社会，随着人类欲望的不断膨胀，居住于同一地球的其他物种，其生存境遇已经日益恶化和艰难，这是奢靡无度的人类始料不及，也是难以抵赖的。

　　谁都知道，地球是太阳系中唯一有生命物种的星球。地球与太阳保持了生命所需的有效距离，其光照充足的水与适宜的温度，创造了生命物种的诞生和延续的必要条件。但应该明白的是，这些条件惠及的应是生存于地球上的所有物种，而绝不仅仅是人类。况且，动物和植物的新陈代谢，还为人类更舒适的生存环境提供了足够保证。正如美国生物学家戴维·埃伦费尔德所指出的，"我们只是这个星球上数以百万计的物种之一，我们吃的每一块食物，喝的每一滴水，呼吸的每一口气都仰仗生物多样性的恩泽，"人类本应心存感激和感恩才对，而遗憾的是，情况却并非如此。

　　据《中国人一定要知道的科学常识》一书记载，科学家普遍认为，地球诞生于 45 亿年前，此后相继诞生了大约 10 亿个物种，现今留存下来的尚不足 1%，那 99% 的物种，都没有逃过在漫长生物进化过程中因自然灾难而惨遭灭绝的种种劫难。而随着人类的出现，这种灭绝速度更是日趋加快。特别是二十世纪八十年代以来，几乎每过一小时就有一种生物灭绝。造成这种恐怖后果原因，相当多的是"人"

为因素，诸如生态的破坏、环境的污染、人类的盲目开发、肆意虐杀，以及不断升级的核军备竞赛等等。

达尔文"进化论"的问世，标志着人类自我认知水平的一大飞跃，其负面影响也显而易见，这就是为自以为无所不能的人类找到了"弱肉强食"的堂皇根据。于是人人坚信"物竞天择、适者生存"的丛林法则，人人奉行"成王败寇"的立身逻辑，在登峰造极、无往不胜的人类面前，地球上的任何其他物种必将甘拜下风，成为不堪一击的弱势一方。"地球者人类的地球，天下者人类的天下"，以至于，已经不可能有任何一种力量可以制衡人类的肆无忌惮了。

而事实上，我们既然承认世界上的所有生命物种都同属地球村和地球家族，都是通过各自漫长的遗传、变异而进化来的，那么彼此之间就应该是一种邻居关系，彼此休戚与共，平等善待。那种把"人权"功利化地仅仅用于人类自身，而对其他物种视若草芥、残酷虐杀，无异于自掘坟墓。由此我们理解了，瑞典儿童文学家同时也是动物保护主义者的格伦女士何以认为：即使猪，人类要杀它吃肉，也不能违背人性，强加其死亡痛苦，而有辱猪的尊严。这样的呼吁，既是遵从最起码的人道精神，也基于一种唇亡齿寒的危机意识。

因为，我们这个地球的所有角落，所有物种，所有生灵，一切的一切，都像需要阳光一样，需要人性光芒的温暖照耀。

牵手春花秋叶

奔突于悬浮城市的滚滚红尘，我常对自然景状怀有"叶公好龙"般的向往，遂搬来"一品红"摆在露台。不多日，那盆花竟在我的手里几至半死不活。有位朋友看了说，这种花属于木本常绿花卉，怕干也怕湿，干了焦枯脱叶，过湿又会烂根，尤其到了北方的春末夏初，早该换盆了，千万不能图省事。看我愣愣的样子，朋友莞尔一笑，意味深长道，养花就像对待女人，只有用心呵护，它才会鲜亮。

此言竟有如醍醐灌顶。原来，我们生存视野中的任何一株植物，大至参天古树，小到洼地小草，都有"生命"附体。它们也像人类一样，需要日光的沐浴和雨水的滋润，展示四季轮替中的春华秋实。

气象万千的大自然，山之所以青，水之所以绿，大地之所以斑斓多彩、妩媚诱人，就因为无数春花秋叶印证了大自然的四季风光。有了那天造地设的花草树木，才有了鸟儿啁啾、蝴蝶起舞、蜜蜂穿梭、萤火虫闪烁；才有了猛虎出没、松鼠蹦跃、野兔奔跳、猴群嬉戏；才有了大自然千姿百状的狂欢奇景。我相信，即使如屠格涅夫、普里什文、东山魁夷那样公认的自然景物描写大家，展示的也仅仅是其冰山一角，而远远未能穷尽地球上缤纷植物的生命万态。无论是盐碱沼泽群、灌木群，还是草原群、森林群，那些植物生态群落无论生长在寒带、温带、亚热带、热带，也无论身处于高山、幽谷、戈壁、湖泊，都深藏着不为人知的神秘灵性和奇特感应。

比如在我国亚热带区域，就长着麒麟血藤、龙血树等一类会

"流血"的植物，一旦遭砍断，那血一般的树脂就会把受伤部位染红。植物不仅有"性别"，还会随体温、水分的变化而雌雄易位。植物还能"转基因"，甚至可以"试管"。植物体内有"血管""神经""心脏"，可以睡眠，生病了会"发烧"，还可表现出"喜怒哀乐""七情六欲"。就像北国的白桦树，它的生与死过程，竟如此高贵而尊严，令人敬畏和震颤——即使生命结束了，也坚持着那固有的挺立姿态。

植物回报大自然的主要方式，便是从无表白的默默奉献，人类因此成了这种奉献的最大受益者。一个最简单的事实就是，人类的所有食物都直接或间接地来源于植物。比如我们食物中有60%直接来自小麦、水稻和玉米。美国密苏里植物园园长、植物保护中心主任彼得·雷文先生忧心忡忡地指出，几十年后，我们将失去现有25万种植物中的5万种，到了下一个世纪将失去全部植物的三分之一。我们不难理解这样一个常识，一种植物彻底灭绝了，并不像杂货店架子上少了一类商品，而是失去了一个生物中经过几十亿年进化过程的全部基因。而基因是最具独特性的，根本无法制造，人类再聪明再有本事，也只能通过一些移植手法改变生物体，但我们绝不可据此盲目乐观，因为移植基因带来的负面影响，同样不容忽视。

这种种事实意味着，植物生态群与人类的生存、发展息息相关。于是我们可以理解为什么哲人多喜欢借助植物表述自己的深邃思想。比如帕斯卡尔就说过，人只不过是一根苇草，是自然界最脆弱的东西，但人是一根能思想的苇草。我同时联想到，诸如"根深蒂固""松柏常青""铁树开花""昙花一现""十年树木""独木擎天""斩草除根""藕断丝连""红豆相思""勿忘我""绿色食品"等等耳熟能详的拟人化语词，所蕴涵着的意味，不正是人类牵手春花秋叶，生死与共一路伴行的命运结晶吗？

都市叶公

　　女儿从"美国"回来探亲，闲聊中我提起乡愁，女儿一脸的茫然不解。事后思量，问题应该是出在我这里。且不说女儿去洛杉矶那年不过十岁，至今十六载，已拿了美国护照。即使国内"80后""90后"们，甚至他们的父辈如我者，又有多少人懂得乡愁？在这个不断制造城市神话的全球化时代，乡愁的黯然远去，无家可归，寿终正寝，已是难以逆转的现实。

　　乡愁文化在中国源远流长，中国不仅是农耕古国，更是农业大国，这个事实决定了中国人的乡愁几乎是长在骨子里的。约翰·韦恩说，"童年记忆是诗意的谎言"，这里说的谎言并非欺骗、蒙蔽之意，而是指童年记忆往往带有跨越时空的主观色彩。乡愁是人与土地的诗意情结，绿野溪流，田垄嬉戏，儿时伙伴，土屋炊烟，婚丧嫁娶，民间传说，以及天籁般的鸡啼、鸟鸣、羊叫、牛哞、马嘶、猪哼、狗吠，一一沉淀、结晶为乡村人遥远的童年记忆，岁月越久，越是刻骨铭心，诗意悠然。

　　我曾在"美国"小居数月，接触过几位飘零海外的老华人，对乡愁也多少有了些不一样的感受。他们因种种原因移居异国，年已耄耋，历尽沧桑，却乡音不改，习性依旧，其内心深处因物理距离和时间跨度而孕育出的那种漂浮感、落寞感、无根感，常常挥之不去，如影随形。他们称自己患了"乡愁病"，且病入膏肓，无可救药。然而当他们老泪纵横、步履蹒跚地回来，愕然发现那些魂牵梦萦的故土原乡已不复存在，如潮退般踪影全无，取而代之的是陌生而雷同的城镇，楼群林立，街头喧哗，商店毗邻，车辆拥挤，其变化之大，堪比沧海桑田，他们这才突然意识到，自己已经成了没有故乡的人。这些年，我们身边也有许多从乡村走出来的大学生，仅仅过了十几年，他们回家探亲，记忆中的乡村生态却已是面目皆非。"皮之不存，毛将焉附"，乡村失去载体，连根拔起，乡愁伤痕累累，无处存放，成了近乎破碎的记忆空壳，且永无复原的可能。

如今的乡村日益萎缩、苍凉，青壮年夫妇纷纷相伴外出，宁肯漂泊打工而无意种田，老家只剩下带孩子维持生计的老者寂寥留守。疏于治理的土地变得萧条、荒芜、破败，人们唯恐躲之不及，以前备受尊敬和拥戴的长者在农事文化秩序中亦被边缘化，乡村成为众人纷纷逃离的对象。尚在读书的孩子的最大梦想，就是早日改变自己的农家身份远走高飞。这时候如果谁再说什么乡情难舍，故土难离，叶落归根，就不仅仅是不识时务，而是迂腐、荒唐、让世人耻笑。

现代人类已经失控到自认为无所不能，认定工业、科学、技术的增长是社会发展的唯一途径，不惜以竭泽而渔的方式蚕食大片农村用地，日新月异地加速着"城市化"发展进程。大批乡村像是战后重建的巨大工地，田亩满目疮痍，土地体无完肤。伴着尘土飞扬，塔吊高耸，混凝土搅拌机日夜转动，座座新城神话般破土而出，绽开千篇一律的面容。懵懂之间，土地的主人离开了祖辈栖居千年的故乡，告别熟悉的炊烟、庄稼、水井、集市、祠堂、方言、庙会，转而为城镇户籍。村民搬进封闭的小区，独门独户，自成一统，呼吸着浑浊的空气，头顶是灰暗天空，脚下是人工草皮。与此同时，城市的边界扩张变本加厉，过去的老街、老巷、老院、老楼被逐一规划，经数次拆迁改造而神奇"变脸"，最终被同化为一个模子刻出来的"水泥丛林"，星罗棋布般矗立在中国的天南地北。这时候我们发现，人类在赞美达尔文进化论的同时，把直线历史观视为天经地义、亘古不变的铁律，由此带来一种认识误区。比如，当我们今天不再为吃饱饭发愁，就会想当然地认为农耕文明过于落后、低劣、下等，乡村生活一定会与未来世界格格不入，只能是人类社会由低级向高级发展过程中的过渡，农业文明必然要被工业文明所取代，而工业社会必然会让位于高科技文明。

70年前，美国人类学家阿尔多·李奥帕德在《沙郡年记》中写道："倘若你没有一座农场，那么你将面临两个精神的危险：其一是，以为早餐来自杂货店；其二是，以为暖气来自暖气炉。"而今，越来越多的"都市控"甚至不知农场的用途，对于他们，公鸡晨啼不过是久远传说，春耕秋收类似于田园寓言，识别五谷杂粮则需借助教科书。他们只知道香蕉和面包来自"家乐福"，吃汉堡炸鸡要去"肯德基"，喝极味咖啡要到"星巴克"。他们宅在城市小巢悠然自得，对季节的更替麻木不仁，习惯于待在恒温状态的空调房间，借助天气预报感知和调节自己的身体冷暖。他们对于手机、互联网、电子阅读、轻轨、高铁、代步汽车、大型超市的种种依赖，与鱼和水的关系几乎无异。与此同时，他们热衷于各类走马观花的旅游项目，涂抹防晒霜、举阳伞、端相机，兴致勃勃，风尘仆仆，出没于天南地北的名胜景点，制作博客相册，以此表达对大自然原生态和乡村风光的惊奇和神往，却不知乡愁为何物，称之为"都市叶公"，可谓实至名归。

十九世纪初叶，世界只有3%的人生活在城市，200年后的今天，地球的城市人已超过60%，而这个数字还在迅速刷新。城市化发展如脱缰野马，钢筋混凝土隔开了人与自然的交流，也阻断了游子的回家之路和归乡之梦。人没有了故乡，被放逐的乡愁背影正在渐行渐远，隐没于无。面对汹涌而至的"未来"，我们所能做的，或许仅仅是对着故乡方向送出最后的凭吊，然后把诗意的家园记忆嵌入苍黄的人类历史卷宗，供后人破译。

口音里的乡愁

　　一个人的口音，不是三月五月，也不是三年五年就可以形成。口音有着顽固的记忆功能，如同胎记，极难根除。口音往往与人的地域生存背景有直接渊源，口音越浓重，表明此渊源越紧密。从未有过远离故乡的经历的人，不觉得家乡的口音有什么好，很容易无动于衷、麻木不仁。一旦背井离乡，漂泊异地，人对自己熟悉的口音才变得格外敏感和渴念，什么时候想起来，内心都会隐隐作痛。

　　小时候，我在一所部队子弟小学寄宿读书，习惯于讲普通话，听到校外的人嚷着"干吗""事儿"，觉得真是"土"到家了。我母亲的祖籍在四川巴中，很早出来闹革命当红军，口音却一直未改。退休后，她成了街道居委会的大忙人，像是肩负了什么重要使命，其实也只是传达居委会的某个开会通知。她常常走家串户，不知疲倦地扯起悠长的嗓门，用浓浓的川音千呼万唤，直至一条长街上的所有家庭"无一漏网"。记忆中，邻里的小字辈喜欢跟在她后面鹦鹉学舌，搞恶作剧，母亲却毫不在意，激情饱满，照喊不误。母亲的川音使我想到了这样几个词：泼辣、固执、勇敢、真诚，那样的好感逐渐扩展至朱德、刘伯承、陈毅、聂荣臻等几位川籍元帅的形象，并延续至今。

　　我15岁那年当了一名小兵，军营在石家庄郊区，大家来自五湖四海，南腔北调，练就了我一双善于辨别各地口音的耳朵。比如，在北方人听来，云、贵、川、湘、鄂的口音没什么太大区别，我却可以一一分辨。说来奇怪，那几年，所有的方言中，最入耳的竟是过去我并不喜欢的天津话。我的天津口音带有"速成"味道，不是很标准，心里却感觉踏实，因为口音意味着一种认同，更重要的是，意味着本土地域的归属和接纳。没事时，几个同乡操着天津口音聊聊往事，那简直就是享受。一次，我去部队医院看望一位住院的战友，刚进病房坐下，就听隔壁有个女孩在讲天津话，便有些发愣，那声音像是百灵鸟啁啾。战友见状叹道，你好耳音啊。说完出去，领进来一位小护士。小护士相貌平平，一见面就用天津话问候，露出一脸惊喜状，我也用夸张的天津话激动回应。那一刻我理解了，为什么大兵们总爱说："老乡见老乡，两眼泪汪汪！"当复员回津，置身于熟悉的口音却充耳不闻，"泪汪汪"的感觉更是荡然无存。两年后进南开大学读书，同学来自山南海北，讲文雅的普通话，难免夹杂不同口音，交流起来却很舒服，那时候，纯正的津腔似乎就显得有些"民俗"了。

许多时候，口音最容易软化人的情绪。韩国有一个叫金贤姬的年轻女子，她18岁那年还在读中学时，就不幸被某恐怖组织秘密带走，并进行了八年的强化训练。在完成一次恐怖炸机活动后被抓获，长时间里，她以沉默做抵抗，审讯人员便唱出韩国民歌《故乡之歌》，熟悉的音符和唱词，渐渐地使金贤姬泪眼模糊，良心发现，她已经整整八年没有听到乡音，她以为它们彻底消失了，却原来，那样一种情结蛰伏在内心深处，随时可以醒来，并呼唤自己。两国交兵，乡音甚至还能化作一剑封喉的"利器"。比如楚汉之争，刘邦、韩信把项羽军队围困在垓下，断绝其粮草，阻绝其出路，然后施以"四面楚歌"的攻心战术，致使楚军瓦解，项羽命绝。

16年前，我曾两次远赴"美国"探亲，加起来大约半年时间。那段日子，身居异国他乡，时常夜半惊醒，天津口音的"泪汪汪"感觉在我心里悄然复苏，也由此对当时的"移民潮"有了切肤的认识。一个人选择了移居异邦，即使那里美如仙境，富比金山，依然会生出被连根拔起的忧惧。当乡音变得遥不可及，那种悬空失"根"的感觉便如阴影一般，你看不到、抓不住，它却真真切切地罩着你，就连那些气宇轩昂之流、仪态潇洒之士，也会渐渐变得多愁善感。这时候，最能触动内心柔软部位的东西，就是家乡的口音。记得邻宅住着一个女房客，中国湖北籍，单身白领，收入不薄，英语也佳，看似活得独来独往，沉稳笃定，内心的寂寞却似乎深不见底。某晚，她的房间突然飘来一曲《龙船调》，"正月里是新年哪咿哟喂，妹娃儿去拜年哪喂……哎，妹娃要过河，哪个来推我嘛，——我就来推你嘛"，间或，可听出隐约的呜咽声。很显然，那首湖北民歌的旋律和腔调勾起了她的乡愁。一个机会，我还结识了旅居美国的台湾作家纪刚先生。据说，三毛生前有意继《滚滚红尘》之后，准备将纪刚那部在海外畅销至今的著名长篇小说《滚滚辽河》搬上银幕，可惜没有如愿。年逾古稀的纪刚老先生操着一口浓浓的辽宁口音与我快意"唠嗑"，自谓少小离家，曾经沧海，早已心波无痕。说起1949年，节节败退的国民党政府带着60万军队仓促撤到"台湾"，也带走了60万个外省人的乡愁，那乡愁沉甸甸压在心口，有的时候真感觉喘不过气。然后，这位国民党老兵谈到自己的辽阳乡村老家，"乡愁病"骤然发作，以至于老泪纵横，那一幕情景使我终生难忘。

　　客居他乡的人越是身处天涯海角，口音的记忆越是容易频频造访，即使改了国籍换了身份，却改不掉换不了原先的腔调。它总会与遥远的乡愁丝丝缠绕，点点滴滴，朦朦胧胧，恍恍惚惚，挂着泪，揪着肺，扯着心，独享在梦醒时分。而古今中外，人同此心，概莫能外。

一种 "独立" 的善意

　　特里萨嬷嬷（另译为德兰修女）何许人也？谈论这个无比圣洁、崇高的名字，我会感到一种痛彻肺腑的悲伤。"贫困者之母"特里萨的诞生，是这个多灾多难的世界最令人顾恋和唏嘘的事件之一，也是一篇最美丽又最朴素的人间童话。这个名字所蕴涵着的伟大、忠诚和不朽，几乎全世界的穷人都能懂得。

　　1997 年 9 月初，87 岁的特里萨嬷嬷辞世之时，也正是世界媒体因戴安娜王妃意外身亡而忙得一塌糊涂的日子。比起颀长、美艳、年轻的戴安娜的香消玉殒，矮小、丑陋、苍老得多的特里萨之溘然长逝，其新闻价值自然不可同日而语。然而那些日子，世界上无数的贫穷百姓却在哭泣中缩成了一团。他们是哪些人？饥饿者，受虐者，遭弃者，濒死者，酗酒者，吸毒者，麻风病，艾滋病患者，战乱中的难民及雏妓……皆属于凄凉无助的弱势群体。

　　富有嘲讽意味的是，那些日子，被朋友戏称为"女性问题专家"的我正在写作视野里忙着检索、筛选和捕捉。我感兴趣的，是叱咤于政治舞台上的铁腕女人，是因某些卓越贡献而载入史册的天才女人，自然也有那种被光环笼罩却红颜薄命的坎坷女人……总之，那里没有特里萨。

　　这或许才是一种真实。如果特里萨一生受到媒体的追踪，就不是特里萨了。

　　这是一位个子仅一百五十多公分高、有些驼背、走路蹒跚的老迈女人。她身着印有蓝边的白色修女袍，头戴蓝边白头巾，脚蹬浅色旧凉鞋，永远会出现在穷人最需要救助的时候。哪里有饥饿、疾病和灾难，哪里就有特里萨的身影。事实上特里萨除了她那永不枯竭、深不可测的爱心与信仰，和崇敬她的精神与行为的数千名追随者，穷得可以说一无所有。

人来到世间，没有谁愿意与贫穷为伍。而对于一些族群和个人，贫穷几乎就是他们与生俱来的厄运。不可否认，人之贫穷，有些确实是源于历史、地域、世袭的因素，属于命运的先天不公，常常超出个人的微弱能力。对于这些挣扎在社会底层最灰暗角落的生灵，贫穷这个最恐怖、最无奈、最难以对付的怪物，像一道无所不在的魔影，固执地纠缠着他们的命运。人们怕穷，以至于富有者嫌弃甚至躲避穷人，没有人愿意与穷人交朋友，"笑贫不笑娼"永远是一种得到基本认同的商业社会心理。然而，在最贫困的穷人那里，却落下了特里萨那被眼角皱纹包围着的浑浊的目光，那目光始终饱含着深深的悲悯和慈爱。

当现代人早已对"苦行"失去尊重，对"秀"失去兴趣的时候，人们便有些迷惑了：什么力量，使得这位年迈女人，把包括诺贝尔和平奖金在内的所有财产全部用于救困事业，而自己仅留用三套旧袍子，一双凉鞋，一个饭盘和一床被褥，以蹒跚的步子走遍了五大洲的126个国家？

仅仅是一种善意。

特里萨的身后并没有宗教背景。早在36岁那年，她毅然离开了与世隔绝的修道院生活，用衣袋里仅有的钱，为失学儿童开办了第一所露天学校，由此开启了她的漫长救助事业。而她并不认同"赞助"方式，"爱不赞助，而是要伸出你的手来"。美国一位议员问她："在印度这个困难重重的地方，你的努力会不会成功呢？"特里萨回答："议员先生，我并非追求成功，我所求的是忠诚而已。"

这"忠诚"，取决于一种来自独立品格的善意。这善意毫无杂质，单纯朴素，不需加任何修饰。这善意不是通常意义的慈善、善良，更非中国儒家所倡言的"穷则独善其身"的那个"善"。固然，

一种「独立」的善意

人与人的区分总是复杂的，宗教、制度、种族、文化、智愚、美丑、尊卑、贫富等林林总总，若删繁就简，或九九归一，最本质的便是善与恶。特里萨的善意境界，不归顺于任何势力，不依任何对立物而确立，不视自身境遇而变化，不因邪恶、恐怖的事件而激发，不靠海啸、SARS、冰灾、地震、甲型 H1N1 流感等灾情而唤醒，总之，不设任何条件。特里萨就是这样一位被善意所笼罩的独行者。

临终那天，她本来准备参加为戴安娜安排的悼念弥撒，却突然发作了心脏病。她最后一句话是："我无法呼吸了。"从此，她只有在沉沉寂冥中为穷人祷告了。

人们常常歌颂母爱，这可以理解。不过，心疼骨肉、舐犊情深也仅仅出于人类本能，一般动物都可以有。而善意，源于母爱，又必然大于母爱，并超越血缘、亲缘、友缘。心理学家认为，爱是需要学习的，而很难无师自通。但特里萨的善意是个伟大特例，不具有可重复性。许多崇拜者也在追随她、效仿她，最终，却只能默默目送着那个非凡的背影渐行渐远。

谁给时间做了手脚？

年少习文，常常是为赋新词强说愁。比如"光阴似箭日月如梭""时光如白驹过隙"之类的句子，随意引用，不知深浅，像在说顺口溜儿。实际情形却相反，过去年代，人们基本上是日出而作日落而歇，遵循着有规律的农耕作息，生活节奏仿佛过去西方人用来测量时间的沙漏，按部就班，匀速运行。那时候，无饭局，无夜店，无电视，更无互联网，日子平淡，时间缓慢。一年中最大的兴奋点就是过大年，可以贴春联、包饺子、放鞭炮、穿新衣。说起二十一世纪，那简直就是远在天边，虚无缥缈，遥不可及，只属于人们的一种遐想。

近日某晚，翻着闲书，我的目光不经意间落到 2012 年挂历上，心头暗暗一惊：神不知鬼不觉，我们竟然已在二十一世纪生活了整整十二载！这个过程，我们从"二十世纪"一路走来，谁都想不起时光是如何溜走的。过去听老辈人讲当年的抗战往事，觉得八年岁月实在漫长，而今来看，八年时间也仅仅像是眨眼间的工夫，不算什么。看九十年代春晚小品，有几位故去的笑星令人印象深刻，你能想象他们在另一个世界待了多少年吗？牛振华八年，赵丽蓉 12 年，洛桑则 17 年，而重温他们的表演，竟有如观看昨天的影像。唏嘘之余，这才对"光阴似箭日月如梭"的理解多了几许锥心切肤之痛。

一些智者早就注意到了时间变快的问题。作家韩少功在十年前曾谈道："安定和舒适加速了时光，缩短了我们的生命，是一种偷偷地掠夺。……雷同的日子无论千万也只是同一种日子，人们几乎已经不能从记忆中找出任何图景或声响，作为岁月存在过的物证。"他认为，人只有永远处于"被激活"的状态，深切而饱满地看到、听到、嗅到、品尝到、触摸到生活中的实景实物，让感官充分开放，日子才会慢慢下来。此想法确有创意，却似乎未能"与时俱进"。主要体现在，他对于使时间变快的那些人为因素，缺乏一些预见。这也没办法，正如一句摇滚歌词所唱的，"不是我不明白，这世界变化快"。

是谁给时间做了手脚，使它像是被拨快了一般？其实，并不存在鬼使神差，而是我们自己。人人都认同时间就是生命，速成几乎成了这个年代的标志性名词，"降速"因不合时宜已被时间字典淘汰。各种速成培训班四处开花，方便面和快餐成了家常便饭，电视相亲速配、知识抢答节目深入千家万户，闪恋、闪婚、闪离不需要理由。过去，人终老在一个单位稀松平常，而今若无辗转数次的"职场历练"便遭人白眼。现代人如陀螺般被时间的鞭子抽得团团转，停不下，收不住，慢不得，凡事皆要求快捷、便利，恨无分身术，谁都渴望用最短时间谋求最大利益，放手一搏，立竿见影。于是我们无可救药地成了"时间控"。为了榨取时间，"提速"应运而生，汹涌而至，全面开花，无孔不入：诸如招商引资，土地开发，项目规划，乡村城市化，股市扩容，房贷审批，生产流水线，转基因食品，手机研发，升学考级，早期幼教，火车，电脑，高铁，宽带……五花八门，铺天盖地。更刺激的说法叫"极速运动"，玩的就是心跳。方方面面争先恐后，疲于奔命，不计血本，不顾后果，必然造成欲速不达，滥竽充数，粗制滥造，浮夸成风。种种天灾人祸也在同步提速：田野破坏，生态恶化，环境污染，资源透支，伪劣盛行，高碳加剧，以至于恶性循环，后患无穷。试想，本该平缓、匀速流淌的时间之河，却骤然间满是湍流漩涡，惊涛骇浪，该有多么可怕。

十六世纪的意大利诗人亚里奥斯图曾感叹："一个无知的人，在空闲时是多么悲惨啊。"时间变快，正在造就出越来越多"无知的人"，他们不仅退化了亲近大自然的能力，更无可救药地被绑在失去刹车的时间战车上，身不由己，只能轰然前行，不知所终。我们对时间的过度纠缠和透支，把生活被简化为不断提速的状态，日子就会像一匹脱缰野马，险象环生，危机四伏。本雅明曾在《单行道》一书中为人类生活勾画了一条单方向行驶的车道，并以此警示世人。我忧虑的是，一旦把疯狂提速与单行道融为一体，必然是一条人类自我毁灭的不归路。其实，我们所竭力追求的东西，往往远超出自身的生存必要，更多的则属于奢求所需，地球和大自然是有定速和定数的，幸福的归宿并不需要以时间变快为代价。明白这样一个简单事实，意味着"低耗能现代化"是可行的，意味着尊重时间规律，或许为时不晚。

谁给时间做了手脚？

"等待"的况味

　　曾为哈金带来世界性声誉的《等待》，讲述的是一个"等待"的故事：每年夏天，军医孔林都要回农村老家办理离婚，却每次都因妻子淑玉的反悔而一无所获。当时部队医院有个雷打不动的规定，夫妻只有分居 18 年以上才可以单方面离婚。是的，18 年。此后，等待几乎成了几位主人公的全部生活内容：孔林在等待时间的流逝，淑玉在等待丈夫的回心转意，同医院护士长吴曼娜在等待恋人早日"自由"。18 年后，孔林和吴曼娜终于如愿以偿，却青春不再，身心俱疲，摩擦不断，这也使得淑玉燃起破镜重圆的希望，重新开始了对孔林的等待。

　　人之所以等待，是因为有形形色色的梦想。等待的尽头是什么，谁也难以预料。《等待戈多》以荒诞剧的形式放大了等待的宿命意味。有人问过贝克特，戈多究竟是谁，代表了什么？贝克特摇头耸肩，回答："我要是知道，早在剧中说出来了。"哈金却看出了等待的背后还是等待，进而把等待演化成人生的一种隐喻。事实上，等待常常充满了不确定性。人们等来的往往并非自己所期待的，而期待的东西又似乎永远被等待着。如果我们硬要赋予等待一种"形而上"意味，那其实就是，等待只存在于等待之中。

　　我听过这样一个故事。美国西点军校一名青年军官因一次失恋而变得无精打采，这情形被一个九岁小女孩发现了。小女孩走过去安慰他："小伙子，别难过，我会长大的!"小伙子一怔，随即苦笑了：

"哦，是吗?"小女孩点点头："等着我!"十多年后，小女孩出落成一个亭亭玉立的姑娘，她没有食言，给那位青年军官打电话，昔日小伙子这时已成为一位将军，却仍然单身，他回忆起了这件事，问："哦，小女孩，你长大了吗?"姑娘说："你来看看好了!"结局当然是皆大欢喜，两人携手步入了婚礼教堂。

人世间的更多等待却没有那么浪漫传奇，而是属于生活常态。记得30年前当兵的日子，我在连部当文书，负责分拣全连的邮件包裹。每天接近黄昏，可以名正言顺地站在路边等待团部送信员骑着自行车准时出现，这时候我会被盼信的战友们团团围住，成了连里最受欢迎的人。我理解等信的滋味，刚当兵时我曾有过急切等待一位女同学来信的经历，那是一天一天掐算时间的翘首等待，可以用望眼欲穿来形容。后来也渐渐懂得，等待的过程或许更有诗意。这意味着，不一定所有的等待都必须有结果，有些时候，的的确确，相见不如思念。

等待也是一面镜子，它让等待者看到了自己的特定状态。充满了主观预期的等待是期待：期待惊喜和奇迹，期待平安和健康。另一类等待则无助且无奈，就像孔林、淑玉和吴曼娜他们那样。还有的等待使人忐忑焦虑，备受精神折磨，比如，重症患者等待医生的确诊，涉案人员等待法官的裁定，肇事司机等待车祸赔偿的清单，旅途受难者等待远方的救助，农民工等待老板发放拖欠的工资……莫测和变数，未知和悬念，你却别无选择，只有等待下去。

无论人们是否愿意，形形色色的等待必将伴随每个人的一生。等待甚至构成了日常细节，点点滴滴、真真切切、实实在在，如水流花开，日升月隐。等待是生命中的宿命，谁能说得清楚，人的一生中，要亲历多少次等待，需要怎样的岁月长度用于等待，你当然也可以中途抽身，放弃这一次等待，但同时你又无法不面临另一次等待。

肖洛霍夫23岁时开始写作八卷本长篇小说《静静的顿河》，1940年出版齐全，用了十二载春秋，并获得包括诺贝尔文学奖在内的十几个重要奖项。但作品一直被种种质疑纠缠，质疑者包括后来的诺奖获得者、同胞作家——左琴科、索尔仁尼琴等同样大名鼎鼎的人物。他们认为作者当时如此年轻，而且并未受到过良好教育，怎么可能横空出世创作出如此厚重的史诗巨著！甚至有人指责肖洛霍夫是不光彩的偷窃者，把别人的手稿窃为己有。由于战乱原因，肖洛霍夫拿不出手稿自证清白，只能保持沉默。直到作者死后12年，即1999年，悬置70年的疑案终于有了结果：俄罗斯文献鉴定专家委员会对新发现的《静静的顿河》手稿做了笔迹鉴定，确认《静静的顿河》当属肖洛霍夫所作。近日不经意读到女作家陈染《谁掠夺了我们的脸》一书，里面有一段话像是专门为这件事写的："如果你被人误解了，能解释就解释，不能解释就不解释，日子还长，即使去日无多也不必惊慌，死不是结局，生命消失了理解依然继续，有些理解就是来得姗姗，来得遥远……"这是把等待提升到了一个人格境界的层面。

等待是对耐心的考验，经受住了就可能柳暗花明。面对生命在一次次细碎的等待中悄然空耗，我也曾想过转身而去，自以为能落个"去留随意"的潇洒，其实未必。以前驾车上路，遇到交通堵塞、车行无序，貌似书生的我有时如同换了一副嘴脸，国骂脱口而出，真正是斯文扫地，事后连我自己都觉得不可理喻。据说这是一种"驾车综合症"，属于"现代病"范畴。前些年有个休息日驾车外出，居然被堵在高速公路上整整三个小时，那种前后动弹不得的烦恼使我状如困兽，情绪失控。事后检讨，大可不必。既然等待是行车途中的一种常态，既然是否堵车、何时堵车无从知晓，既然本人一无经商二不公干，种种焦虑乃至暴躁，便只能是与自己过不去。等待是无法躲避的，选择却可以因势利导。于是我想出了对策，平时把该读的书刊报纸放在车内，以备对付各类堵车状况，滤掉焦躁，还能浏览学习，何乐不为？有道是"境由心生"，如今再严重的堵车困境也会被我轻松化解。每次我去汽修厂做车辆保养，还可以不慌不忙，悠悠坐在休息室，从包里取出预先准备的《微历史》《文学风流》等书，静心阅读，口中念念，如入无人之境，直到交费取车，意犹未尽。一路返回，竟哼起快意小曲，庆幸若非"见缝插针"，这类书不知会被我束之高阁多少年。

一次次等待是人生的一个个驿站。等待使我们变得从容和成熟。红尘滚滚之中,我们等待着命运的调度和安置。我们为每一次等待赋予意义,甚至可以把被动的等待变成享受,收获意外的果实,让等待成为一片斑斓的岁月风景。

爱情生态

人类爱情也有生态吗？回答是肯定的。

30 几年前，我还是一名情窦未开的"娃娃"兵。我曾纳闷，有些战友何以一到周末便显得亢奋异常，只有千方百计跑一趟团部小卖部，才能恢复常态。我知道他们是去偷看那位白白胖胖的女售货员，她大约 20 出头，小眼睛，厚嘴唇，扎两条小辫子，小小的圆鼻头两侧布满了咖啡色的雀斑，实在想不出有什么值得百看不厌的道理。但也就是一年过后，我也开始跟在那伙家伙的屁股后面，兴冲冲地一次次往小卖部跑。

我当时少不更事，忽略了部队服役生活的封闭状态，会给清一色男性同胞带来怎样难堪的青春期性困窘这个事实，以至于这里的"男性部落"前走过去任何一位成年异性，都可能引起小小的骚动。那完全属于一种性比例失调而造成的生理饥渴现象，与爱情生态无关。那是遥远年代中一道特殊的欲望风景，受制于军人的天职和使命，且全球皆如此，令人尊敬，也使人怀念。

爱情生态，作为人类社会独有的精神现象，本取决于两性之间复杂的引力作用，不仅具有神秘的"形而上质"，还是一种反映某一社会"人性指数"的测试仪。且不说历朝历代封建帝制下的"三宫六院七十二妃"和难以计数的"白头宫女"，就在并不久远的过去年代，中国既有抱拥三妻六妾的老爷，也有"拉帮套"（兄弟共娶一妻）的穷汉。可以想象，当那些妻妾之间为求欢争宠而钩心斗角时，

24

口音里的乡愁

当那兄弟俩轮流在夜晚与同一个女人喘息行房时，爱情生态便已被瓦解成了一堆空空荡荡的废墟。

人类社会的性比例一旦持续失衡，后果不堪设想。这不是一个荒唐推断，而已被多灾多难的人类历史所证实。苏联爱情心理学家尤里·留里科夫曾做过一项调查，1924 年的苏联，女性比男性多出 400 万，到 1939 年则多出 800 万，而 1960 年代初，更是多出 2000 万之巨！它意味着，那个国家在当时竟有 200 万血肉丰满、生理正常的女人孑然一身，不能拥有自己的丈夫和男人！在这些惊心触目的数字背后是人性世界的昏暗、坍塌与破碎，里面隐藏着怎样的数以千百万计的非人道的悲惨事件。

在非常年代，由于战时的极度残酷性，战后重建的迫切性，两性爱情往往被视如草芥，微不足道，甚至羞于挂齿。马克思很早就指出："男女关系是人与人的最自然的关系。它反映出人的自然行为在何种程度上成了人的行为。"这样的常识却往往为我们所忽略。一个社会对待爱情和女人的态度，不仅能看出每个生命个体的素质和情商。如美国女作家麦卡勒斯所说，"任何一次恋爱的价值与质量纯粹取决于恋爱者本身"，爱情还可以反映出整体社会的人道水平和文明质量。我甚至认为，曾受到理性排斥的所谓爱情"乌托邦"，作为一种深刻的宿命，张扬的正是人类精英才会有的精神高蹈。爱情生态需要和谐、健康的性比例为优化前提，更要看一个社会具有怎样水平的人性化程度。比如，男人如何对待自己的另一半，不仅可以反映出社会个体生命的素质和情商，还是其人道水平和文明质量的整体缩影。难道不是只有爱情，才把人与一般动物区别开来吗？当爱情生态变得面目皆非，便很难相信，它的社会成员，活得还像不像一个真正的人。

墓地 "风景"

　　有关墓地的话题，曾经是许多中国人不愿触碰的一个 "禁忌"。古往今来，经过民间传说的神秘渲染，墓地常常被人们想象为鬼魅活动的场所；而在一些文人的描述中，墓地则属于虚无的彼岸世界，往往被死亡与残骸的沉重阴影所遮蔽。中国现代女作家石评梅就曾在散文《墓畔哀歌》里以 "垒垒荒冢，纸灰缭绕" "衰草斜阳，暮鸦声声" 这些凄凉句子形容自己对墓地的种种感受。如是这般，我们的文化传承常常把墓地当成鬼祟之所、不祥之地，由此衍生出诸多怪异可怖的鬼故事，也就不足为奇了。

　　这其实是对墓地，乃至对生命的一种误读。佛家强调 "生死事大"，大概是说 "死" 的重要性是并不亚于 "生" 的。而在一些大智者看来，每一座墓地无异于一道深邃而鲜活的人文 "风景"。对于人的一生，摇篮与墓地的意义是等值的，摇篮与墓地之间，呈现的应该是一条生命的完整弧线。也正是 "生" 与 "死" 的前因后果，方构成了千姿百态、千奇百怪的人类生命现象。比如，我就知道，美国 "反堕胎" 的抗议者们曾建造了一座 "流产婴儿公墓"，整个墓园由数百上千个乳白色的小小十字架组成，在这里，摇篮与墓地是浑然一体的，它向世人强调的是，人的生存权应该是平等的、自由的，生命的获得是天赋人权，生命的任何一种形态，都应该被充分尊重而不是被随意践踏。

　　事实上，未曾经过人生智慧的逐步积累，不要说我们很难读懂墓地的意义，还会本能地把墓地幽冥化，甚至妖魔化。

在我过去的记忆中，墓地是与寒冷的旷野、鬼魅的夜路紧密相连的。30多年前，我还在军营服役，一次部队冬季拉练，我给副团长当文书兼通信员，猝不及防地第一回见识了墓地。那是一个寒冷的深夜，我被临时派出去取一份机密文件，由于部队宿营地比较分散，我去的地点在20里外的一个村子。我疾走在黑压压的没有边际的旷野，星月无光，四周死寂，冷风飕飕，我斜背着军挎包走得磕磕绊绊，忽然间被踉跄着绊了一跤，爬起来，模糊发现脚下竟踩着一个被冻硬的坟头，而绊倒我的是一块砖头大的石碑。我四处一瞧，周围也都是一处处高低不平的坟堆！我从小生长在城市，活了十八九岁还是第一次见到坟地，不禁脑袋发蒙，甚至还出现了短暂的幻视幻听，觉得四处仿佛影影绰绰，并隐隐伴有古怪的啼哭声。但我还是定了定神，以一名军人的意识为自己壮胆，拉紧军挎包跌跌撞撞地继续往前走。终于拿到了那份机密文件，我顺原路返回的时候已是后半夜，再次走过那大片坟堆，深一脚浅一脚之间，意识里完全是一片空白，竟至不明白自己是怎样走回来的。对于我那样的年龄，死亡尽管是一个遥远的神话，但那个场面却使我后怕了许多年，也从此忌讳甚至逃避着一切与墓地有关的话题。那时在我的观念里，墓地是与城市文明格格不入的，属于荒蛮、愚昧的乡村陋习，如今看来，也恰恰反映了我当时的少见无知。而所谓的"无知者无畏"，面对墓地往往是行不通的。

近些年，我有机会游走了国内和国外的一些地方，也领略过不同的墓地风景，随着视界的开阔和阅历的增多，对墓地的认识也有了全新改变。我的突出感受是，相比于北京周边地区的明清皇陵和位于南京的中山陵，更能震撼我的却是一些别出心裁的民间墓地。

几年前我到重庆出差，当地朋友谈起"红卫兵公墓"，便抱着好奇心去看了。"红卫兵公墓"建在沙坪坝公园内，占地规模不算很大，微风中远远望去，只见荒草丛生，小径环绕，坟茔棋布，墓碑错落，最初感觉它与一般的墓地似乎没什么区别。走进去，心头却猛然一抽，触摸到这冰凉刺骨的墓碑，仿佛嗅到了浓浓的血腥，脚步也不由得灌了铅一般沉重。此处埋葬的是在1967年重庆几次两派组织大武斗中"英勇献身"的部分"八一五"造反组织的中学生，年龄多为十八九岁，最小的只有十四五岁，倘若这些"红卫兵小将"活到今日，也该年近花甲，儿孙绕膝了。这些少男少女为了各自"信仰"曾殊死血战，尸横"沙场"，死者亲友含泪把他（她）们葬在这里，修坟立碑以示追念，算起来距今已有四十载光阴了。后来读到顾城留在这里的诗句"歌乐山的云很凉／像一只只失血的手／伸向墓地／在火和熔铅中／沉默的父母／就这样／抚摸着心爱的孩子"，颇多共鸣。据朋友说，近几年，一些房地产开发商看中了这个区域位置，曾几次提出平坟起高层公寓楼，在有关部门的干预下未能"得逞"，但将来的命运还是不好说。我的心缩紧了。"红卫兵公墓"保持了浓郁的历史原生态，堪称举世独一无二，既然一座座墓碑见证了那些特殊岁月，我们后来者的职责就应该是珍存它而不是拆毁之。道理很简单，比起它所拥有的难以评估的历史遗产价值，那些看得见的商业利润就连蝇头小利都算不上。

我还瞻仰过四川巴中地区的"红四方面军纪念碑林"，它建在巍峨的半山腰，顺山势逶迤起伏，连天接地，令人浮想联翩。碑林中间是一道"人物"塑像长廊，在这里可以看到造型逼真、姿态传神的徐向前、陈昌浩、李先念等老一辈革命家，还有上百位来自红四方面军的著名将军，他们仿造真人的身高体态，恍若当年，一身戎装，气度非凡地瞩望岁月沧桑，凝视人间巨变，引无数观者肃然起敬。碑林边是一座独具匠心的纪念馆，陈列了大批红四方面军将士在特殊年代遗留的各种珍贵文物，使整个纪念碑林如同一座战地博物馆，红四方面军在特殊年代所经历的千难万险尽在其中，使人如临其境，唏嘘不已。

由于传统文化心理的积淀使然，我们往往习惯于"生年不满百，常怀千岁忧"的喟叹，而不大接受像庄子妻死后"鼓盆而歌"的那种异端，那样的生死哲学虽不失睿智和达观，却似乎多少带有那么一些疏离于伦常的"游戏"味道。其实世界之大，有许多事情并不尽然。比如在异域他邦，一些民间智者所创造出的另一种墓地"风景"，就是力图要告诉世人，死亡并不比活着更可怕。十年前，我和几位朋友曾在布加勒斯特逗留，据说在罗马尼亚北部有一个闻名遐迩的"快乐墓地"，它的设计者和建造者是一位普通农民，做法很有些特别。当时大家就想，再快乐也是墓地，还能怎么个特别呢？加上归期已至，我们没有去。后来听了当地友人介绍一番，为没能去看超凡脱俗的"快乐墓地"而深感遗憾。原来墓地的确可以是快乐的。"快乐墓地"由几百个墓穴组成，颜色不一的座座墓碑高低错落，顶端立着造型随意的十字架，乍一看与普通的墓碑似乎没什么太大区别，走近了才发现碑身不仅颜色各异，绘出的浮雕图案也是各式各样，可以用各具匠心、朴拙有趣来形容。墓碑的下半部都刻有乐观开朗的诗句或格言，多是用第一人称的表述方式，道出了死者的职业、兴趣、志向，我们认为惯常应该有的那些悲伤、哀痛和沉重在这里统统没有，其字里行间充满了幽默、诙谐甚至调侃，那种快乐似乎已经超然于阴阳两界，而升华为一种感染无数生者的情绪魅力。比如一位活到了96岁的老人，石碑图案活现出老人生前身穿民族服装的跳舞姿势，碑文内容则如闲聊般随便，最后以"祝你活得的年龄超过我"结束，居然令人忍俊不禁。这真是一个妙趣横生的快乐墓地，仿佛那些聚在这里谈笑风生的亡灵，刻意要给这个世界制造更多发自内心的快乐。生命是瞬间的，快乐却可以是永恒的，于是，快乐墓地也同时是生命的浪漫墓地。

去年初春，我和老姐经过不断地奔波劳碌终于了却了一桩遥远的心愿。已经很久了，老姐一直有个未能释怀的情结：让少小离家，转战南北，戎马一生、逝在津门的父母大人得以同穴共眠。早在二十世纪三十年代初，我的父亲母亲就分别从河北邢台和四川巴中的老家投身革命队伍，是我军历史上为数不多的经历过二万五千里长征全过程的一对红军夫妻。如今，两位老人的骨灰就安葬在了天津蓟县的"元宝山庄生命纪念公园"，他们的仪容已经在一座黑色大理石墓碑上定格。我常常来此探访，这时候，一切思绪便会在冥想中飞扬起来，穿越时空和生死，遨游在无边无际的蓝天白云之间。

原来，墓地"风景"可以折射出人类世界的万千气象。这是因为，墓地并不是死亡的一个代名词和同义语，而是承载生命的不同转化形式。如果我们换一种视角和心境来认识生与死，来重新打量这个地球上形形色色的墓地"风景"，我们就会像坐看云卷云舒、日升日落那般自然、安详、和谐，进而对生命本身的无穷蕴涵由衷地发出惊叹和赞美，我们还可以由此进入形而上的层面，去破译那些"风景"所映照出的诸多人生奥秘和文化镜像。

穿越生存的暗光

1

早些年，我有过困惑，一个初生儿呱呱坠地，是属于生物学现象，还是人文事件？后来有所领悟，是读了鲁迅的一句话，"即使是天才，在生下来的时候的第一声啼哭，也和平常的儿童一样，绝不会是一首好诗"。造物主一视同仁，并无好恶，人类最初也不存在高低、贵贱、优劣的区别，至于各自如何演变为科学家、诗人、政客、魔术师、银行总裁、战争狂人之流，甚至成了被朱熹叹为"天不生仲尼，万古长如夜"的人类明灯，也有被认定为"中国几千年、世界几百年才出一位"的那种旷世天才，大约就是后天的造化了。

人非神的事实，决定了人的生命有着难以逾越的局限性。皇帝或草民，富豪或乞丐，天使或恶魔，一律皆之，概莫能外。

有趣的是，即使世界公认的大智者，也有可能一时理性短路，把简单的事搞得复杂不堪，满口吐出不着边际的低级昏语。歌德就在其自传《诗与真》中大失水准，把自己的诞生渲染成日月星辰刻意安排的一个天文现象，充满神秘的仪式感：1749 年 8 月 28 日上午，时钟刚刚敲了十二下，约翰·沃尔夫冈·冯·歌德在美茵河与莱茵河交汇处的法兰克福降临，此时，位于处女座的太阳正悬于天顶，星辰各司其职，"只有那时刚团圆的月，因为正交它的星时，犯冲力显得格外厉害。月亮因此耽误了我的分娩……"人固然存在着个体差异，也完全有理由为自己骄傲，但底线还是需要的。对这种歌德式的自恋，我们仅仅理解为一种诗人的浪漫，就可以了。

列夫·托尔斯泰却没有这么良好的自我感觉。在《我的忏悔》一文中，他对生命的自我认知和表达，几近谦卑："你就是你的生命；你是瞬间即逝的、偶然的粒子团块。这些粒子的相互联系和变化就产生了那种你称为生命的东西。这种团块将会生存一段时间；然后，粒子的相互作用将停止，你的生命和一切疑惑就将结束。你是某种偶然凝聚的雪球……"托翁懂得，生命根源于宇宙大自然的一种机缘巧合，明乎此，就不会因妄自尊大而失态，离谱。

据科学家研究推断，宇宙始于一次"大爆炸"，无数恒星因之得以在银河系生生灭灭，也正是由宇宙这次"大爆炸"推动产生的四种引力，为地球孕育出形形色色的生命物种创造了前提条件，其中最大的受益者便是人类。大约 500 万年前，人类进化开始了最后冲刺。这是一个漫长而复杂的过程，真可谓"山重水复疑无路，柳暗花明又一村"。前南非总统姆贝基曾说："我是一个非洲人。我之所以为我，全赖界定我们乡土面貌的丘陵、河谷、山脉，森林中的旷野、沙漠、树木、花卉，海洋以及更迭的季节。"这意味着，即使稍微改变其中的任何一点因素，有关姆贝基的一切都会面目皆非。史前的大量远古化石也证明，人类生命在宇宙中的演化过程中永远是被动的，充满变数，如履薄冰，惊险万状，其状就如同一个人在万丈悬崖上走钢丝，一次都不能掉下来，才有了今天。

地球上不存在无所不能的"超人"，当我们忘乎所以、自我神化的时候，只需翘首仰望头顶的星空，便会心生敬畏之感。

2

2008 年 5 月 12 日，我正在西安参加一个期刊会议。

按照日程安排，一大早驱车赴乾陵参观。一路蓝天碧日，心旷神怡。下午两点多，一行人从地下 15 米深处的"太子墓"拾级而上，走出昏暗的洞穴，眯眼迎着白花花的日光，沿宽阔的石砖路朝相隔数百米远的"公主墓"走去。我们边走边聊，忽觉地面像是在痉挛，便听有人喊："地震了!"果然，大地有如晃动的摇篮，我们的身子随之摇摆，脚下也跟着踉跄，同行的两位年轻女士甚至相互紧紧搂抱，惊悸的神情像是面对世界末日。

大约持续了 50 秒左右，大地结束了摇晃。一切回归沉静。世界末日没有来临。户外空旷，远离建筑，大家像是虚惊一场，三三两两地继续前行。依然是天空湛蓝，大地青翠，阳光灿烂，没有谁意识到问题有多严重。说着话，我们到了"公主墓"入口处站住。年轻的女讲解员左右环顾一下，说：刚才像是地震，上天保佑，各位老师平安! 看到大家笑了，接着又说，面前的这个"公主墓"，比刚才去过的"太子墓"还要深将近十米，继续参观的客人，请跟我走。多数人迟疑不语，默默止步。只有五位"胆大"者受到女讲解员敬业精神的鼓舞，毫不迟疑地随其鱼贯而行，钻进了黑黢黢的墓穴深处。这其中就有我。但我明白，自己并不是一个勇敢者。

我们围着幽暗的"公主墓"转了一圈，回到原路拾级而上，与大家在地面汇合。已有人接到手机短信，说震中是在一个叫作"汶川"的地方，那一带好像属于四川。大家七嘴八舌地推测震中的受损程度，都在为那个遥远、陌生的"汶川"担忧。一位来自东北的蹒跚老者忽然自言自语，应该给家里打个电话，报报平安。

那一刻，我的心下意识抽搐了几下。

隐约间，摇篮曲在耳边出现了。我仿佛听到了乔乔的啼哭声。乔乔，我的女儿。此刻，整个世界在她的意识里混沌如初，她还没有语言表达能力，更不可能懂得，此时尚在西安的老爸的一路平安，对她意味着什么。想起自己刚刚满不在乎状地深入"公主墓"穴，完全是虚荣和逞强，这么做，对于襁褓中的乔乔，难道是一种负责任的行为吗?

记得在会议期间，来自天南地北的与会者闲聊，谈到家庭，有人问起我的孩子，我说："可不比你们轻松啊，我的孩子还小。"对方打量一下我，问："儿子吗？在读小学？"我摇摇头："女儿，四个多月，不好意思。"

众讶然，随即客气道，"嗬，嗬，老来有福，老来有福啊！"

曾看到一则消息，德国有位青年一纸诉状把父母告上法庭，理由是父母未经他的同意，就强行把他带到这个世界，历尽困厄，处处遭罪，生不如死。我宁愿相信这不是天方夜谭。自从女儿降生，我对生命的不可知忽然多了一些感慨。人之所以出生，有着太多阴差阳错、千奇百怪的因素，而孩子一旦被生出来，做父母的却莫名其妙的伟大、高尚起来，并以父母的身份要求儿女为孝道服终身苦役，且堂而皇之，毋庸置辩，不仅荒唐、自私，甚至几近无耻。幸亏还有并不糊涂的智者。当年的胡适在自己有了一个儿子后，对"儿子一定要孝顺父亲"这个问题，就发表有过"逆众"看法："我想这个孩子自己并不曾自由主张要生在我家，我们做父母的不曾得到他的同意，就糊里糊涂地给了他一条命。况且我们也不曾有意送给他这条生命。我们既无意，如何能居功？如何能自以为有恩于他？他既无意求生，我们生了他，我们对他只有抱歉，更不能'市恩'了。……至于我的儿子将来怎样待我，那是他自己的事。我决不期望他报答我的恩，因为我已宣言无恩于他。"他向社会疾呼，做父母的不要把"儿子孝顺父母"列为一种"信条"，更"不要把自己看作一种'放高利贷'的债主"。胡适毕竟是胡适。令人悲哀的是，上述这段话是胡适在1920年前后说的，我却没有发现，90几年后的今人，在伦理道德意识方面表现出了多少超越性。

与许多偶然或疏忽的情形不同，我家乔乔的呱呱坠地是一群亲戚刻意为之的结果。出于诸多原因，我和她母亲却只能成为傀儡，被动地接受并一起策划了这个生育事件。我们以年近半百的生理劣势，强行把这个很可能先天体弱的孩子带到人满为患、变幻莫测的世界，不管出于何种冠冕堂皇的考虑，其行为本身，难道不是对于人的伦理权益的一种嘲弄和践踏吗？

生命是至高无上的。乔乔就这样别无选择地有了我这个"老爸"。她将咿呀学语，蹒跚学步，将和同龄孩子一起玩耍，一起读书，一起长大。而且她将不得不面对一个事实，当小伙伴们的父母亲还处在意气风发的盛年，她的父母双亲即使健康也已进入黄昏老境，风烛残年。她的笑容将不再单纯，她的心智会提前成熟，她的稚嫩肩膀也将比同龄的小伙伴们过早担负起有形无形的沉重责任。

有时候我在想，只要乔乔能一天天健康成长，幸与不幸，都不重要了。

"5·12"之后，我回到天津，常常抱着乔乔站在窗边，望着街头的滚滚红尘，轻轻哼着自编的摇篮曲。乔乔在我怀里转动小脸蛋，睁大一对羔羊般的清澈眸子，惊奇地瞧我。我同乔乔对视，对她说："乔乔，你是不是疑惑，这个老男人真的是你的老爸?"乔乔的眼睛睁得更圆了，好像什么事都懂。

3

莎士比亚借哈姆雷特之口，表达过对人的由衷赞美："人类是一件多么了不起的杰作! 多么高贵的理性! 多么伟大的力量! 多么优美的仪表! 多么文雅的举动! 在行为上多么像一个天使! 在智慧上多么像一个天神! 宇宙的精华! 万物的灵长!"莎翁对人的赞美通常被视为"人"的觉醒。而其实，人类的自我欣赏完全出于一种审美本能，与生俱来。就拿千百年来的中国古诗文来说，我们所知的对美人的种种夸饰可谓车载斗量，不遗余力，却也只限于年轻女性。诸如"沉鱼落雁""闭月羞花""国色天香""出水芙蓉""梨花带雨""皓齿明眸""倾国倾城"等等，皆出自男人眼光，主观性太强。都云"情人眼里出西施"，具体到什么模样才算是美人，又很难统一。据说，某画家曾对台湾影星林青霞的天生丽质叹为观止，称其为世所罕见的绝代佳人，50年才有可能出现这么一位，依据是：林青霞的五官结构和形貌比例体现了最标准、最美妙的"黄金分割律"。

不过，无论美女如何貌若天仙，一旦现形为肉身凡胎，其所有的美感、诗意和"黄金分割律"，都将荡然无存。柏拉图就把人比喻成"没有羽毛的两条腿动物"；斯芬克斯关于"人是什么"有个很著名的谜语——"在早晨用四只脚走路，当午用两只脚走路，晚间用三只脚走路，在一切生物中这是唯一的用不同数目的脚走路的生物"；在赫胥黎眼里，人是一种"受他的器官所奴役的智慧生物"。生物学家还把人归于脊椎动物门，人科、陆生、恒温体、哺乳纲、灵长类。讲究实证的物理学家、化学家，则把人定义为"熵"的减少者，碳原子的产物，细胞的聚集体，人若成为医学解剖对象，也只是由细胞、血液、脏腑、器官、骨骼、肌肉、脂肪、毛发所构成的一堆人体组织。那么文学家呢？他们看人的眼光也未必都那么美好，也有可能持一种审丑观点。比如在贾平凹眼里，任何美女帅男，不过是一具骷髅而已。贾平凹早年喜欢站在街头看来来往往的红男绿女，看来看去，就看出了种种怪异。他在《看人》一文中如是写道："人怎么细细的一个脖子，顶一个圆的骨质的脑袋，脑袋上七个孔，且那么长的四肢，四肢长到梢末竟又分开岔来，形象多么可怕！"

把人还原为纯粹动物是残忍的，却也能为我们带来必要的震慑和清醒。

4

有史以来，运转不息的地球已送走人类的亡灵超过 950 亿之多，尚有方生未死者接近 70 亿。这个事实说明，人成为地球的生命过客极其侥幸，并无任何必然性可言。周国平对此有过一段描述，读之令人如大梦惊觉："你是一个纯粹偶然的产物，大自然产生你的概率几乎等于零。如果你的父母没有结合（这是偶然的），或者结合了，未在那个特定的时刻做爱（这也是偶然的），或者做爱了，你父亲释放的成亿个精子中不是那个特定的精子使你的母亲受孕（这更是偶然的），就不会有你。如果你父母各自的父母不是如此这般，就不会有你的父母，也就不会有你。这样一直可以推到你最早的老祖宗，在不计其数的偶然中，只要其中之一改变，你就压根不会诞生……"

想象一下那个时刻吧：8000千万到1亿多的精子群一起出发，浩浩荡荡，有如暴动，他们争先恐后地奔向输卵管，沿途要受到子宫颈黏液的阻挡和子宫腔内白细胞的吞噬，前仆后继，九死一生，只有千分之一的精子能通过"关卡"，也仅仅是跨过门槛，之后它们继续以每分钟2~3毫米的速度前行，有些体力不支半途而废，有些在原地打转徘徊不前，有些则走错了方向，坚持跑完全程的精子不足200，最终也只有一个精子有幸进入卵子，或者说，卵子只接纳那个最最幸运的精子，此概率远远小于如今的中彩票大奖，其情形远比唐僧师徒四人去西天取经艰难百倍。更不可思议的是，长度约60微米的精子仅有区区三天的存活寿命，却储存了全部生命能量和所有遗传信息，一旦被卵子接纳，受精卵在受精后24小时即进行细胞分裂，30个小时后分裂为双细胞，它们随着时间递进不断分裂成若干细胞，直至第14周形成胚胎，成为世界上独一无二的"我"。

这个"造人"的过程命悬一线，最终胜出凭的是无师自通的本能，与运气有关，又非运气可以完全解释的。有趣的是，人间底层的一些小人物却能说出一些大实话，不经意间的寥寥数语，即可击中要害。

我有个已经退休的同事，过去在单位管后勤杂务，记得一次，他下班后忙着要去医院，说是弟弟做手术，这天轮到自己值班，可是谁都知道他在家里排行最小，于是有人好奇质疑，该同事于是振振有词："我这个弟弟是自愿选择的，不像爹妈硬塞给的那种，投不投缘，你都得扛着……"让人忍俊不禁，暗呼其妙。我还看过一部香港电视连续剧，名字记不清了，好像几个小伙子为了什么事在争执，印象最深的是这样一句话："拜托，别太把自己当回事，好不好？想一想啦，那天晚上，要是刚好轮到你老爸去公司值夜班，这个世界就不会有你啦……"近似于无厘头的直白搞笑，却韵味悠长。

5

生命一经诞生，无论低级的肉身磨难，还是高级的精神痛苦，都是需要具体生存形态承担的。肉身的"我"融入大千世界，滚滚红尘，灵与肉之间常常缺乏默契，这就是史铁生谓之的"局限"。史铁生把此局限解释成为某种必然，"其实，人生就是跟这局限周旋和较量的。这局限，首先是肉身，不管它是多么聪明和健壮。想想吧，肉身都给了你什么？疾病、伤痛、疲劳、孱弱、丑陋、孤单、消化不好、呼吸不畅、浑身酸痛、某处瘙痒、冷、热、饥、渴、馋、人心隔肚皮、猜疑、嫉妒、防范……当然，它还能给你一些快乐，但这快乐既是肉身给你的就势必守着肉身的限制"。"职业生病，业余写作"，便体现了限制下的一种生存境界。

肉身的限制便是人的限制，这也常常形成了人生的死结。打开死结需要智慧，用蒙田的说法，"坏日子，要飞快去'度'，好日子，要停下来细细品尝。……我们的生命来自自然的恩赐，它是优越无比的，如果我们觉得不堪生之重压或是白白虚度此生，那也只能怪我们自己"。帕斯卡尔很早就意识到了，"人只不过是一棵芦苇，是自然界中最脆弱的。……要摧毁他，不必全宇宙都武装起来。一口气，一滴水，就足以致他于死地"，他同时还认为，"人是能够思想的芦苇"，这是由于，"即使宇宙毁灭人，人仍然比毁灭他的力量更尊贵。因为他知道自己面临毁灭，以及宇宙优越于自己的事实。而宇宙对此一无所知"。当年招致宫刑的司马迁，在凡俗之辈看来已经活得一败涂地了，却创造了一个极度隐忍而成就伟业的罕世奇迹。"草创未就，会遭此祸，惜其不成，是以极刑而无愠色……则仆尝前辱之责，虽万被戮，岂有悔哉？"为完成《史记》，司马迁饱受极辱之痛，直面生存的暗光，此举惊神泣鬼，"非烈丈夫孰能致此哉"？

这是造物者对于人的厚爱，也是人区别于一般动物的高明之处。

6

一个重残女人活在世间，是不是一场生存误会？

大自然赋予人以生命，是为了让他活在这个世界享受到更多的快乐幸福。而对于海伦·凯勒，她降生于世，仿佛是为了演示一下人类超越自己的命运深渊和身体极限的能力。上苍给予海伦一条生命，却恶作剧般地收回了为她提供延续这生命的正常条件和应有保护，并置她于一种生存的绝境之中。但绝境并不必然等于悲剧，有时候它还能创造奇迹。

这个奇迹选择了海伦。

马克·吐温说："十九世纪中，两个最有趣的人物就是拿破仑和海伦·凯勒。"这句话不是调侃，拿破仑和海伦·凯勒之间并不属于同一个世纪同一种结局，但"有趣的"共同点还是有的：海伦可以说是残疾人中的拿破仑，只不过她征服的不是欧洲大陆，而是残缺的个体生命极限。

海伦·凯勒生下来本是健全的。19个月时，她突患了一场猩红热，高烧持续不退，医生断言这个昏迷不醒的可怜女孩儿活不成了。然而死神像是有意要成全一个人类奇迹，最终将她挡出了地狱之门。一天早晨，海伦的高烧退了，醒来时却一切皆非：翠绿的草坪，瓦蓝的天空，刺目的日光，还有鸟语、圣歌和爸爸妈妈的呼唤，如一场梦消失得干干净净。她惊慌失措，因看不见、听不着、说不出而急得在地上打滚，试图抗拒那只企图扼住自己命运的黑手，却很徒劳……

这时，救助海伦的贵人出现了。她叫安妮·曼斯菲尔德·沙利文，举着明亮火把一步步走来，渐渐照亮了海伦的幽暗生活。

这时候安妮是个只有21岁的姑娘。小时候，安妮也曾有过一段不见天日的盲童经历，少年时一次成功的手术使她重见了光明。她决心要把这光明取来，播撒给那些注定将与黑暗相伴一生的残疾人。这位被后人视为对于海伦负有特殊使命的女神，仿佛终其一生的目的就

穿越生存的暗光

是为了把海伦从深渊里摆渡出来。也可以说，海伦的日后形象，是由两位伟大女性你中有我、我中有你地塑造的。如果没有安妮，很难想象会有人们所看到的海伦。安妮初次见到的海伦，是一个刚满七岁的完全未开化的顽童。海伦如何从精神上学会自立和爱别人，在文化上掌握盲文和发音说话，最终成为一位驰名世界的作家、教育家，其途程非语言可以形容。这是海伦和安妮的双重艰难。

海伦成功后的数十年岁月，安妮领着海伦走了许多国家，帮她出版了《乐观》《我的天地》《石墙之歌》《冲出黑暗》等一系列盲文书籍。终于有一天，安妮倒在了与海伦同行的路途中。指导、相伴自己整整 50 年的安妮的离去，使海伦内心深处发出了锥心刺骨般的悲音："她再也不能照耀我了!"只有海伦才能感受到，安妮的存在和离去对自己意味着什么。安妮的一生只做了一件事：把一个愚昧无知的盲聋女孩，精心培养成了一个有着 87 岁高寿和具备渊博知识的女作家、教育家，然后瞩望着巨大光环中的海伦含笑而去。

海伦曾经设想，"假如给我三天光明"会是怎样一种奢侈的享受，"如果每一个人在他的青少年时期都经历一段瞎子和聋子的生活，将是非常有意义的事。黑暗将使他更加珍惜光明；寂静将使他更加喜爱声音。……如果幸运的话，我把手轻轻地放在一棵小树上，就能感到小鸟放声歌唱的欢蹦乱跳。我喜欢让清凉的泉水从张开的指间流过。对于我来说，芬芳的松叶地毯或轻软的草地要比最豪华的波斯地毯更受欢迎；四季的变换，就像一幕幕令人激动的、无休无止的戏剧……"她的具体安排是：第一天，她先把所有亲爱的朋友都叫来，好好端详他们的面孔，然后在森林里做一次长时间的漫步，直到看见落日辉煌；第二天先迎接旭日，然后去参观纽约的自然历史博物馆、大都会艺术博物馆，晚上将在戏院或电影院度过；第三天，她从乡间小屋出发，驾车跨过钢带式桥梁，眺望纽约塔群，登上帝国大厦，然后漫游第五大街，再到贫民区、工厂和儿童公园。

"想到你明天有可能变成瞎子，你就会好好使用你的眼睛，想到你明天有可能变成聋子，你就会更好地去聆听声响，鸟儿的歌唱，管弦乐队铿锵的旋律，去抚摸你触及的那一切吧……"她的结论是，"当我今天活着的时候就想到明天可能死去，这或许是一个好习惯。这样的态度将使生活显得特别有价值"。

7

人，没有生命，也就无所谓生存苦难和人间悲欢。

《列子·杨朱》篇说："凡生之难遇，而死之易及。以难遇之生，俟易及之死，可孰念哉！"人，生之偶然，死之必然，无论贵贱美丑，终不免成为一堆腐骨。那么，生命是否还值得活出意义来？史铁生的看法或许可以自我安慰："生命本无意义，是'我'，使生命获得意义——此言如果不错，那就是说：'我'和生命，并不完全是一码事。"

却又谈何容易。人拥有五官四肢、七尺肉身，以群居的形式遍布地球的各个角落，他们不满足于日食三餐，夜眠一榻，常常想入非非，欲壑难填，并为之寻找依据。罗素讲过，推动世界运转的动力有这样几种：占有欲、权力欲、创造欲。当占有欲被公认为人的一种天性的时候，如何超越生存的暗光，既匍匐大地，又仰望星空，并使生命过程充满意义的悬念，也就成了人类的一个永恒课题。

我读过一本题为《相约星期二》的书，里面主要写了美国一位社会学家莫里·施瓦茨先生的生命熄灭过程，颇耐人回味。在行将就木之际，他对年轻助手道出了自己的生存哲学："当我应该是个孩子时，我乐于做个孩子；当我应该是个聪明的老头时，我也乐于做个聪明的老头。我乐于接受自然赋予我的一切权利。我属于任何一个年龄，直到现在的我。你能理解吗？我不会羡慕你的人生阶段——因为我也有过这个人生阶段。"他留给生者的遗嘱是，勇敢地"走过那座连接生与死的桥梁，并诠释出这段桥梁"，并认为这是我们唯一理智的选择。

这实在是一门人生的超级大课。面对生存暗光的投射，有人泣之而返，有人则走向虚无，生性幽默的契诃夫曾对那些企图自杀的人如此进言："生活是极不愉快的玩笑，不过要使它美好却也不难。为了做到这点，光是中头彩赢了 20 万卢布，得了'白鹰'勋章，娶个漂亮女人、以好人出名，还是不够的——这些福分都是无常的，而且也很容易习惯。"这需要满足现状，善于苦中作乐，契诃夫举出的例子也很诙谐：要是火柴在你的衣袋里燃起来了，你应当高兴，多亏你的衣袋不是火药库；要是有穷亲戚上别墅找你，你应当高兴，幸亏来的不是警察；要是你的手指头扎了一根刺，你应当高兴，多亏这根刺不是扎在眼睛里；如果你的妻子或小姨子练钢琴，你应当高兴，因为你听的不是狼嚎或猫叫……

日本民俗文化中有"人生如竹"的说法，是指人的完整一生，必然要经历孕育、出生、成长、生子、衰老、死亡诸阶段，如同竹子生长，每一个节口都必须适期规律，不可逾越。世界上一些国家的原始部落，曾制定了许多人成长过程中的仪式，其实就是这种"竹节"意识的具体表征。中国古代的哲人智者也有类似意识，比如孔子就有"三十而立，四十不惑，五十而知天命，六十而耳顺，七十而从心所欲，不逾矩"的名言，如同节口，2000 多年来一直成为中国人的人生行为规范。这些说法，意在为人的生存困境指点迷津。

"嘀嗒，嘀嗒，嘀嗒"，生命时钟的移动声，匆忙，快速，精确，决绝，且冰冷无情，永劫不复。它意味着，人生在世，岁月如梭，其实并无"明日复明日，明日何其多"那样的好事。对那些浑浑噩噩、过于懒散的人，富兰克林的诙谐告诫充满了对人类的爱意与悲悯："懒鬼们起来吧！别再浪费生命，将来在坟墓内有足够的时间让你睡的。"

"天使"，或"魔鬼"

　　我常想，世间恐怕没有任何一样东西比它更难以归类了。它属于文化、启智，属于竞技、娱乐？抑或集数种功能于一身？普天下，人世间，没有任何一样东西遭遇过如此的毁誉参半。它究竟是妙不可言的"天使"，还是令人生畏的"魔鬼"？

这个斯芬克斯之谜便是围棋。

围棋曾被西人惊叹为通鬼神之变的"天外之物"。它诞生于人类的古老东方和遥远年月，神秘、玄奥、精微、深邃，如同一柄寒光闪闪的"双刃剑"。"纵横十九无奇，却无千古同局"，那一颗颗玛瑙般的黑白子，那一幅幅魔幻般的经典棋谱，使多少痴迷者为之沉醉、沉迷，竟至于沉沦、沉没，其是非功过，实难尽数。而围棋与我的关系，则更接近于"魔鬼"而不是"天使"，它那难以抗拒的魅力曾使我倍感绝望，受尽折磨。甚至有一度，我就像一条魂不附体的野狼，挣扎在星月无光的围棋荒原，四顾茫然，不辨归途。

古人和今人，都有把围棋比喻为"木野狐""妖狐"的说法，其爱恨交织之情，非亲历者而无法知晓。至于我，怎么会视围棋为"魔鬼"呢？"尧造围棋以教子丹朱""舜以子商均愚，故作围棋以教之"，难道围棋不是一剂可以启智养心的东方灵丹？难道围棋不是集哲学、数学、兵法、艺术于一身的人间瑰宝吗？难道围棋不曾为我带来过乐而忘忧的销魂时光吗？那种不可名状和理喻的快乐难道不是也曾胀满我每一根神经和每一个细胞吗？正所谓何以解忧，唯有弈秋。我甚至想过，如果世间没有围棋，我的人生乐趣将会多么可怜！既如此，又何来"魔鬼"的说法？

我其实并不打算把围棋妖魔化，我只是想说，围棋本应是醉人的"天使"，只适于欣赏而不能贸然近身，更不可全无设防，深陷其中。如果，我们对围棋从无接触，也就罢了，每天照样日出而作日落而息，不会觉出有任何不适，而你一旦进入它的磁场，就等于打开了一个潘多拉的盒子，而且欲罢不能。道理很简单，围棋如果仅仅是"天使"，而不同时具有无法抗拒的鬼魅之力，怎么会如此难缠？这是一种可以定性为"瘾"的精神依恋，很类似于"麻瘾""网瘾"，甚至"毒瘾"。事情一旦到了嗜"瘾"成性的地步，就有些麻烦了。梁实秋在《雅舍》中披露过梁任公极嗜好打麻将，且有"只有读书可以忘记打牌，只有打牌可以忘记读书"的名言。我不免大感诧异，对那位文史巨子的崇敬也多少打了一些折扣。据说徐志摩、潘光旦、胡适之流，牌桌技艺也都不错，尽管如此，却不能增加我对"搓麻将"的一丝好感。无独有偶，卓有才华的"70后"青年女作家魏微曾公开表示自己一生最在意的事情有两个：一是写作，二是打扑克，也令我小有惊讶。我这样想，如果他（她）们倾心的对象是围棋而不是麻将或扑克，就是另一回事了。很明显，搓麻将、打扑克与下围棋虽然都具一定的娱乐性质，但其品位与境界还是不可同日而语，硬要比较，也仅仅在"瘾"和"魔"的方面有得一拼。而人一旦黏上这种"瘾"和"魔"，要想从容脱身，非我等凡俗之辈所能控制。于是我很佩服某些智者，即使喜欢围棋，也从不会失去理性。比如南帆就在《星空与植物》中写道："我常常看着棋盘上的纵横19道，心中一阵悚然。我知道，这个棋盘可以不动声色地掠走一个人的毕生心血。这使我警觉地与围棋保持一定距离，以免为纵横19道编织出来的魔网密密麻麻地罩住。我还想做其他事情。"更多的弈者却没有这样的定力和道性，往往不知深浅地一头栽进去，从此神魂颠倒，玩物丧志，悄然被围棋魔鬼所"吞噬"，而难以自救。

我曾是《围棋天地》和《围棋》（后改名为《新民围棋》）的忠实读者，每期必买，那些杂志码起来足有一人高。我常常捧起围棋杂志久久端详着封面上那些中日韩超一流棋手的照片，吴清源、李昌镐、曹薰铉、藤泽秀行、大竹英雄、武宫正树、加藤正夫、坂田荣男、小林光一、赵治勋、林海峰、聂卫平、马晓春……那些偶像气度不凡、端坐凝思的神态和表情，似隐在云中雾中，使我充满了高山仰止的遐想和崇拜。只要稍微了解一下职业棋手的段位序列，我们就能明白其高下深浅了。职业棋手的毕生努力，目标就是从初段升到九段，而九段里还有一般九段、强九段和超一流棋手之分，而多数职业棋手仅升到七八段甚至五六段、三四段便止步不前了，不是他们不聪明，不努力，而是这个目标实在难以企及。曹大元九段说过，一位专业九段的成材要比一位博士生成才难得多，因为一位棋手能下出来，更多的是靠天赋和意志品质，而不是培养。职业棋手一般都是从学龄前就开始学棋，如果到了 18 岁还没打上专业初段，便永远失去了当职业棋手的资格。业余棋手一般被职业棋手称为"爱好者"，他们分七个段位，棋力最高的是业余七段，业余初段下面还要细分 1 至 20级，严格的定级定段规则说明了围棋实在是易学难精。

　　我有一位留校任教的大学同窗，他读硕士期间常约我去下棋，每次去他家，我都会看到他眉头紧锁地盘腿坐在棋盘前打谱，他床头、枕边也多是吴清源的《黑布局》《白布局》等棋书和杂志，我们很想知道自己的水平，便按照围棋段位测试标准自测了一下棋力，结果颇令人沮丧，我们为此付出如此多的时间和精力，也只相当于区区业余初段！我们不禁唏嘘，猜不透那些超一流棋手究竟拥有怎样超常构造的大脑。而顶级高手又是怎样看自己呢？曾有日本记者问围棋大师藤泽秀行，您对围棋的理解有多少？秀行先生的回答是：不到百分之五十吧。而聂卫平等职业高手都认为，藤泽秀行先生绝非故作谦虚。其实早在北宋时期，沈括就在《梦溪笔谈》中从数学角度提到下一盘围棋所包含的种种可能性变化，那是一个不可想象的天文数字。而写过"围棋三十六计"专著的马晓春九段则认为，围棋的所有变化根本就是无法穷尽的。我想，正因为围棋的无法穷尽，古往今来才会

「天使」，或「魔鬼」

"引无数英雄竞折腰"吧。

最近一些网友也在对围棋的利弊得失说三道四，有人还列举了不会下围棋的多种好处：比如不至于整夜熬神，损伤身体，导致肌肉萎缩，生命早衰；比如避免了长期久坐的危害，因为久坐伤肉，久思伤脑；比如不会因痴迷围棋而精神恍惚，丢三落四，魂不守舍，耽误了正事；比如不会白白浪费时间，虚度年华，空耗生命等等。如此看来，围棋的"罪过"还真是不小。我也来举两个自己的例子，意在说明围棋"魔"法无边，唯有小心再小心。

第一个例子发生在八九十年代之交。那时我很热衷于联络棋友，张罗比赛，家人已是深恶痛绝，忍无可忍，为息事宁人，我不得不暂时封存围棋，眼不见心不烦。一个周末，我忽然坐立不宁，棋瘾难耐，就想了一个借口。那时候买酱油是以旧换新，吃罢晚饭，我以换酱油为借口，拎着空瓶子溜出来，却并没有去副食店，而是骑车直奔一位棋友家。不顾人家妻子的侧目冷眼，我厚着脸皮一屁股坐下，两人点头，也不多言，摆上棋盘，落下第一颗棋子正是央视《新闻联播》的开播时间。棋一下起来时间就过得飞快，浑然不觉就到了后半夜两点钟，我们俩还在公羊抵角般埋头下棋。直到决出最后一盘棋胜负，我方惊觉，遂慌忙拎着空酱油瓶子往家赶，接近家门口的小路，模模糊糊看见前面立着两个人影，仔细一瞧竟是前妻和老丈人。原来他们已经遍寻四周，心急如焚，正商量要去派出所报"失踪"。从此，这件事就成了家人数落我的一个保留段子。

第二个例子是2004年的事。自从我在电脑里装了"联众游戏"的围棋对弈软件，日子就开始黑白颠倒，晨昏不分。好几次，我对弈时是夕阳西下，不觉间就到了东方发白。关上电脑，只觉得天旋地转，眼前晃动的都是黑白子。去单位上班精神恍惚，脸色暗黄，只得晃晃悠悠回家，我站在镜子前，只觉得里面的那张脸面目丑陋、模样可憎，很没出息。我打开电脑，一狠心删掉了"联众游戏"。也只清静了一个星期，一次上网浏览新闻，我偶然在回收站发现了被删掉的围棋软件，禁不住心跳手痒，不由自主地按动鼠标又把它拖了回来，从此日子再度天昏地暗，欲罢不能，苦不堪言。我再去删那个软件，却怎么也删不掉了，就在近乎绝望之时，一日对弈中电脑突然死机，请来技师检查，却是硬盘坏了，而且无治，只有换新，技师告诉我换新后硬盘里的文件都将不复存在，我居然长舒一口气，搞得技师莫名其妙。如今送走"魔鬼"已一年有余，尽管它时不时还在心里蠢蠢欲动，却毕竟可以把"魔鬼"还原为"天使"，我也能试着以超然、审美的眼光面对围棋了。

曾聊以自慰的是，作家行当里也很有一些"爱好者"。川端康成就写过不止一篇有关围棋的小说，金庸不但常和梁羽生大战棋枰，还在年事已高的时候分别拜林海峰、陈祖德、聂卫平等棋手为师，且正儿八经地一一行弟子大礼，其恭敬、虔诚之举令人动容。而且据我所知，当下文坛青睐围棋者亦不乏其人。除南帆之外，朱苏进、陈村、朱向前、胡平、李洁非、李国平、张石山、汪惠仁、温远辉、陈福民、单正平等也是爱好者。南、朱、陈、李几位喜欢围棋，有其散文为证，而张、汪、单则与我有过数番交手，激斗的场景仍历历在目。张石山算是棋力不俗，但自称相当于业余三段水平，显然有些夸大。二十世纪九十年代初，张石山还是女诗人伊蕾的先生，来津探亲，我都成了他屡屡叫阵的对手。张石山下棋必抽烟，一脸的野性在烟雾中时隐时现。我们下过近百局，棋盘刀光剑影，互不服气，每每还要再下战表。年轻睿智的汪惠仁与我同在天津，有机会也要下几盘，汪惠仁稍处下风，却每每胜不骄败不馁，清秀的面容总挂着是一副若无其事的微笑表情，但与张石山自视甚高的那种霸气形成鲜明反差，这也是我与张愈战愈勇心跳血热的原因。棋力较弱的单正平那时还是伊蕾的同事，每次我和张在棋枰酣战，总要冲破妻子阻拦前来观战，一待就是四五个小时，且满脸的谦恭低顺，要知道能让性情凌厉的老单谦恭低顺起来可不容易。梁实秋说过，"有一种人我最不喜欢和他下棋，那便是太有涵养的人。杀死他一大块，或是抽了他一个车，他神色自若，不动火，不生气，好像无关痛痒，使得你觉得索然无味"，与张石山下棋不会这样，他那一副傲视群雄的神态就足以激发你的全部斗志了。

2005 年春，我在鲁迅文学院高研班学习期间，遇到了葛红兵、冉隆中和金赫楠等几位围棋知音。冉隆中自恃棋高一筹，常面带冷笑和我摩拳擦掌地猫在宿舍对弈，小金最初也上场比试，分别输过我们几盘便自觉改成了看客，还不时递上削好的苹果以示激励。有"80后"美女同学观战，我们每盘棋都杀得尸横遍野，昏天黑地，中盘便见出胜负。小金的父亲还是业余三段，棋瘾自是了得，她经常登陆"清风围棋"网对弈，后来成了一名巾帼"酷评"新秀，估计与她在棋盘上斗狠斗力的一番历练不无关系。而葛红兵之于围棋，像是老相识，没过多久我们就发现，他完全就是叶公好龙，葛红兵、冉隆中和我还在北京电视台围棋频道搞过"三人谈"系列节目，谈起围棋文化，葛红兵口若悬河，头头是道，如数家珍，却从未见他摸过棋子，就连观战也很少。我和冉隆中暗自猜测，这位"围棋"叶公很可能是怕输了棋没面子吧。短暂的同窗经历结束了，那些围棋往事如今已经成了"鲁院"时最难忘的记忆之一。

　　我还进一步发现，凡过于迷恋围棋的人大都不会成为多产作家。尽管陈村说过假如入狱，他只会带两样东西，其中之一就是围棋名谱，但陈村和南帆一样基本上是属于比较理性的，只是以审美的角度欣赏围棋，也时不时下一两盘，消遣而已，绝不会深陷其中，也自然没有耽误如日中天的著述事业。至于聪明的葛红兵，自然是一眼就看透了围棋无异于大麻鸦片，只能停留于纸上谈兵，而绝不肯轻易近身，因小失大。朱苏进、李洁非显然不同，在他们的散文中都记述过自己彻夜大战的经历，其对围棋的迷恋之情溢于言表，这些年他们作品寥寥，无疑受了围棋的"拖累"。朱苏进这位军旅作家尤其活得性情率真，多年来他不但常翻棋书常打棋谱，枕边书也多为棋谱，这种迷恋势必影响他的写作状态，近乎有些"玩物丧志"，朱苏进却不以为然，"弈棋甚至比读书写作更有意义，读书与写作都要接触与思索人生，都因其严肃而逼近痛苦。而棋枰却如同伊甸园，让你精赤条条地、如小兽般如花朵般匿入其中，得到片刻羽化成仙的感觉"，此乃肺腑之言，令人动容。朱苏进还说"老年来临，有围棋陪着，心里有多舒坦"，我闻之欣然，也有了那种"吾道不孤"的亲近感觉。

　　其实，并没有谁来逼迫和引诱，我们这些"爱好者"与围棋结下难解之缘都属于"自讨苦吃"。还是朱苏进说得中肯，"我爱它，同时也爱它带来的苦恼，耗去的时光，衍生的耻辱与败绩。爱就是爱，没有什么道理好讲。爱只接受欣赏，而拒绝讨论"。拒绝讨论，却不拒绝围棋的存在和魅力。那么，"天使"与"魔鬼"之间究竟是怎样的一种奇妙组合？这仍将是一个有待破解的千古之谜。

『天使』，或『魔鬼』

恍惚的境界

一位诗人朋友从滇川交界的泸沽湖归来，已过去数日，谈起临别前篝火旁的那次载歌载舞，痴呆呆的眼神依然迷离恍惚。有人凑过去端详，问他："是不是被哪位摩梭姑娘把'魂儿'勾去啦?"随即一片哄笑。

一片哄笑并非没有道理：现代经济社会，大家一个个活得心如明镜、洞若观火尚且不及，怎么会有那些无用的恍兮惚兮?

很显然，职场的白领不允许恍惚，他们只有在竞争岗位上耳聪目明，方能事半功倍，打拼胜出；商界的强者不允许恍惚，他们要在生意博弈中使出浑身解数，才会占得商机，立于不败；白衣天使不允许恍惚，他们务必心无旁骛，以最精确的医术拯救患者，建造福荫；运动健儿不允许恍惚，他们必须全神贯注，以最佳的竞技状态冲击奖牌，挑战记录……

久而久之，我们的周围便蔓延出了太多太多形形色色的清醒者、警觉者、冷静者、精明者和自信者。他们告诫自己务必现实，"识时务为俊杰"，而绝不能有即使是瞬间的下意识的"失态"，而宁肯生活中水之无波，花之无香，火之无焰。他们活得现实而严谨，从不曾被一双蒙眬的眸子、一痕斑驳的树影、一袭醉人的花香，一曲流淌在月色里的天籁之声所打动过，更不可能犯贾宝玉的那种"傻"，初次见到林妹妹，就无来由地痴痴呆呆地恍惚着。

而心思越轨、情绪失控、灵魂出窍，大约就属于那种冥顽不化的精神病顽症，沦为务实者们的笑柄，也仿佛是顺理成章。然而，与恍惚越远，就一定意味着与幸福越近吗？从不曾有过任何神思恍惚的时刻，就真的那么值得忆念和眷恋？

以至于如今，许多聪明的现代人早已不知恍惚为何物，却每每自诩为一种成熟、稳重、大气的处世方略，且一派堂而皇之。对于他们，生活中哪怕些许的迷离恍惚，也会被视为闪失、过错和软肋。

于是我们久违了恍兮惚兮，也久违了那种并非谁都可以享受到的人生奥妙诗意。一旦我们徜徉于过去与未来的时光册页，远离喧嚣，融入澄明，漫步溪间或山麓，林中或海边，那薄雾细雨般的遐思便会丝丝缕缕缠绕心头。就像彼得·梅尔先生，这位曾供职于一家著名国际广告公司的英籍高级主管，在事业登峰造极之时意外辞职，悄然携妻子珍妮及爱犬，离开炫目的长街巨厦，隐居于法国南部的普罗旺斯地区。那里有浓密的森林、葱绿的草场、和煦的阳光和新鲜畅美的季风，更有圣诞树一般迷离奇幻的天空，他常常恍若隔世，思如泉涌，于是便有了《山居岁月》，便有了这本书发散出的对读者的美丽诱惑。正如他的同胞作家蓝恩所赞叹的，"端上一杯美酒，找一张最舒适的椅子窝进去，与作者一同欢度普罗旺斯美好的一年吧"。

恍兮惚兮，就这样常常引领我们淡出滚滚尘世，沉入遐想和梦幻，抵达那种"诗意栖居"般的诱人境界。

滚滚红尘，以不变应万变

1982，文学那根"筋"

我怀揣一纸通知到市委报到，一路走来的感觉是没有感觉。

霞光融着晨风，把我一步步推进门口有武警肃立站岗的那座高楼深院。我四顾茫然。毕业前夕，解放军文艺社曾来人到南开中文系物色一位毕业生，系里推荐了我，对方看了我的作品剪报也表示满意，此事令我喜出望外，眼看北京就要成行，却不料由于我复杂的家庭原因而搁浅了。经历了这次由喜而悲的高起低落，在别人眼里再"体面"的岗位也无法让我兴奋起来。计划经济年代，大学生毕业分配皆由国家包办，我们是受益者也是受制者，而在这个春天，我必须接受的事实是立即到市委宣传部宣传处报到，而且还要尽快进入工作状态。

宣传处永远是整个部里意识形态嗅觉最灵敏的处室，"春江水暖鸭先知"，这里的人时时要和最及时的红头文件、最权威的领导讲话精神、刚出炉的内参和学习材料打得火热。我一来就赶上了"五讲四美三热爱"活动，接着是搜集宣传系统对"新宪法修改草案"的反映，都要求宣传处紧跟形势，明确方向，笔头迅速，立竿见影。这些活动常常"前仆后继"，一个接一个，与之配套的各种材料也必须要以最快的速度"更新换代"。我干得很卖力，写的情况简报也多次得到部领导的肯定，但随着作家梦的渐行渐远，我越来越打不起精神。我很担心一辈子就这么交代给了那些无尽无休的速朽公文。一次下班后，我找到处长，吞吞吐吐提出想离开宣传处。处长大吃一惊，不明白我怎么会突然提出这么个古怪的要求，而且我的理由还很书生气，比如想有自己的阅读啦，希望学以致用、专业对口啦。处长笑一下说："是不是你学了中文，就觉得在宣传处屈才啦？告诉你，我们这里才真正是中文系最合适的对口专业，不是什么人想来就能来的，别以为宣传处的工作很简单，表面看，靠一份中央文件、一本《红旗》杂志和一张《人民日报》就可以对付，这里面的学问大得无边！"我蔫巴巴垂下脑袋。处长和善地拍拍我的肩膀，让我别三心二意了："小伙子，你还年轻，文字也过硬，把眼光放远些，好好干！"

我老实了个把月，内心又开始蠢蠢欲动。我大着胆子找到主管干部的部领导，语无伦次地摆了一堆离开宣传处的理由，我 15 岁就发表习作，到大学毕业时已有若干诗歌、散文和评论发表，是当时中文系学生中唯一的天津作协会员。特别是读大学前我还当过两年文学期刊编辑，希望组织上能考虑我的具体情况，最好能让我的工作与文化更靠近一些。部领导还算开明，居然点头开了绿灯。我几乎是灰溜溜地把自己的东西从宣传处搬到了隔壁的文艺处。文艺处的工作一言以蔽之，就是把握好全市文化艺术领域的导向，但由于管着很多文化事业单位，还要经常下基层检查工作，了解本地艺术家和作家的创作现状，指导、协调文艺团体的体制改革，出席各种相关会议和座谈活动，"审查"重大节日晚会和一些会演节目的彩排等等，身份很特别。我的级别不过是副主任科员，却罩着大机关的光环，类似"宰相府里七品官"，可以代表文艺处乃至部领导对下面指手画脚，领受基层的远接高迎毕恭毕敬，且似乎名正言顺。我却不习惯，不自在。此外，总写那些非文学的材料也使我焦虑。我是处里最不常下基层的人，常找借口躲在办公室，偷偷读心仪的茨威格、雷马克和巴乌斯托夫斯基，即使无故揽了很多收发和文件归档之类的勤杂活儿也乐此不疲，见缝插针的阅读经历也成了我那段日子的小小亮点。

1988 年元旦前，我终于下决心要离开这里了。大概部领导已经看出"烂泥扶不上墙"，干脆放行。就这样，我的工作关系转到了市文联。那时文联只有 30 来号人，没有固定的办公场所，只临时租借了一座八国联军时期的百年旧楼，里面墙皮剥落，光线昏暗，空气潮湿。我每天拎包踩着吱呀松动的楼梯，到只有两间窄屋的一家杂志社重操旧业，但只有我能感觉出此时此刻自己的心正在快乐呻吟。可幸的是，回到家里，萍并没有抱怨我的一意孤行，她搞不懂我的新职业是怎么回事，却知道我这辈子很难离开文学了。萍说换个环境也未必是坏事。说得轻描淡写，却使我几乎落泪。倒是一些老同学劝我慎重，有朋友甚至直言，"早知今日，又何必在宣传部兜个这么大弯子才回去搞文学，到文联就能搞出名堂来？水往低处流人往高处走，老农村妇都懂的道理啊！"我一笑置之。这件事跟我能不能搞出名堂扯不上关系，不过是我的那根文学"筋"总在作怪，我已经委屈它快六年了，不能再委屈下去了！

从大机关的干事摇身一变成了普通杂志的编辑，昔日光环在瞬间熄灭得干干净净。如果说这种落差在世俗眼里毫无反应，那是骗人，但无论如何，我体会到了个人性情回归文学轨道的轻松。终于可以静下心来进入阅读和写作了，那些澄明的文字引领我的日子远离喧嚣，安于平静，进入灵魂的一种自在仪式。

1991，树欲静而风不止

不知什么时候，萍的叹息多了起来，且不止一次地感慨着"穷则思变"。人本是趋利避害的社会动物，不足为怪，何况那阵子全民皆商，生意汹涌，人人自危，泡沫泛滥，熟人见面似乎不谈上几句水泥、钢材、水果、服装、粮油、烟酒什么的就是落伍，好像谁手里都煞有介事地掌握一些货单、批文、车皮，各种贸易信息五花八门铺天盖地，萍摩拳擦掌跃跃欲试，当属正常。到了这年秋末，石破天惊，萍真的要有大动作了。

我和萍结婚已有九个寒暑，一直没有分开过。我的职业属静，编稿子爬格子数年如一日，如一座岿然不动的山峦；萍却好动，似一条时常变幻流向、流速的山泉。早年她是工厂检验员，后进入科研所搞数控机床项目，几年前调入一家国营大公司并参与经贸洽谈，是每年广交会的常客、公司的业务红人。萍却毅然辞职，不顾公司高价挽留，甚至连档案关系都不在乎了，执意南下，在热辣辣的海南岛注册了自己的旅游公司，继之与人搭档涉足房地产，事业越做越顺。

萍下海伊始，就有好事者预言：这对夫妻是在自寻解体，离婚只是个时间问题。萍听了一脸疑云，我说："你还真信那些乌鸦嘴呀？去吧，我们的婚姻还不至于这么脆弱！"于是，萍把"家庭内务总管"的担子交给我，放心去了。其实我何尝不知道，现代社会的最大特点就是多变，而最多变的就是人心。存在决定意识，分离就是距离，而距离本身就是一种很难把握的东西。柏杨先生不是早就说过"分离法"是结束两人感情的有效药剂吗？时间和空间的分离作用往往使当事人浑然不觉，那些地久天长情天恨海的故事只属于梦呓状态的诗和小说。但我必须无条件支持萍的下海选择。萍视商场博弈为人生的乐趣与价值所在，实践证明这也是她的强项，我没有这种本事，如果再拖后腿，那就是别有用心了。即使由此形成强女人和弱书生的婚姻反差，即使一个丈夫对这种格局不无隐忧，也不能以任何借口羁绊妻子的正当自由行为，她快乐，我才有幸福。仅此而已。

萍第一次回家是在转年冬季。显然她已习惯了南方的夜生活，每天日出夜归，忙于各种生意应酬。萍的服饰在天津这个并不时尚的北国城市显得非常特别，与其说华丽，不如讲是华贵。她手持砖头状的"大哥大"，全身项链、戒指、手链一应俱全，驾一辆崭新的黑色"马自达"东奔西走，如入无人之境。萍看重物质，忙于盈利，属于务实派；我依旧编稿子爬格子，在一些文学研讨场合发表一些书生见解，立于精神，美其名曰"务虚"。我戏言，1997年才会出现"一国两制"，我们家却先行进入了"一家两制"，萍听了不置可否，依然我行我素。

随之发生了第一次婚姻碰撞。那次正赶上女儿杉杉的期末考试，整整一晚上，我一直督促孩子复习却收效甚微，心里便有些冒火。我批评杉杉不是太笨就是心不在焉，二年级的课程都这么糊涂，将来还有什么指望？杉杉未及反应，在一旁描眉画眼的萍却答了腔："有理不在声高，注意孩子的心理健康！"想起萍回来这十几天，对杉杉百依百顺，吃的穿的要什么买什么，一有空还抱在一起嘴对嘴唇对唇地互吻，如此妇人之仁，孩子的考试心思哪能集中起来？于是我说："孩子学习不争气，将来父母还要养她一辈子不成？"萍针锋相对："怎么不争气？我看比你强。养一辈子我也养得起！"我冷笑道："那好，你管孩子吧，从今天起拜托了！"萍注视我一字一顿说："我挣钱，再管孩子，要你何用？"我大怒："带着你的钱，滚得远远的，我要是求你半句，就不是个男人！"萍含泪夺门欲出，杉杉哭喊着扑过去拖住妈妈，我自知言重，默默递过去一条毛巾。

　　我们的自尊心都受到了伤害。一段时间，我们双方都在有意回避关于"钱"的话题。其实，我几斤几两，萍并不糊涂。一次通话，萍和我商量，随着公司规模滚雪球般不断扩大，需要一位人品牢靠、不贪不沾且对数字清楚的人当"财务总监"，她虽身为总经理，本着"举贤不避亲"的用人原则，便向董事长推荐了我。我很意外，心热了一下，略作思索说："能得到'总经理'如此的信任和栽培，本人受宠若惊！"萍让我别瞎贫，考虑一下再答复。我告诉萍现在我就可以答复。我表示不是什么人都能经商成功，而公司财务管理更是一门系统学问，自己对这些一窍不通，也没兴趣成为一个理财行家，我也不愿意放弃我的文学写作爱好。再者，夫妻同在一个公司，很可能弊大于利，到时候我帮不了什么忙，却还要添乱，可就惨了。萍听着若有所思地"嗯"几声，认可了我的意见。

　　其实，一个女人独闯南国的种种艰辛，我并非迟钝到全然无知。有段日子，杉杉被接到姥姥家住，屋子异常冷清。一个深夜，我被一阵急骤的电话铃声惊醒。迷迷糊糊抓起话筒，里面竟是一个有意拿捏出的南腔北调，令人头皮发麻，那声音嘶哑着问我是不是萍的老公，然后说："你老婆和董事长上床了！"我睡意顿消："你是哪一位？"对方电话已经匆匆挂了。我脑子一片空白，继而乱七八糟。转天上班，正赶上发稿，当中我还和两位作者谈了选题，晚上又赴饭局，事情一多就分散了注意力，给我的感觉仿佛什么事都不曾发生。此后几天，一片风平浪静，我甚至觉得那个电话仅仅出现在睡梦中，是虚幻的，不真实的。然而一个周末的深夜，那个嘶哑着的声音再次出现："黄先生还没有去捉奸？"我一激灵，反问："你能不能报一下尊姓大名？"那声音说："这个不重要吧，我可是为你好！"我说："你是谁都不肯讲，我怎么相信你是为我好？"那声音停顿一下，忽然变得凄厉了："傻小子，绿帽子你就戴着去吧！"就挂断了电话。

我拥被而坐，直到东方泛白。当电话铃声又响起来，我抓过话筒喝道："混蛋！我要报警了！"里面却是萍的声音。她莫名其妙，我便如实相告。我自认为并非心胸狭窄，但还是被这件事搞得心情糟透了。我自嘲大开眼界，见识了只有在电影电视剧里才会有的离奇情节。萍沉默片刻，说："让你受委屈了，我真的很抱歉！"又告诉我这种事的出现，很可能与她正在接触的一笔生意有关。大约过了20分钟，萍又打来电话，再次表示了自己的深深不安，请我相信多年来她对家人的感情和对家庭的责任，并要我保重身体，带好孩子。我忽然觉得萍的处境很难，不仅是生意场各种形形色色对手的不择手段，还要背负难以洗刷的人格屈辱。那一刻，我鼻子发酸，喉头哽咽着结束了通话。

1996，我如期归来

当我在洛杉矶国际机场辞别送行的家人，登上返程航班留下最后一瞥的时候，内心蓦地一阵抽搐。那天我特意戴上了一副墨镜，为的是掩饰泪光。我毕竟在那个新移民源源涌入的美国西部城市，确切地说是在座落于洛杉矶半山位置的那套大房子里住了三个月，那大房子如此空旷，仅仅住着已显沧桑的萍和女儿，我似乎绝无理由继续远隔重洋，分居于地球的另一端，回到我过去的寂寞岁月。

我的如期归来，引来了周围许多异样的目光，问的话如出一辙：

"怎么……回来了？"

难道我不该回来吗？我一时迷茫。一种彻骨的孤独使我倦于解释。我知道，怪异源于人们还不曾醒过来的"美国梦"。难道就因为那个国家被许多人视为"天堂"，我就该随波逐流，让生命终老在那里？

五年前，踌躇满志的萍被滚滚商潮推到了海南，走得匆匆，别得匆匆。所有的家人，萍，我和杉杉，包括她那已显出老态的父母双亲，脸上皆是一派快意融融。只是回到空落的家，四壁依旧，陈设如昔，我才恍然觉出空气里少了一种特殊滋味。夜深无眠，我趴在地图上探寻着那个被古人称为"天涯海角"的地方，内心一阵悲凉。两年前，更加踌躇满志的萍办了"L–1"签证远赴美国开拓发展，依然是行色匆匆。那个阴雨的黄昏，准备赶往北京机场的萍拎起装有护照、机票和一沓美元的手包，又一次环视她曾经非常熟悉的这个房间，可以想象，这个房间由于她这次跨洋赴美将更加清冷。我催促萍该动身了。萍的眼里忽然闪出水光，忙低头转身，快步下楼，迅速钻进停在门口的"马自达"。我还没来得及祝萍一路平安，汽车便绝尘而去，我没有去机场送行，这是听了她的话。我转身上楼，折返的脚步居然轻捷矫健。只是回到一片狼藉的家里，一屁股陷入沙发的时候，才唏嘘着意识到，我怎么会对"离别"如此麻木不仁？

这就是现代人特有的潇洒？

久远的漫漫岁月中，我们的先人对于离情别恨的人生况味历来有着特殊的敏感和缠绵。古代社会交通闭塞，生活隔绝，"生离"往往无异于"死别"，并通过历代文人墨客绵延出了中国古典文学集体无意识的传统主题，一脉相承着我们这个民族不堪别离的情结与根性。曾几何时，依然是这块土地的子民，却变得格外洒脱了。它赤裸裸地向人们的陈旧观念宣战：谁在乎"离别"，谁固守故土，谁就是那没出息、没本事的窝囊废，活该被这个眼花缭乱的世界淘汰掉。"离别"已经失去原始的含义，不再让人畏惧和忧伤，反而被视为闯生活、干事业、奔明天的一种现代人的阔达与风范。既然如此，人们应该学会"离别"，学会"离别"就是学会随缘。

却又谈何容易!

我在美国探亲的三个月里,从萍的言谈举止中领略了什么叫"熟悉的陌生人"。我知道我不该大惊小怪,凡是到域外定居谋生的新移民,需要的不仅仅是改头换面,而是脱胎换骨。无论你以前如何是人之骄子,位尊身贵,最好将这些统统忘掉,当你一踏上异国土地,生存问题便麻团般纠缠上你,你必须正视一种现实:一切从零开始。或者还可以引申为这句话:幸福不会从天降。

关于我的去留,萍表示尊重我的选择。那个傍晚,洛杉矶刚下过一场透雨,天空像是一面刚刚被清水洗涤过的巨大镜子。我沿着半山坡道徘徊,直到夜幕垂临。我驻足仰望,深邃的星空像有无数神秘眼睛在注视我。俯瞰山下,浩瀚密集的动态灯光勾勒出的都市轮廓在提示,这就是梦幻洛杉矶啊。冥冥中一个声音在问:"既然是脱胎换骨,相当于人在有限的一生中活过两回,又何乐不为?能获得两次生命的人,难道不是幸运吗?"我摇了摇头。有过美国留学经历的王小波曾谈到,移民他国,人生主题肯定要被改变。我意识到,这改变主要体现为一种简化——把人生的一切问题都归结为生存层面的那种简化,真如此,人活在何处和活了几次又有多大意义?平凡如我者,并不想用"大事业情结"幻化自己,我只是不愿意让灵魂仅仅匍匐在生存层面。人活在世,既要适应基本生存,又要于精神方面超越于其上,大概这就是我这类男人一种不可救药的悲剧顽疾了。

而关于杉杉的去留,我考虑美国公立学校实行免费教育,孩子吃饭也很便宜,对萍来说,经济负担有限而精神慰藉无限,也就同意让杉杉在美国读书。之后,我和杉杉的通信越来越少了。我给她寄信,最初她还可以有来有往,渐渐地能拖就拖,还偷工减料,草草半页信纸就对付了。我提出质疑,杉杉就和我商量,"老爸,可不可以用英文回信?"我说不可以,我让她不要图省事,我们既然是中国人,就不能放弃母语交流。杉杉的普通话说得很标准,但那一笔歪七扭八的汉字还仅停留在当初小学五年级的水平。当然也怪不得她,但无论如何,我不希望杉杉就这么丧失掉汉语书写能力,这是一个底线。

"留守"期间,我经常和一位留校执教的大学同窗"手谈"。我们沉迷于黑白世界由来已久，"何以解忧，唯有弈秋"，这是常挂在那位同窗口头的一句话，特别是在二十世纪八九十年代之交，围棋曾陪伴我们共同度过了一段苦闷的精神危机。我的"棋瘾"曾被萍深恶痛绝，萍去海南经商，有段时间我就在同窗家里过棋瘾，还带我家杉杉来和他家女儿丹丹做伴玩儿。我们下起棋来公羊抵角般互不服气，直下得两眼发直，面目可憎，常常是天色已晚孩子喊饿，我才恍然想起回家，这时候他的妻子琳总会留我吃饭，然后变戏法一样把几道色香俱佳的热菜端上桌。琳的单位不景气，她就回家做了全职太太，琳给我印象最深的除了厨艺，还有她脸上的温和笑容。我向萍推荐了琳。琳在海南干了一年多，直到萍关闭了公司去美国才回到天津。但世界实在太小了，两年后，萍居然在洛杉矶的女友家见到了琳，并得知琳是借钱通过关系办个商务签证来美的，然后逾期未归"黑"下来，先后偷偷在餐馆和衣厂打工，因吃不消那些劳动强度而改做保姆，干得兢兢业业，月收入千元有余。而我的同窗全然不晓，只知道妻子在洛杉矶做公司文员。不久我第二次赴美，琳托我给她家捎东西。琳疲惫而憔悴，还多了些悠长的叹息。琳的境遇与萍不可同日而语，她没有身份，苦不堪言，一度精神几近崩溃，又没脸回家见亲友，只得硬撑下去。萍的如意算盘是在这里挣三五年美元，之后回家还债，开个小店。琳最怕突然收到报告母亲病危的一纸电报，母亲体弱多病风烛残年，一旦有生命危险，她是家里的长女，没有不回去的道理，但一回国就休想再踏上美国了。琳嘱咐我，千万别让她老公知道她在这里当保姆，他会挂不住面子的。

就这样，我和那位同窗都成了被许多人羡慕不已的"留守男士"。他既当爹又当妈，我看见他笨手笨脚地忙着给丹丹弄饭，心里总不是滋味。这些场景，琳能够想象吗？我们有时候还会相约下棋，却只是埋头对弈，默默下棋，不谈其他，这似乎成了一种默契。不知何时，我们都失去了昔日那样一种一决胜负的气势，表情空洞着，棋下得越来越沉闷，围棋也不再是"解忧"的灵丹妙药。他情绪不佳，我猜想他很可能知道了妻子的一些情况，但他不提，我也就不说什么。我们越来越疏于联系。一次萍忽然来电话说，琳最近闪电般嫁了个美国人，绿卡拿到手，丹丹也被接来，并深得她洋继父的宠爱。我一愣。这个迟来的消息很类似出口转内销。但我清楚，这一天迟早会有的，就像如今我和萍一样。但他们的故事这么快就到了终局，我还是很意外。

我和那位同窗的这一段人生轨迹实在太相似了，相似得近乎雷同，雷同得有些失真，失真得颇具戏剧色彩，却绝非艺术虚构。我们冷不丁被共同的命运之神相中，我们来不及做出反应，于是躲在各自的空巢同时失语了。以至于数年后我们各自再婚是低调无声的，都没有告知对方。

我们彼此彼此，不谋而合。

再后来，我们由疏于联系到失去音信，并极力从那段共同的记忆中挣脱，并最终与梦幻般的往事彻底了断，回到现实的自我。

萍们，琳们，还有我们，当初都不曾意识到，另一半的赴美远行其实意味着更换人生跑道，说到底是踏上了一条不归路。这绝非偶然事件。越来越多的"太空夫妻"，几乎在格局形成之日就埋下了致命隐患，以后的终局不过是一种顺理成章。这是现代经济大潮带给中国婚姻现状的"新气象"，也是"新课题"。而我们无论谁，都不该承担伦理责任。我们所能做的或许应该是与往事干杯，对过去的美好真诚凭吊，并默默互予祝福。

天涯无语

一道深不可测的沟壑横亘在我和女儿之间。那道沟壑是有形的太平洋和无形的岁月。我清楚这沟壑的难以逾越，也懂得天各一方的必然结果不仅仅是杉杉在那边一天天长大，我在这里一点点变老，还注定会有种种的不测从天而降。

那个早上，还在睡梦中的我被一阵电话铃声惊醒了。是杉杉的声音。时差关系，杉杉一般很少在这个时间打电话，我懵懂着从床上爬起来，听见杉杉告诉我，她已正式拥有了美国公民身份，刚刚参加入籍仪式回来。她说得很平静，也很随便，好像在说别人的一件什么事。我好半天才反应过来，一阵哑然。我很想问她，既然你已经拿到了那张可以让你永久居住的绿卡，何必要急着入人家美国籍呢？嘴上却嗫嚅道，"好啊，好啊……"便搁下了电话。

这个消息意味着什么？意味着杉杉从此以后不再是一个中国女孩了。选择做哪国人、持哪国护照终归是女儿的权利，可作为她的父亲，我实在无法超然地对待这个问题。

屈指算来，女儿移居大洋彼岸的洛杉矶迄今已超过 12 年了。人的一生又有多少个 12 年呢？何况这 12 年是杉杉的一段最关键成长期，而这样一个过程我却无所作为。顺带说一下，当初，刚满十岁的杉杉赴美读书完全是父母越俎代庖做出的决定，孩子根本没有能力选择自己在哪里接受教育和完成学业，甚至不具备这种选择的权利。既然如此，出现了任何一种结果，无论得失成败，孩子都不该承担原始责任。

　　杉杉是1995年岁末离津赴美的，当时还只有十岁。2002年初夏才第一次回国探亲，已是亭亭玉立的17岁了。她回国前夕，我每晚都要端详摆在床头的杉杉儿时照片，眼前便有些模糊。明明知道女大十八变，杉杉早已不复我记忆中的童稚模样，但没有亲眼见到，我还是无法想象。杉杉一个最重要的成长阶段对于我这个当父亲的是个空白，且永难填补，我只能用无数个夜梦代替。梦中的杉杉，时而缠着我要听故事，时而被我逗得大哭，转眼又破涕为笑，赖在我怀里欢快地撒娇，抻耳朵揪鼻子做鬼脸，还眉飞色舞地给我讲她刚听来的小笑话，我和杉杉像两个忘情的顽童，头顶头脸对脸，笑个没完没了。那真是一种揪心的享受啊，它曾经不是梦，真真切切发生在过去了的那些日子，如今物是人非，成了十分久远的记忆，而且绝无重复的可能了……

　　那个下午，我驱车早早赶到北京机场。出站的人流往外涌动着，东张西望看的我眼睛都不够用了，却一直不见杉杉的身影，我正怀疑是不是误记了航班，这时候一个肤色白皙、姿态优雅的长发女孩远远地出现了。她背个双肩包，身子挺拔，目视前方，独自推着带轱辘的硕大箱子走得不紧不慢，看样子有些眼熟。我不敢确定她就是杉杉，就挥动手臂试探，那女孩终于也看见了我，微笑着招手"嗨"一声。那一瞬间我的神思恍惚了。昔日那个活泼爱动的女童，怎么会变戏法般就成了一个如此沉稳自信的大姑娘？

　　很快，我就被杉杉带进了一种"全新"的陌生之中。那种感觉由整体而向所有的细节蔓延，几乎是全方位的。我发现杉杉的每只耳朵都扎了好几个眼儿，一问，果然是临来时才把饰物摘下，而这之前她环佩叮当。我问她一个耳朵扎一个眼儿还不够用？她笑而不答。我早就听说杉杉对自己的衣着穿戴近乎挑剔，一接触果然如此。杉杉回津的日子忙得像个陀螺，每天都要出去找同学玩，而不肯在家闲待着，不管回来多晚都要看一盘影碟，还要打没完没了的长途电话。那些电话遍及洛杉矶、天津、北京、香港、台北和韩国，常常聊得忘了时间。我不得不提醒她电话费的问题，杉杉说我都是让他们把电话打

天涯无语

进来的。说得我都不好意思，杉杉怎么会有这么一位吝啬的老爸？

杉杉和儿时同学相聚，脸上始终带着微笑，她不会主动对别人谈起在美国的生活，她觉得那无异于炫耀，很不礼貌。那时，当年的小伙伴们大多考进了南开、耀华、新华等市重点中学，彼此谈论的课程深度远非美国中学能比，杉杉在一旁听不太懂，便沉默。据估算，她比国内同龄学生的学业进度慢了差不多三年，但杉杉并不羡慕她的同学，相反倒有些怜悯他（她）们活得实在辛苦。其实当年的杉杉在同学中是公认的佼佼者。杉杉六岁上小学，最先在一所家门口的走读小学读书，三年级转入天津克瑞思集团办的一所私立寄宿学校。那所学校的创办人杜先生特意从美国请来了12位蓝睛高鼻、一句汉语不会讲的洋人教师充实英语师资力量，教学风格便很有些特立独行。此举在津城曾闻名一时。学生家长肯掏出不菲的学杂费把孩子送到这里接受教育，当然是对学校的教学质量寄予厚望。这样的环境刺激了杉杉的好强争胜，她在班里是班委，在学校舞蹈队是台柱，还担任学校文艺演出的报幕员，全校课间广播体操的领操生，称得上学校里的“小名人”。每次周末我去学校接杉杉回家，路上总会有些小同学喊我“叔叔”，而其他家长却很少有这样的“礼遇”。我对杉杉说：“你人缘不错嘛！”杉杉却摇头说：“他（她）们是别的年级，大家并不认识。”多年后，我遇到过几位当年克瑞思小学毕业的学生，他们都还记得那个跳舞、报幕、领操的活跃小女生黄杉，还回忆起了一些很有趣的细节，令我这个当老爸的颜面有光。这么多的活动会不会耽误学业？我一度有些疑虑，杉杉却说“没问题”，让我“把心装在肚子里”。五年级上半学期就要结束了，周末接孩子，班主任专门召开家长会，要求家长们认真监督孩子的期终考试复习，然而回到家，晚上的电视节目杉杉竟然照看不误，我过去关电视，批评她，“这么关键的时候，你的同学哪个不在拼命复习？你怎么敢把老师的话当耳旁风？养兵千日用兵一时，你能不能把心思集中一下？你这么稀稀松松，我怎么向你妈妈交代？”她却紧抓着遥控器不撒手，还辩解说：“成绩考不好，挨批评丢脸的还不是我？爸爸你不用这么急，我心里有数。”口吻像个小大人。话说到这份上，我不好再讲什么，“那就信你这一次"。事实证明我的担心是多余的，考试成绩下来，杉杉带回家的是一份非常优秀的成绩单：语文、数学、英语三科几乎满分，平均成绩名列全班第二。而这时候我已经为孩子办好了出国手续和机票，她的妈妈萍正在遥远的大洋彼岸翘首以待。

不过，杉杉这么小的年纪就赴美不归很可能是个失误，这是我"事后诸葛亮"的一个反思。那时候人们把美国想成了天堂，小学教育自然也是世界一流，还哀叹孩子在中国只有"法西斯般"的学习而没有花季童年。记得一次朋友聚会，有位国外留学回来的成功企业家多喝了两杯，席间对我们习以为常的教育体制大加挞伐，不仅批评得一无是处，甚至用了一个恐怖的比喻："杀人的教育。"这个比喻虽有点极端，但还是引起了包括我在内的许多人的共鸣。在以独生子为常态结构的我国都市家庭，人们最看重的就是孩子的学业，并甘愿为此付出力所能及，甚至是力所不能及的代价。如今悔之晚矣。其实中国的基础教育无与伦比，而美国的小学简直就像个胡淘傻玩的大幼儿园。当中国孩子在为升初中和中考疲于奔命的时候，美国孩子却在那里漫不经心地发展自由天性。人无压力轻飘飘，何况是个孩子。最初她来到美国那会儿，也曾有过茫然和无措，但很快就接受并喜欢上了美国人那种自由无束的生活形态，中国的一切管教方式在那里都失了灵。美国是个可以公开谈性的国家，异性之间从来就无神秘可言，从中学时起男女生就开始堂而皇之地频频约会来往，分心是肯定的。杉杉不在身边的这段岁月，最让我牵肠挂肚的就是她的学业。杉杉不是一个所谓的"乖乖女"，从小就有个性和主意，这让我喜忧参半。我远在万里，我的牵挂鞭长莫及，我过去的人生经验模式在那里完全行不通，如同"隔山买老牛"，我的话也就越发变得苍白无力。久而久之，我索性很少过问，却又无法真正做到"眼不见心不烦"。这种状态延续得太久了，已经很无奈。

我自信不是一个狭隘的"民族至上"主义者，也尊重女儿对国籍的选择权利，但杉杉毕竟年轻，脱不开黄皮肤黑眼睛的血脉根系，漫长的人生旅途还等着她去跋涉，她对于这种跋涉的艰难又有多少心理准备呢？我曾亲耳听过一位华人老移民的唏嘘感慨，明白移民异国的过程不仅仅是一次人生裂变，而是人的第二次投胎，它意味着你所习惯了的语言、思维、种群、伦理、习俗、环境、亲朋好友的圈子，和许多属于你的时光往事，都要逐一淡出，甚至要统统放弃，一切从零开始，进入一个完全陌生的生存系统和文化生态，这些感受非亲身经历者很难懂得。还有，对于一个新移民，选择地域和国籍或许是简单的，也是容易的，但在对一种文化认同的同时更会有着源于基因的天然排异性，杉杉应该不会例外，比如在美国生活，她将无法完全摆脱那种所谓白心黄瓤的"香蕉人"境地，而最终难以在那里如鱼得水。

不过事实证明，我的想法纯属杞人忧天。显然我对这样的事实缺乏估计：杉杉赴美国的时候太小了！我还忽略了一个从小就接触美国教师、吃麦当劳喝可乐穿牛仔装、到美国后其天性个性又得到了空前释放的女孩，有着怎样深不可测的可塑性。持唯物论的社会学家，往往认为人是某种环境的产物，其实从本质上说，人更应该是某种文化的产物，因为环境的形成最终也归因于文化，而强势文化的巨大同化功能更是不可小视的。我还记得，在洛杉矶机场的接机口，萍泪流满面地捧着女儿的小脸蛋亲个不停，并说她已经为杉杉联系了一所小学，让孩子感受一下美国人性化的教育方式，萍还声讨国内的"填鸭式"应试教育简直就是摧残儿童，孩子被沉重的无用功课压得喘不过气，个性呆板，创造力萎缩，少年老成，即使考了高分也出息不大。我被说动了。我的认同，也源于我对杉杉的信任。说起来令人难以置信，那次我能够正常出美国海关还多亏了杉杉。记得飞机降落在洛杉矶国际机场时正是中午。下了飞机，抬头一望，满眼是美国西海岸的湛蓝天空，和跳跃着的灿烂阳光。这之前一切都还顺利，但是当我推着行李车和杉杉出关时却遇到了一次"下马威"，一位高大健硕的黑人女关员忽然把我拦住，嘀里嘟噜说了一串英语，我哪里听得懂，一下子愣住，她开始摇头，表情更加严肃了，周围又没有华人可以帮忙，场面一度有些僵持。但我忽略了杉杉的存在，这个小小的"救兵"忽然拉一下我的手，踮起脚尖凑过来，仰着小脸悄悄说："爸爸，她让你出示一下我妈妈的工作证明！"我喜出望外，赶忙从随身包里找出一张英的美国公司名片，女黑人关员接过来仔细看罢，点头一笑，露出了雪白的牙齿，然后她把惊叹的目光转向杉杉，弯下胖大身子，伸出厚嘴唇亲吻了一下杉杉稚嫩的小脸蛋。在场的"老外"们也纷纷发出了称赞声。这个有惊无险的经历，使我无意中了解了女儿的英语水准，也更加相信即使与土生土长的美国孩子相比，杉杉也肯定不会比任何人差。

事实上，杉杉在美国小学这么一读，就再也不愿意回国了。首先是时间，美国小学生每天放学很早，早得有些离谱，一般是在下午两点钟，保守地估计，即使不算晚上做作业，国内学生用于学习的时间也要比美国学生多出一倍；其次是方式，我曾透过玻璃窗观察杉杉上课，教室里学生围成一圈儿，老师则坐在孩子中间讲课，据说这种近距离便于沟通，也利于做实验，学生们坐姿各异，还伴有欢声笑语，而且可以随时去卫生间，举手示意一下就行；还有，作业量同样少得离谱，纯粹是象征性的，半个小时足可对付，学生更多的时间是在玩，变着花样玩，随心所欲玩。一个中午，我接杉杉放学，还没到两点，看到操场在上体育课，一群孩子正在乱哄哄地踢足球，守门员是那位20多岁的女班主任，短裤背心露出了她的丰满体态，她把头发马尾般扎起来，孩子一样上蹿下跳，鱼跃翻滚，身上丝毫没有国内的那种师道尊严，其他人则站在一旁喝彩。这种方式正对杉杉心思，当她从国内繁重的功课堆中走出来，从中小学生"减负"的争论不休中走出来，一下子拥有了无拘无束的自由空间和大把时间，日子一长，心便像是长满了野草，很难坐得住了。在一个不看重分数、缺乏学习动力的环境，杉杉也逐渐丧失了对学习成绩的高标准严要求。同时这种教育方式也影响到了她的妈妈萍。在国内小学，所有的孩子家长都在发力，潮流滚滚不进则退，对孩子的学习成绩绝不肯丝毫马虎，而到了美国如果还像咱们国内那样继续发力，就显得非常可笑和不合时宜了，因为无论是学校环境，还是同学之间的状态，孩子都感觉不到任何压力。萍的关注点便渐渐转移到了杉杉的衣食住行，对孩子的一些任性之举不去干涉，更多的是给予满足，越来越显出"妇人之仁"，其直接后果便是几乎失控。三个月后，当我一个人离美回国时，已经意识到了什么，却无济于事了。几年下来，杉杉玩熟了电脑，热衷于同学之间的生日聚会，开始在意美容外形，且日益受到异性朋友的青睐和追逐。她16岁时学会了驾车，回家的时间没有准点儿，甚至还偶有夜不归宿的事情。萍常常在电话中向我抱怨孩子难管，我叹息，也只是请求萍管住杉杉两点，一是千万不能沾染毒品；二是不要成一个未婚妈妈。我说这已经是底线了，其他的，让孩子好自为之吧。现在的杉杉，开始边打工边读大学，以维持学费和比较舒适的生活消费支出。在美国也有大学生主动给自己压力，硬是用三年时间读完四年的学分，杉杉却是相反，尽量让自己活得轻松惬意，四年大学打算用五年、六年时间完成，理由很简单，学习不能耽误打工挣钱，也就是不能耽误正常的生活消费。

　　杉杉这次回国探亲，给了我当面规劝她的机会。我必须要抓住。我说："学生就要做学生该做的事，主要精力应放在学业，打工挣钱是一辈子的事，不着急，学业却是有年龄的阶段性，要有紧迫感，趁着年轻尽快完成学业。"杉杉根本不为所动，次数多了便有些不耐烦，说："爸爸，你的道理人人都懂，但不是我的选择，也不适合我。请不要再说这个问题了！"

　　我们的冲突终于爆发了。

　　我不认为自己生性刻板，但还是无法接受杉杉回来了一个多月只知道疯玩，竟没看过一页作业这样的事实。我忍无可忍，责问的口吻陡地严厉起来。杉杉说："我的作业我自有安排，我回国就是来玩的，而不是为了什么学习！"说得理直气壮。我更加失望，满眼都是杉杉的毛病。我批评她不求上进，贪图享受，过于讲究物质生活，我说："你有什么资格可以优越？"杉杉一脸反感："说这钱是我自己打工挣的，有什么错？！"我大声教训她说："你这样的年龄，挣钱不重要，服饰不重要，享受更不重要，你的精力应该用在学习上，只有考上了好大学，你才能摆脱低级打工的命运！"杉杉含泪冷笑，不再和我说什么了。杉杉的沉默一直延续到了她离开天津。我开始检讨自己在什么地方出了问题？

　　我检讨自己，究竟在什么地方出了问题？我明白了，美国青年很早就具有独立意识，他们视依赖父母为耻，视自食其力为本，在这一点，国内的年轻人就显得很没出息，根子却在父母，许多做家长的常常抱着不切实际的期望值，为让儿女将来能出人头地，千方百计用国内那套教育模式规范孩子，读名校、拼学历，而从来不去顾及儿女的感受，结果大人孩子都累。杉杉没有走这条路，就该被指责吗？为什么得不到我的尊重？

杉杉在北京机场海关消失的时候，定格了一个默然独行的背影。视线朦胧中，我意识到她的背影最终属于无语的茫茫天涯。世间无论什么情，一旦被生存、文化和岁月隔绝，都会不可逆转地改变一些什么，甚至面目皆非。即使血浓于水的亲情也常常难以幸免，何谈爱情和友情。杉杉还会叫我爸爸，还会把我视为她的亲人，但她永远不会赖在我的怀里撒娇，我也不会像过去那样抱她亲她了。于是，我们共同被一种叫作距离的东西击中了。

女儿选择了自己的国籍，我也渐渐明白了，远在天涯的杉杉活得健康、活得尊严、活得快乐，难道还有什么比这更重要的？前不久杉杉在电话里说，17岁那次回国，其实对她的触动还是很大的，她觉得自己仿佛长大了一些，或许今后不会再走同样的弯路了。我有些哽咽，连忙说："未必是弯路啊，可能还是你迈向未来成功的一段华彩序曲呢！"这是我的遥远祝福。

真的，杉杉，如今老爸所能做的也只有这些了。

天涯无语

一座墓碑的诞生

　　已经很久了，老姐一直有个未能释怀的情结：让戎马一生、逝在津门的父母大人得以同穴共眠。然而限于诸多因素，即使立一小块朴素的尺碑，在过去那个年代也只能是个幻想。

　　弹指之间，父母已离去40多载，我们这一对昔日的遗孤姐弟，也早已从懵懂无知、相依为命的孩提时代，步入了感怀颇多、心思悠长的中年季节。而两位大人也正是在半百之年驾鹤西去的。我们却总觉得父母的魂体并没有真正得到安息。早在二十世纪三十年代初，父亲黄凤舞、母亲姜忠清，就分别从河北邢台和四川巴中老家投身革命队伍，是我军历史上为数不多的英勇经历过二万五千里长征全过程的一对红军夫妻。父母大人历尽炮火硝烟，身饮多处弹片，鞠躬尽瘁有口皆碑，虽九死一生而得以幸存，却因积劳成疾，先后在六十年代初、中期去世，并没享受过多久的好时光。那时我们还年幼，不懂得父辈的浴血献身对于新中国意味着什么。随着一年年的开蒙晓事，我们开始感到了心绪不宁，且年龄愈长，其不安愈甚。终于一天，老姐对我谈到了她的那件久远心事，父母在峥嵘的战争岁月情笃意深从未分开，双双进入天国，也该让他们牵手相携。小时候，姐姐曾是邻里公认的孝女，记得父亲先母亲而去的日子，十岁的姐姐像是读懂了母亲的彻骨悲痛，终日默默为母亲擦拭泪水。三年后的一个傍晚，母亲也因心肌梗死而猝然撒手，几乎要垮掉了的姐姐一连数天粒米不进，滴水不沾，竟引来许多叔叔阿姨的轮番苦劝，姐姐只是凝然独处，噙泪无语，那种伤心欲绝的场景使幼小的我永生难忘。擦干眼泪后，神情严峻的姐姐像是一下子长大了，此后几十年顶在母亲位置上，拉扯我这个不懂事的弟弟艰难度日，内呵外护成了一种习惯，且家长的责任意识延续至今，当仁不让。

时光荏苒，几多沧海，老姐那个未能释怀的情结却如影随形，始终挥之不去。五年前，我们为母亲了却夙愿，曾专程回四川巴中老家寻根，探访生命的源头。母亲故居藏在大巴山深处的层层皱褶里，那里天蓝树绿，山清水秀，却贫穷得使人悲凉。乡情扑面，老姐慢慢走在曾印着母亲童年足迹的土坡深情回眸，潸然泪下，喃喃告白：妈妈，您在世时曾多次念叨，自当年参加红军后，就再不曾回过老家了，现在，我和弟弟正站在您故乡的土地上，您老人家可以瞑目了！

巴中这个革命老区，特意为昔日的红四方面军建造了一片规模浩瀚的碑林和一座独具匠心的纪念馆，肃穆的碑林逶迤有序，连天接地，融入无边的葱茏绿意之中，气势雄浑，令人震撼。碑林中间是一道宽阔的"人物"塑像长廊，人们在这里可以看到造型逼真姿态传神的徐向前、陈昌浩、李先念等老一辈革命家，还有上百位来自红四方面军的著名将军，他们一身戎装，恍若当年，颇具将帅气度地站在那里瞩望岁月沧桑，凝视人间巨变，引无数晚辈流连其间，肃然起敬。我们在纪念馆还目睹了许多珍贵的历史资料和文物，红四方面军在特殊年代所经历的千辛万苦和立下的丰功伟绩，可谓感天动地，惊神泣鬼。碑林管理者了解到我们此行的想法，恳切相邀说："就让两位老人家来这里团聚吧，转战南北四海为家，总是要落叶归根的，这里可是他们真正的根啊，这么多老战友重逢在此，他们的在天之灵一定会欣慰无比！"我们被说动了，当即物色了一处墓址，还答应很快寄来预付的定金。回津后我们却爽约了，毕竟隔山隔水，相距数千里之遥，通往巴中的交通又非常不便，每年的祭奠扫墓就是个问题。

经朋友推荐，老姐又开始在天津周边的一些墓园考察比较。而最终选择有山有水的天津蓟县"元宝山庄"，是由于老姐同时还另有一份牵挂。

这就需要说到另一位尚健在的老人了。

老人名叫彭月梅，祖籍河南开封，是父母生前的邻居和战友，我们喊她彭姨。出身贫寒的彭姨早在1938年就成了中共党员，当时年仅16岁，是新四军四支队年龄最小的女战士。彭姨曾回忆，当年有一次她和另一个顽皮的小女兵，曾偷偷躲藏在炊事班一辆自行车的两边侧筐里一声不吭，炊事班长去采购，哼着小曲儿骑出一里多路也没察觉，忽听身边有女孩咯咯在笑，炊事班长正在莫名其妙，两个小女兵已经从一左一右的侧筐里跳跃出来，东倒西歪地笑成了一团。可见少女时的彭姨是如何身轻如燕，调皮活泼，现在却已是一位银发稀疏，眼神凝滞，需坐轮椅的耄耋老人了。当初父母相继去世，我和姐姐觉得一下子天塌了，多数长辈也只表示一下道义的同情，彭姨却看在眼，痛在心，当即挺身而出，毫不犹豫地做出选择：毅然把老战友的一对遗孤领到自己家，播以人间母爱。这是一种堪称伟大女性的非凡选择。其实彭姨的处境远比一般女人要难得多，丈夫牛子谦叔叔也曾是一位戎马倥偬、历经百战的军人，却英年早逝。彭姨36岁就开始了寡居生涯，她平时工作繁重，还要拉扯三个年幼待哺的儿子，生存负担可想而知，而领养我们姐弟，其压力绝不仅仅是又多了两个孩子的家务，更是选择了一种承担，一种园丁责任——把老战友的遗孤养育成材。彭姨之恩山高海深，我们刻骨铭记，姐姐甚至把彭姨那里当成了娘家，再忙再累，重大的节假日都要陪在彭姨身边，且视彭姨的三个儿子亲如兄弟。于是，姐姐特地约来哥仨和我，商量该为侠肝义胆、含辛茹苦的彭姨百年之后造墓立碑。其时彭姨的长子、我们称为"大哥"的彭建伟也正在元宝山庄为他的亡父陈荣选墓址。陈荣叔叔早在1949年前就曾是河北省某地委书记，进城后为天津市第一任劳动局长，十年前去世，享受副省级老同志待遇，身居高位却忧患民生的陈荣叔叔，既是彭姨战争年代同甘共苦的前夫，也是我父母相知多年的老战友，与我们姐弟自然亦有难以割舍的感情。这时候姐姐灵感闪现，突发奇想，何不把几位老人葬在一起？老战友们永久相伴于九泉之下，对他们既是莫大的惊喜，也是最理想的归宿，这可是名副其实的革命大家庭啊！这个方案赢来大家的积极响应，也得到了彭姨的欣然认可。陈荣叔叔另一个定居美国多年的儿子陈志军听说此事，激动得数夜难眠，立即寄来了建造墓碑的部分钱款。

这是一项意义特殊的"工程"。那些日子，我们一次次风尘仆仆地往返于市区和蓟县之间，勘察位置，选墓址选石料。姐姐是墓碑的设计者，碑石采用坚实的大理石，高一米有余，宽近两米，呈墨黑色，晶亮而厚重。碑正面左上方镂一弯钩月，北斗七星围拢其间，象征天长地久、日恒月永，右侧依次雕有黄凤舞、姜忠清、陈荣、牛子谦和彭月梅老人的五尊头像，面容取各自的老照片，看上去颇具深意。碑的背面刻着"五福聚一芳"五个凝重浑厚的魏碑金字，碑前是五个安放骨灰的墓穴，四周栽了五棵松柏。我则承担写出一份无愧于五位革命老人壮丽一生的缅怀词。几位老人籍贯不一，血缘殊异，少小离家，转战南北，终老津门，客葬蓟州，其无限含义不是一般文字可以描述的。我自知责任重大，哪里敢玩忽职守，那些日子尽管绞尽脑汁搜肠刮肚，姐姐看了稿子总不满意，一次次让我返工修改，还常常深夜打来电话，也只为推敲某一两个字词的用途。我这个"职业写手"经历了一次最严格也最难产的写作考验，大哥笑叹曰："看来不到下葬那日，你的稿子就别打算通过了。"为了死者如此难为活着的人，我甚至抱怨姐姐过于认真苛刻。一次当我看见姐姐因操劳而日渐形容憔悴的时候，心头忽然抽搐了几下，就像现在已经懂得遥远的父母魂魄那样，一下子便理解了姐姐的那份情结。就这样九易其稿，直到老人下葬的前一个晚上，姐姐终于"批准"了一份两千三百余字的缅怀词。

一个颇具创意和匠心的墓碑就这样诞生了。

那是个初夏的黎明，风和日丽，清风徐徐，20几位不同血缘、不同姓氏的后辈子孙从不同的地方赶来，大家肃立碑前，亲手移葬四位老人的骨灰，随着姐姐声泪俱下地读罢"缅怀词"，久远的一桩心事也画上了圆满句号。所有的晚辈都为老人们能在那个世界永久相伴而兴奋。大家还特别为尚在世的彭姨深深祝福。这时候，我甚至对几位老人有了几分羡慕，他们生前并肩，死后同穴，若在一起交谈，人们可以听到四川、河北、河南等多种浓浓方言杂糅交汇，阔谈往事，互道珍重，一个真正意义上的革命大家庭，就这样伴着高山流水日月星辰睡在同一座墓碑下，难道不是莫大的福分吗?!

这个"革命大家庭"墓碑见证了一个非凡的传奇，也构成了元宝山庄的一道寓意深远的奇特景观，令无数来者驻足惊叹，议论猜测，浮想联翩，唏嘘不已。最牵挂几位老战友的还是彭姨，今年清明的前夜，彭姨还梦见自己和几位老友坐在一间洒满阳光的大屋子里叙旧聊天，看我们惊奇不已，彭姨目光炯炯起来，用已经瘪下去的嘴反复念叨说，"那边老伙伴们都聚在家里，日子过得可踏实呢!"

遥远的阑珊

我一直以为，恋爱类似一种青春期分泌物，大约只成活于生命力旺盛的年轻季节。随着中年气象的来临，恋爱便成了一件可望不可即的奢侈品，仿佛就连动一下享用的念头，都近乎非分。而对于我，也曾经历过恋爱期，但那已成历史，确切地说，已经终结于13年前。

1994年的一个苍黄秋日，随着一架波音747客机从北京机场准时起飞，萍踏上了赴美的一次商业远程。同一时刻，我正在狼藉的家里埋头归置东西，不知怎的，眼前竟一阵恍惚。我没有意识到，她其实是踏上了一条不归路。时过境迁，尘埃落定，当我已经能够释怀，逐渐明白了越来越多的"太空夫妻"，几乎在格局形成之日就埋下了隐患，以后的结局不过是一种顺理成章。我戏称，这是改革开放带给中国婚姻现状的"新气象"，也是"新课题"。

可是当时的我还在"当局者迷"，懵懂而茫然。接下来的问题便是，萍空出的那个位置，还要不要填补？

那时候，多数中国人对离异与再婚的认识和包容度还是有限的，我却听到了一种"另类"的声音。有位大学同窗闻讯赶来，煞有介事地眯眼问："我该为你悲伤呢，还是该向你道喜？"那副模样可不像是开玩笑，我没好气说："本人沦落至此，喜从何来？"那同窗呵呵一笑道："这件事嘛，要看怎么理解。就算离婚是个打击，为它悲伤，却大可不必。离婚的另一层含义是什么？是重获自由，懂吗？你离开了一棵树，却拥有了一片森林，以后你尽可以撒着欢儿选择，理直气壮地恋爱，这还不是喜事?!"

我一愣："既然是喜事，你何不也去争取?"那同窗拍一拍我的肩头，几乎是仰天长叹了："上苍不公啊! 你以为，谁都像你那么幸运? 偷着乐吧!"我哑然，苦笑。原来我一不留意，居然因祸得福，成了被人羡慕的幸运儿。可是，我怎么无论如何都没有那种漫步森林、目不暇接的快意与得意呢?

实际情形却是，我何时起居，与谁交往，温饱如何，是死是活，已不再有人过问。我不但彻底自由了，还优哉游哉地成了时间的富翁。日升月隐，秋去冬来，有如单调的钟摆。据记载，马克思当年也喜欢在房间走来走去，岁月久了，步子竟在地上磨出了一道道凹槽，许多经典思想就是那样形成的。我也学着在屋里来回走动，动作有些夸张，脑子却一片空白。更多的时候，我伴书枯坐，闭目养神。人的适应性原本就不可思议，独处一旦形成惯性，生活反而变得简单了。

有一段日子，我的房间不时地会很热闹。如果我说"皇帝不急太监急"，似有过河拆桥之嫌，更实情的说法应该叫"树欲静而风不止"。总之，热心的"红娘"频频光顾，我先是应接不暇，继之心猿意马。我常常成了大家循循善诱的对象，慢慢也领悟了一些道理，比如没有女人的日子只能叫苟活，比如二人世界的生活才符合人性，比如婚姻真的可以使人延年益寿，等等，不一而足。如果说我对婚姻从无憧憬，这肯定不是事实。我对大家心存感激，有些想法也在蠢蠢欲动。恋爱的事没敢奢望过，对结婚还是动过心思的。我本凡夫俗子，六根未净，意兴阑珊，年虽不惑，却七情六欲正常。多少个难眠的夜晚，独卧床榻，辗转反侧，我也渴望枕边能有心跳的耳鬓厮磨，声声摇篮曲般的轻鼾，伴我沉入久违的梦乡。

也确曾有一些过客出没，松动了我板结的生活。记忆最深的是一位"女白领"，因介绍人为某著名学府的泰斗级教授，而被我格外看重。一个春寒料峭的日子，脚蹬黑亮短靴的"女白领"被引来亮相了：三十挂零，硕士学位，只身居津，职业优越，硬件软件都还不错。我们约会了几次，她长发飘飘地驾一辆红色夏利驶来，举手投足充满了动感。很快，我知道了她曾有过一段婚史，并生有一个已判给对方的八岁男童。我是被她睫毛上的泪水打动的。我还知道，她正为筹措一笔购房首付款而发愁，我找出了存有三万三千块钱的活期存折借她用，以表关切。不久却得知，存折的钱她根本就没用于房款首付（她的理由是租房比买房划算），而是被她取出来擅自投进了股市，并立即被"套牢"。我这就闹不懂了，既然她不打算买房，为什么还要取走并不属于自己的钱？而且炒股票时，竟连招呼都不和我打一声？我更不解的是，若不是我无意间问起她买房的事，还会一直被蒙在鼓里。我善意地想，或许她没把我当外人，可我们只认识了半个月，还从未涉及过有关结婚的议题，她是不是也太随便了。那笔钱也实在无辜，交到她手里仅仅两天，就成了她练习炒股的牺牲品。她却一脸的无所谓，说反正就这样了，股票一解套，我就还钱。说完顾自开车走了。

　　我们的分手是在两周之后。站在红色夏利车旁，她说还钱没问题，如不放心，她可以写欠条。我迟疑着，正在摸皮包里的纸和笔，她已经钻进汽车轰起了油门。我要面子，没有叫住她，我的内心却很不安。三个月后，我打过去电话，不好意思直奔主题，便寒暄几句，告诉她我最近出了本小书，请她批评。我希望我的寒暄能有种提示作用。她说你该请客哟，没容我再说话，她又扯起了别的。她刚从"新马泰"旅游回来，兴致不错，大谈泰国的人妖表演。我耐心听了一会儿，决定把话题改变一下，我说："我现在没钱，如果我拿到那笔钱，也会去'新马泰'旅游，我对泰国的人妖表演也有兴趣。"她问："什么钱？"我一惊："什么钱，你不会这么快就忘了吧？"她不作声了。我说："咱们这么办好不好，你一次性还我个整数，就三万，那三千免了。"她忽然冷笑一声："股市不景气，你又不是不知道！"我还在张口结舌，她就把电话挂了。我愤怒，我悔恨，却又无奈。早知道这样，我当然要让她写欠条，或者，当初我应该留个心眼儿，继续和她交往下去，直到把钱拿回来，再分手不迟。可是我不喜欢，也不习惯戴着面具和她周旋，那样的话我会更难受。我强迫自己相信，她不是那种耍赖的女人，她不是承诺过要还钱吗？而眼下我所可以做的，也只能是祈祷中国股市早日转暖。

又过去了几个月，她一直没和我联系。低迷的股市看不出回春迹象，转眼间元旦已至，那笔钱在她手里将近十个月了，我不能这样再被动下去。我拨通她住处的电话，打算表明态度，请她务必先给我一半钱，或者三分之一，即使五千也行，不能一分钱不还。电话无人接听。一连三天，我不断拨电话，那边一直没有动静。我有些慌乱，又安慰自己，也许她又去哪里旅游了。我辗转找到她的单位打听，却意外得知，她已经辞职去日本自费留学了！我几乎是哀求地问怎样和她取得联系，对方摇头，"这个人和我们已经没有任何关系了。"我默默离开她的单位，反而冷静了。她的不辞而别本来就是回避我，即使我千辛万苦和她联系上了，又能如何？即使我手里握有她的亲笔欠条，又怎奈何？就算我遭了一次洗劫吧。

九年过去了，"女白领"仍杳如黄鹤。

与其说我变得警觉，不如讲我已经麻木了。大学同窗所津津乐道的那片森林，纵使广阔，神秘，美丽，也不会再诱我迷失了。我对滚滚红尘不再有幻想。生活在别处，我常常站在小区门口，注视着街市的车水马龙，那些"小市民"的日子很凡俗，却有自己的快乐，而我不过是一个角落里的旁观者。我感觉自己不再具有恋爱的能力了。我考虑的问题，也不再是前妻的位置要不要填补，而是对于这种填补，我是不是还能接受。

肖的出现是在两年前的那个冬季。其实，思维稍微正常，都能看出肖与我之间有着太多的不可能、不确定和不现实。除非"上帝"打算创造奇迹。肖是远在香港的小姐，我乃蛰居天津的书生，如果她的"下嫁"和我的"高就"真能成立，牵线的这个人必须具备几个前提：一、这个人要有机会去香港；二、这个人去香港还要有机会与肖相识；三、这个人与肖一般相识还不够，还要能互通心曲；四、这个人还愿意承担如此难度的"红娘"使命；五、这个人同时还要清楚我的情况。

天时地利人和的造化，使"这个人"横空出世了！她就是我朋友的妻子高姐。高姐拥有变偶然为必然的一切条件，从结果可以导出的宿命说法是，高姐肯定是为完成某种历史使命才有了这次香港之行的，否则，以后发生的一切很难解释。不是吗？假如她偏偏没有去过香港，假如她尽管去过香港却偏偏不是在这个时间，假如港方公司派来负责接待高姐的偏偏不是肖而是其他人，假如高姐和肖偏偏不过是泛泛接触而没有成为知己，假如高姐偏偏不认识我，假如高姐偏偏不喜欢管闲事的……一切的一切都将无从想象。

而偏偏是，这所有的"假如"，都万事俱备。

三天的香港之行，负责导游的肖给高姐留下的印象近乎完美。当高姐无意间知道肖的单身现状，不禁惊异，问肖为什么不找一个归宿？曾有过婚姻创伤的肖黯然摇头，她说她不再轻信这个世界，更不指望还会有什么好男人在等着自己。高姐当即豪情万丈地表示，这个忙我帮定了！当晚，高就委托天津的老公打电话摸清情况，以确定最后人选。

高姐甚至为了把这个忙帮成，还专门上了"双保险"。这个秘密还是日后肖透露给我的，肖说："可别因为'双保险'，你心里有什么疙瘩。"我说："怎么会呢？我磕头感激还来不及呢！"

我自然就是"双保险"的其中一道。巧的是，那另一道我还认识，他与我同龄，是一位丧偶的中年老板，曾伺候病妻长达十几年，其作为情义男人，口碑相当不错。"双保险"敲定，高姐胸有成竹，信心满满。

记得第一次听到有关肖的介绍，我曾对高姐的积极努力表示了质疑。谈不上妄自菲薄，但我和肖之间的落差是明摆着的。香港女子应该比任何内地女人都更时尚，也更实际，更挑剔，更懂得有钱的快乐与没钱的苦恼，这很正常，非如此，则属于反常了。据此可以肯定地说，在香港人的价值观看来，我这个已不年轻的内地书生，基本上与百无一用无异，绝对不是一个值得浪费时间和精力的婚姻人选，这种事提出来都有些搞笑味道，这点儿自知之明我还是有的。即使最乐观地估计，比如说奇迹真的出现了，如何处理"一国两制"的婚姻，我都不敢想，肖也一定是如此。

高姐却说："哪有那么复杂，你单身，她单身，不就是最基本的条件？告诉你，我的眼力很准呢！"我说："这相当于一种极限挑战，跟眼力没关系。"高姐和先生便为我打气："我好不容易说通了肖，她才答应来的，你可不能掉链子！见一见，能损失你个大男人什么？就当有这么个机会，大家认识一下，顶不济拜拜就是了。肖可没你那么世故，你见了就会知道。"

圣诞节前夕，肖飞抵北京父母家度假，然后来津见识高姐精心策划的"双保险"。程序是这样的：那位中年丧偶老板兄因晚上有生意应酬，高姐把肖和他的见面安排在了下午三点的一家咖啡厅；我则接到通知，错开老板兄，傍晚六点赶到一家饭店共进晚餐。应该说高姐的策划极富创意和想象力，并且滴水不漏。

肖也想通了，并没有把"双保险"当多大的事，她到天津是旅游来的，顺便看看高姐和家人。

晚餐时，我在预定的单间刚坐下，高姐和先生一行便谈笑风生地鱼贯而入。肖大大方方地进来，黑色短款外套，橙色长披巾，牛仔裤装，看上去活泼、随意，笑容很单纯。大家都没有拘束，一个半小时后，在一种融洽气氛中结束了那顿晚餐。高姐和先生让我开车送肖回酒店，还使眼色让我主动一些。我觉得像是玩笑，没做反应。

没什么企图，我和肖一路聊得比较放松。我们在酒店门口站住了，肖从手包里掏出一张名片递过来，我刚在看，肖忙说："唬人的，别当真，记住电话最重要。"然后她建议在周围走走，我说："好呀。"

我们在覆着薄雪的便道上散步。天很冷，风有些硬，我的外面只穿了一件薄呢子风衣，牙齿控制不住地抖几下，我用手搓搓脸掩饰着，她看到了，让我把领口的拉锁往上拉，这样就钻不进风了。我用发僵的手拉了两下，效果不明显，肖在一旁指导，可我的手不听使唤，肖显得比我还急，眼睛瞪着，干脆伸出手替我拉紧了。她的鼻息很近，我的心头便有了种暖暖的感觉。那一刻，我竟有些怅然，我想我的另一半应该就是这样的女人。

高姐打来电话，说人家同意认识你呢。我愣了一下，重复了好几遍"谢谢"。

有了现代信息技术帮忙，我们并没有相距几千里之遥的感觉。肖说，她在香港接触的多是些生意人，已经厌倦了。她说她特别希望能找到一种干干净净、清清爽爽的恋爱感觉，不一定多浪漫，但一定不能有乱七八糟的杂质。她说找到了恋爱的感觉，黄土高坡也是天堂。我问："找到了吗?"她建议："拜托你，帮帮忙。"说完，电话那一端笑声脆响。

肖的选择，理所当然地遭到了她所有女友的激烈反对。她们最初觉得肖不过是随便说说，万没料到她竟如此认真。女友们一致认为，她还年轻，凭她的容貌她的气质她的沟通能力，完全可以好好挑一挑，也完全能够借助婚姻改变生活质量。人往高处走，天津算什么地方呢？就算退一万步，即使天津可以考虑，也不该完全不顾对方的经济状况。她们批评肖太幼稚，择偶是女人一生中最大的事业，怎么能就这么随便嫁人，在香港生活了这么多年，还这么不开窍，不成熟！有一位女友甚至声泪俱下："我们姐妹一场，我怎能见死不救啊?!"这些事我是后来听说的，实话说，内心深处我对她的女友其实是深怀感激的，她们的提醒、忠告、劝诫，对于思想简单的肖，绝对必要，也提醒了肖，不可一时冲动而毁掉一生。

肖却主意已定。一段时间，她有意疏远了那些苦口婆心的女友，她不想听到她们的喋喋不休，彼此眼不见，心不烦。她说她不是怕自己的立场有动摇，而是不愿意看到女友为自己这么操心。肖是个孝女，很在乎父母的感受。当她把自己的选择郑重告诉父亲时，得到的回答的是："如果你真觉得幸福，我和你母亲，就没有道理不尊重你的选择。"肖说，为了这句话，她一生都感谢父亲。

清夜扪心，我一介书生，何德何能，何以能得到命运的如此眷顾？

2006 年 6 月，我专程来到香港。怀着感恩之心，我和肖盛装步入大会堂婚姻注册现场，面对司仪的问讯，我们分别说出"我愿意"三个字。这时候，我们的眼睛都有些湿润。因为我和肖都清楚，这三个字看似普通，却包含了怎样的深刻价值和沉重分量。

一个傍晚，肖打点好行装，从香港飞抵天津机场。我推着肖的行李箱，肖挽着我的手臂，一同步出机场出口。我说："从今天起，你告别了纸醉金迷，不再是香港的大小姐，而成了天津的小媳妇，你要有过穷日子的足够准备，你肯定还会遇到许多不适……”肖截断了我的话："你吓唬我，我不怕。"我说："我讲的是实情。"肖望着我，眼眸闪烁着粼粼波光："你告别了单身汉，也要适应我的存在呢。我们都有要信心，是不是?"

我默然点头。我们相拥着往前走去，走向苍茫暮色的深处。

亲近香港的理由

天津著名城市景点"五大道"的纵深处，躺着一条窄窄的、短短的寂寞小路，很像是缀在"五大道"缝隙间的一块小补丁。如果我们正常行走，估计五六分钟足可以打个来回。有趣的是，它居然拥有一个并不匹配的在我们看来不失洋气的名称——"香港路"。

过往的那些封闭年代，那样一块不起眼的小补丁，显然无法涵盖我对香港的全部想象。香港究竟是个什么模样？它经历奇特，却面目朦胧。它偏踞湾角，却世人瞩目。我的想象中，香港神秘得匪夷所思，且构成了一个超级的"大"。那样的"大"，容纳了太多难以名状的豪华、显赫、摩登和富有，表征了人世间所有的五光十色、光怪陆离、灯红酒绿、纸醉金迷。那样的"大"，还隐喻了一个怪诞的梦，与我可怜的人生经验几乎格格不入。那样的"大"，同时包含了一种缥缈的"远"，对于我们这些中国内地的北方居民来说，那种"远"是遥不可及的，如同就在天涯。

仿佛一夜之间，中国的巨变完全可以用"沧海桑田"形容。我忽然意识到，自己身居其间的这个蓝色星球一下子变小了。1997年4月，正是香港"回归"前夕，我结束了三个月的赴美探亲日程，从洛杉矶飞抵香港。动机很简单，与其说来此旅游，不如说猎奇，说好听一些叫圆梦。我计划在香港小住几天，然后通过罗湖桥海关入境深圳，再乘国内航班返回天津。

"回归"前的维多利亚港湾曾暗流涌动。大多数港胞对"国家"

这样的概念向来生疏，对"一国两制"更是疑虑重重。据说一些富有的港人方寸已乱，纷纷举家移民境外，以申请英格兰"国籍"为首选。使他们深感意外的是，英方只同意签发绿卡，等于是入英籍的愿望彻底泡汤，遂油然生出精神孤儿般的失落感，也就没什么可奇怪的。趋利避害，人之本能，当属正常。刚刚放弃移居美国机会而回到天津的我，很能理解彼时彼刻茫茫然难以抉择的那些港人。毕竟，香港与中国内地有着太多的制度差异、时空隔膜和精神阻塞，需要一个彼此熟悉、信任和接纳的过程。

那次落地香港，我这个过客没有逛那些被称为"mall"的巨型商场，而是独自在尖沙咀、铜锣湾一带转悠着。我戴着有色眼镜来打量陌生的香港。行人如织，招牌惹眼，店铺火爆，粤语盈耳，那完全是置身于异国他乡的感觉，一切与我毫不相干。显见的是，寸土寸金、人满为患的香港已经趋于饱和，据说若买个稍好位置的车位，至少不会低于三四十万港币。我猜想，若打算挤在这个拥挤不堪的地方生存下去，除了不断加大消费成本，恐怕别无他法。城市建设没有向外拓展的空间，便只能往天空深处寻求路径。于是，初来香港的外地游客，视野里便塞满了望而生畏的"水泥森林"。高楼密集而逼仄，像是遭到强行捆绑，棍子般直通通戳向一孔孔天空，坚硬而冷漠。我曾从30层高楼的窗口俯视，马路真的就像块块小补丁，人如蚁群，车似虫队，微妙地来回蠕动。那景象让人难以亲近。我在香港只待了两天，便匆匆离去，并没有留下太深印象。

戏剧性的是，九年之后的我，居然"摇身一变"，以"女婿"的身份成了香港的一名常客。至于我与香港女友如何相识，她又如何由"小姐"变成了"王傣"（粤语把"黄"念"王"，把"太"念"傣"），那应该是另一篇文字的内容。随之而来的问题是，既然我可以毫无愧色、堂而皇之地"爱屋及乌"，亲近香港也似乎意味着一种顺理成章。其实，那种对香港观感的由远而近，有疏而亲，并不需要刻意地寻找理由，罗列根据。大体说来，我对香港的全新认识，固然与太太点点滴滴的日常熏染不无干系，但香港对我的"征服"，或者说我对香港的"折服"，却是一个不知不觉的渐变过程。

香港的百年沧桑，堪称名副其实的"冒险家乐园"的压缩版，而这一切又显得极为含蓄，内敛着丰富的东方文化韵味。香港能发展到辉煌的今天，实在不是简单的一个"奇迹"就能够概括的。早年的香港，说白了，就是昔日的一个出口香料的港口，这可不是望文生义的解释。香港最早是指石排湾、香港仔一带，后推而广之，扩大为香港全岛乃至九龙、新界，最终"出落"成了一颗含蕴中西、光耀世界的"东方之珠"。当然，若真正容纳香港的繁荣史，是需要一部厚厚大书的。乔尔·科特金在《全球城市史》中认为，成为世界名城，必须要具备三特质——精神、政治、经济。香港的殖民史事实，决定了其政治作为是有限的，精神根系是漂浮的，但它的经济作用却如巨大的魔术杠杆，足以撬动东西，辐射全球。而香港城市功能运转之安全、繁忙、秩序，则是有口皆碑，具有典范意义：它以法治为根本，所以安全；它视效率为命脉，所以繁忙；它认和谐为归宗，所以秩序。这就是为什么香港这个位于维多利亚港湾的"弹丸之地"，至今仍令世人不可小觑的根由。

　　通过太太，我深刻地感受到了港人的另一面，这另一面并不那么惊世骇俗，却使我为过去的偏见而不安和惭愧。一个周末的清晨，太太带我出门，换了两次巴士，风尘仆仆赶到大屿山的灵隐寺，静静地烧香求拜，默默地吃素斋，与僧虔诚请教，傍晚方归。这种乐此不疲的往返，曾填满了她许多的周末日子。我想象，这大概就属于太太在香港的"风花雪月"了。太太却说那只不过是让自己远离浮躁、融入静乡的一种方式。她一向动静相宜，节假日里，朋友们在一起聚餐、看电影、听音乐、观话剧，跳交谊舞或"卡拉 ok"一把，也是常有的。太太系北京籍贯，移居香港近 20 年，处世观念早已入乡随俗，婚后被熟人"王倷""王倷"地呼来唤去，应答之间，一派其乐融融。太太为一家公司文员，"朝九晚五"，一丝不苟。她每天六点半准时起床，洗漱简妆，熨烫衣物，收拾房间，七点半离家。起初我不解，公司距家只五站路，何至于如此早早，匆匆？后来知道，太太八点到公司，用十分钟吃罢早餐，然后记录、归纳、整理晚间收到的各种传真、快递，分门别类摆在老总案头，算是开始一天的工作，且

15年如一日，从未请过一天假。我为之惊讶，太太嫌我少见多怪：在香港，大家都是这个样子！

于是在我眼里，谦卑敬业的太太几乎成了新一代港人的缩影。

不仅如此，往返于深港次数多了，稍加比照，就会感慨良多。比如，每当我从罗湖桥海关回到深圳，总要为内地城市所司空见惯的拥挤现象而沮丧，为身边那些旁若无人的大声喧哗而恼火，为街头行乞者的"残忍"作秀而叹息。这些不雅和丑相，在香港是难以想象的。一"桥"之隔，怎会有如此反差？事实上，香港城市的人口密度远甚于深圳，不仅中下层百姓居多，也不乏靠救济金度日的贫困者，却井然有序，自觉守法。不可否认，深圳这些年的经济飞跃和城市建设有目共睹，深圳人的消费水平与香港的距离已经缩短到可忽略不计，并且深圳曾以其各项硬指标被评上中国内地"最宜居城市"，却不幸与香港这面镜子靠得太近，两者的整体差距也就一目了然。

最令人深长思之的，还是香港无形的"软实力"，它体现在居民公德意识的方方面面。那些细节看似平淡无奇，其内功绝对是"冰冻三尺非一日之寒"，对曾经自诩素质并不太低的我，多少起到了某些净化作用。比如，凡乘公共场所的自动扶梯者，都会自觉站于右边，以让出左侧的通道。没有人闯红灯、乱吐痰、丢纸屑。汽车如织，却未见马路拥堵，未闻汽笛鸣响。所有的公交车站，排队者依次入车，绝无人抢先或加塞。而这些小事并非谁在监控，全靠自我约束。内地的一些捐助行为常常搞得沸沸扬扬，在香港则视为寻常事。港人的慈善捐款早已蔚为风气，之所以如此，除了公民普遍拥有比较高的公德意识，太太还指出了重要一点——与政府的推波助澜关系密切（政府规定个人慈善捐款可以抵税）。我同太太探讨，如果政府代纳税人直接交出捐款，然后免税，那多省事，分散到个人，不嫌麻烦？太太的认识显然比我深刻：那意思怎么会一样呢？政府用善款抵税，就是鼓励多做善事，培养大家的慈善意识啊！

不过，太太也时有"无知"的表现。

相识初期，太太对"回归"的由来与意义全无心得，总觉得那么大的问题，轮不到她来考虑，她尽力做好自己的事就是了。太太喜欢粤菜的精致，晚茶的氛围，挑剔内地北方的大块肉、大盘鸡、大碗肉、大杯酒的粗制滥造，只为了填饱肚子，太不讲究口味。有时候聊天，太太会下意识脱口而出，"你们国内"如何如何，我听着挺不是滋味，就问她："香港难道不是国内？"她一愣，争辩道："香港是特区呀。"我说："香港再是特区，也是'中国香港'，中国'特区'啊！"太太眨巴眨巴眼睛，不禁迷惑了，然后不好意思地点点头，又表示，这么复杂的问题，有点搞不明白。太太对我们所习惯于高谈阔论的"国家大事"，常常一脸茫然，对"国家兴亡，匹夫有责"的古训更是闻所未闻，其缺乏基本政治常识的"小儿科"程度甚至令人哭笑不得。比如，她不懂得何为"人大""政协"，不清楚"一把手"究竟属于什么职务，奇怪内地城市的最高长官何以不是市长而是书记？却对港台那些巨商的发迹秘史，明星的八卦新闻了如指掌、津津乐道。随着美国金融海啸的危机加剧，太太先是不明所以地担忧，渐渐的，内心有了一种踏实的感觉。太太说她并不担心，外面海啸再厉害，有中央的扶助，我们香港的脚跟就可以稳稳当当，不会跌倒。最近的一件事，使太太觉得既蹊跷，又开心。原来，以前夏季来临，香港屡屡被八级以上的"风球"所袭扰，那种惊恐的场面令她记忆深刻，不料"回归"后，可怕的"风球"依旧会有，却常常沿着维多利亚港湾擦身而过，咆哮着转向其他沿海城市，如是这般，香港竟然成了一个安全的避风港，真不可思议！我半信半疑，但还是赞成太太的这个结论："'回归'多好，瞧，老天爷也在护佑香港呢！"

这些年，常常有内地学者形容香港是一片"文化沙漠"，这显然是一种属于盲人摸象般的皮相见解，却曾经很有市场。惭愧的是，我一度也曾人云亦云。然而现在，我觉得不能不说几句话了。我质疑的是，什么才不是"文化沙漠"？如果香港是一片"文化沙漠"，它怎么可能矗立起了具有如许人文特色的世界名城，又怎么可能孕育出如许文明素质的现代公民？香港虽历经百年沧桑，却鲜活依旧，魅力不衰，难道是所谓的"文化沙漠"能够解释通的吗？我相信，只要你真正走进香港深处，观察其人文气象，感受其生命节奏，享受其公德阳光，品嚼其生香滋味，那么一切道听途说，自会烟消云散。

不要掠夺李庄的静默

进入李庄的那个下午，天空正飘着缠绵的春雨。细细雨丝仿佛专为尘封的岁月而罗织，也为古镇罩了一层湿漉漉的神秘面纱。记得当初，重庆的朋友建议走一趟李庄时，我还一愣，问哪个李庄？我的印象中，所谓李庄，并不值得大惊小怪，它通常可以成为中国农耕社群的一个代称，具有乡村的符号意义。最保守地估计，中国叫李庄的村村镇镇也不止数百，而且基本上大同小异。

汽车接近李庄，最先跳入眼帘的是矗立在镇口的一个大型牌坊，上面赫然写着"中国李庄"四个大字，格外醒目。我的心一沉。天下所有的李庄当然都可以通用中国名义，这应该没有问题，以定语"中国"修饰主语"李庄"，以达到凸显个性、昭示国人的目的，魄力可嘉，奇思可叹，至于能不能实至名归，取信民间，却是另一回事。

很快我就意识到了自己的孤陋寡闻。

据说"东有周庄，西有李庄"的提法在旅游业已不新鲜，两者却不可同日而语：一个光彩夺目，誉满华夏；一个养在深闺，鲜为人知。早在 2002 年就曾有四川媒体表示不平，质疑缘何周庄"热"，而李庄"冷"，镶嵌在长江流域首尾的两座"千年古镇"，竟有此天壤之别？时隔六七年，情形已有很大改观。随着李庄举办的一次又一次古镇文化旅游节活动，其与旅游项目配套的软、硬件正趋于完善，但就旅游人气指数而言，李庄与周庄还是难以相提并论。不过，真正接触过了，我竟隐隐庆幸，便想起"酒香不怕巷子深"那句老话，天生就是为形容李庄而生的。我没有去过周庄，无从亲受其光彩夺目的旅游热潮，只能送去远远的祝福，但我不希望李庄被打造成另一个周庄。李庄属于"姜太公钓鱼，愿者上钩"，不适宜太火、太热、太闹。

李庄的韵致古雅而深邃，李庄的风格苍凉却内敛。李庄不期待川流不息的围观，人头攒动的惊艳。李庄需要的是静默、是虔诚、是品味，甚至是朝圣。

李庄的静默确实由来已久。

这是一个年代深远、民居独特的川南古镇，位于四川宜宾东郊约19公里的地方，因镇内有个叫作"李庄"的天然大石柱而得名。李庄始建于梁代大同六年，古时候是渔村，汉代增设驿站，已在岁月的星空闪耀了1500年历史。它的不远处，浑浊的金沙江和清澈的岷江合流为滚滚长江，故有"万里长江第一镇"之称。两江交汇的独特位置，为小镇居民带来了源源不断的鲶鱼、甲鱼、鳜鱼、黄辣丁等名贵鱼类，人们可以摇橹荡船，享受水趣，也可以岸边观景，品尝河鲜。此地的特色名吃是"李庄三白"（白肉、白糕、白酒），其中以俗称"裹脚肉"的李庄白肉最为有趣。餐者需用筷子把大片白肉一圈一圈缠绕起来，蘸上青红辣椒制成的上佳调料入口，看上去就令人垂涎。但这些还算不上真正的李庄特色，且不说中国，即使在巴蜀之间，若论风景或美食，李庄也很难名列三甲行列。

"九宫十八庙"堪称价值连城的李庄"不动产"，它们完好无损地保持了明清时期川南民居、庙宇、殿堂的建筑格局，旋螺殿、奎星阁、九龙石碑、百鹤窗更是俗称"李庄四绝"，民俗生态也因之有了古风古韵。最具创意的当属旋螺殿，它建于明万历二十四年（1596年），坐落在镇子南头2.5公里的石牛山上，高达25米，呈八角造型，外看三重檐，里面只两层，青色筒瓦加塑八条垂脊，各置飞禽走兽。殿顶屋面平缓，宝刹和八个翘角的比例均恰到好处。藻井借用斗拱叠架成网状花纹，并向右旋转至顶，上下三层，呈旋螺状。其内部设计更见匠心，采用"抬梁承柱"之法，巧用力学原理相互支撑，坚固异常。称奇的是，整座建筑居然没用一颗铁钉，建筑大师梁思成先生惊叹其"梁柱结构之佳，足以傲于当世之作"。受此启发，1945年，梁先生还把旋螺殿的受力原理成功地运用于联合国会议大厦的穹顶设计。

建于清初的席子巷依稀有隔世之感。300多年的岁月仿佛已在这里凝固。所有的民居仍保留线条明快，造型简洁的明代建筑风格。席子巷长达60余米，街约2.5米，铺设街面的长石板共59块，是否有反清复明的"九五之尊"寓意，颇费后人猜想。老街两边皆为一楼一底，楼上是清一色的吊脚楼，木结构，青瓦顶，拱出的两边檐口相距仅零40厘米，既遮阳又挡雨，俗称"一线天"。李庄的日子缩在席子巷"一线天"里，远离了外界的动荡和纷扰，显得格外悠长。

静默已成了李庄的常态。为什么还吸引有心人千里迢迢、风尘仆仆地赶来叩访？最初我能给出的皮毛理由，仅仅归因于某种世外桃源情结。我想象，当现代都市人日益厌弃冰冷密集的水泥森林，日益恐惧迫人心慌的交通拥塞，就会丢开喧嚣，收敛浮躁，放任自己，来李庄古镇寻觅返璞归真的趣味，让心绪静下来，让神经软下来，让脚步轻下来。人们缓缓穿过古色古香的老街、旧巷，走在清冷硬实的石板路上，叮叮回音竟有时光倒流的感觉。只是，相似的感觉在许多古镇都可以找到。结束李庄之行，我忽然悟出，人们游此往往是来叩访一段惊神泣鬼的非凡岁月。那一处处早已人去屋空的肃穆旧址，它们见证了一个历史事实：正是李庄，曾在国家危亡的动荡年代完成了一场文化救赎。

二十世纪四十年代初，李庄引来了名流荟萃，精英栖身，看上去阵容豪华，可以用"金凤凰"落满"梧桐树"来形容。李庄也因此失去了静默。不再静默的李庄一度竟与重庆、昆明、成都等大城市并称为中国的四大抗战文化中心之一，令大家为之牵肠挂肚，听起像是一则神话。究其奥妙所在，可借用当年的见证人、原任国家文物局专家组组长的罗哲文先生一段描述："东方审美逼退到偏僻角落，许多历史名城只剩下自慰的封号。这时候，古镇成了人们钟爱的对象。四川宜宾的李庄镇，是受宠群体中的一员，然而抗战时期的文化姻缘，使李庄并不因古建筑而闻名。"

倘若岁月定格在了抗战初期，人们会发现，小小镇子里居然来回出没着傅斯年、陶孟和、李济、吴定良、梁思成、林徽因、董作宾、夏鼐、梁思永、李霖灿、莫宗江、周均时、童第周、劳干等名硕鸿儒的劳碌身影。他们为避战乱而来，分别属于国立同济大学、中央研究院、中央博物院筹备处、中国营造学社、中国大地测量所、金陵大学文科研究所等十多家顶级科研院所和高等学府。他们曾从北京、上海和南京拥向"大后方"的西南腹地昆明，随着战事吃紧，昆明不断受到日军飞机的轰炸，无奈之中他们酝酿着再次搬迁。然而山重水复，哪里是一片滋养学问的净土？茫然之间，来自四川宜宾李庄的一则电文使一切柳暗花明："同大迁川，李庄欢迎，一切需要，地方供应。"寥寥16个字，朴实无华却情真义重，化作了避难者们的一种跋涉动力。

载满人和货物的长长车队启程了。

队伍缓慢行进在川滇公路上，经曲靖、宣威、叙永、泸州而抵达宜宾，又乘船沿长江流域行驶，经过整整两个星期的舟车颠簸，终于历史性地进入了静默的李庄。他们的人数超过3000，这意味着小小古镇的人口将骤增一倍，如缺乏缜密筹划，定然人满为患。李庄的乡绅和民众早已做了充分的准备，他们在最短时间里腾空了镇上大大小小的寺庙和祠堂。人数最多的同济大学师生被安置进了几所寺庙和若干散落民居。中央博物院筹备处的专家，及其上千箱珍贵文物搬入了张家祠堂。板栗坳接纳了中央研究院的两个研究所。上坝月亮田则迎来了新的房主——大学者刘敦桢、王世襄、叶仲玑和梁思成、林徽因伉俪等几位中国营造学社的重量级人物。

这一天是1940年12月13日。

这个日子，注定了这个千年古镇必将成为"中国李庄"。

我曾在地处小山洼的上坝月亮田徜徉。

昏黄暮色中，乱竹掩映，芭蕉摇曳，一溜七间的青瓦农舍并排默立。其中两间窄小平房便是"梁林故居"——这对患难夫妇曾在此熬过了一段人生的低谷岁月。双双重病，生活拮据，穷困潦倒，需变卖衣物度日，不久营造学社也失去了经费来源，境况更是雪上加霜。颠沛流离，前途未卜，梁先生不免心灰意冷，他在写给好友费正清先生的信中说："这次迁移使我们非常沮丧，他意味着我们将要和有了十年以上交情的一群朋友分离，到一个除了中央研究院的研究所以外，远离任何其他机关、远离任何大城市的一个全然陌生的地方。"梁先生不曾料到，他与林徽因及孩子在李庄一住就是五年多；他更没有想到，正是简陋的李庄农舍，孕育了《中国建筑史》的诞生。

这不能不是历史赐予的机缘，梁思成百感交集，深以为幸。为准备写作，梁林夫妇曾携营造社同仁和学生行程数万里，足迹遍及十几个省的两百多个县，深入实地拍摄考察了难以计数的建筑和文物，测量、绘制了大量数据资料。日军侵华战争爆发，为避战乱，他们从天津乘船到青岛，再辗转逃到昆明。临行前，他们把一批重要资料小心翼翼地存入了天津一家外国银行的地下保险库，原以为万无一失，不久竟得知那些重要资料竟在天津悉数被毁！他们惨然痛哭，几乎万念俱灰，却终于擦干眼泪，不辱使命。感谢上苍，是李庄古镇上的那些明清建筑拯救了《中国建筑史》的写作。随之，月亮田出现了夫唱夫随的最动人一幕。

挂在农舍里的几幅旧照已显斑驳。那个曾与徐志摩一起陪同印度大诗人泰戈尔访华的风华才女，依然美貌却病容沧桑，寂寞中透着几分自尊、几分坚毅，还有几丝淡淡的忧伤。在这间小屋，患肺病多年的林徽因硬是以羸弱之躯，完成了大批资料的整理，还执笔撰写了该书的五代、宋、辽、金等章节。贫病交加、躲避战难的日子，她没有停止专业著述，也不曾放弃写诗。一首题为《十一月的小村》的作品，点染出她心中百味交集的李庄诗意：十一月的小村外是怎样个去处？是这渺茫江边淡泊的天，是这映红了的叶子疏疏隔着雾；还是这条独自转折来去的山路？是村子迷惘了，绕出一丝丝青烟；是那白沙一片篁竹围着的茅屋？是枯柴爆裂着灶火的声响，是童子缩颈落叶林中的歌唱？是老农随着耕牛，远远过去，还是那坡边零落在吃草的牛羊……

　　透过色调苍茫、凝重的李庄背景，我看到了学术硬汉梁思成的一道人生剪影。此时的梁思成，健康状况同样糟糕，体重只有47公斤，由于脊椎骨软组织硬化症的折磨不断加剧，致使整个脊背都弯曲成了驼状，但他坚持伏案，每每夜半方歇。前来李庄探访的费正清先生目睹此景，想起他们夫妇和美国的另几所大学都曾邀请梁林夫妇赴美讲学、治病，又都被谢绝，曾在给妻子费慰梅的信唏嘘中感慨："我为我的朋友们继续从事学术研究工作所表现出来的坚忍不拔的精神而感动。依我设想，如果美国人处在此种境遇，也许早就抛弃书本，另谋出路，改善生活去了。"

　　说不清什么缘故，曾经一度我不太喜欢梁思成。尽管他的身上光环熠熠，比如写出了在业内划时代的《中国建筑史》，设计过中华人民共和国国徽，与徐悲鸿先生一道力劝降傅作义将军，使北平古都免于战火，直谏毛泽东放弃在北京发展重工业等等。我知道我的偏见根由，是不满于他和林徽因的结合。林徽因活泼热情、珠圆玉润，梁思成沉稳持重、规矩古板，其性格之左，反差之大，使我对他们的婚姻幸福指数表示疑虑。我更希望上苍能够成就一对才子佳人的浪漫姻缘，那个人选应该是多情诗人徐志摩，而非"老夫子"梁思成。从李庄回到天津的滚滚尘世，我的想法悄然改变了。徐志摩固然风流倜傥，诗才过人，广受异性青睐，林徽因却坚持了自己的选择，与梁思成志同道合，风雨兼程，终成"一对探索中国建筑史的伴侣"，而得到历史的敬重。学界把梁思成称为"中国建筑之魂"，那样的"魂"，难道没有叠印林徽因的情影吗？

　　接受梁思成，对于浪漫多思的林徽因并非没有心理矛盾。她知道这个选择，绝不仅仅是嫁一个男人那么简单，还意味着将毕生献身于建筑学研究。她太了解梁思成了。同在美国宾夕法尼亚大学读建筑系的那段日子，他就是个出了名的书迷图痴。一次几位中国同学相约郊游，大家与林徽因打赌，看她能不能请来梁思成。林徽因梳妆一番去了，她有这个自信。难堪的是，她未及落座，梁思成就开始滔滔不绝地讲起了自己正在钻研的古建筑结构，林徽因几乎是在哀求他："我跟同学打过赌，你就一起去郊游吧！"梁思成不为所动，他还要画图，祝她玩得开心。打赌虽以失败告终，林徽因却心有所属，鬼使神差地喜欢上了这位不解风情的书呆子。从此义无反顾。这是一种珠联璧合的默契，相得益彰的互补。当徐志摩把过多的精力用于热恋与失恋、离婚与结婚，并一再表示，"我将在茫茫人海中寻找我灵魂的伴侣。要是我找到了她，那是我的运气；要是我找不到她，那是命该如此"，梁林之间的婚礼如期举行。此后，这对夫妻相敬如宾，患难与共，默契一生。史景迁先生在为费慰梅《梁思成与林徽因》一书写的"前言"中曾描绘了这样一幅夫妻默契图："思成和徽因一道，乘火车，坐卡车，甚至驾骡车跋涉于人迹罕至的泥泞之中，直至最终我们一同攀援在中国历史大厦的梁架之间，感受着我们手指间那精巧的木工和触手可得的奇迹，以及一种可能已经永远不可复得的艺术的精微。"这幅图里还应该添上他们的女儿。年过八旬的梁再冰女士10那年随父母来到李庄，曾在李庄镇中心校、李庄同济附中就读，16岁离开这里，至今说得一口流利的李庄话。她把李庄当作一位慈祥的母亲，用博大的胸怀关爱八方游子。

如此多的硕学名彦"蜗居"李庄，孕育了大批在那个年代堪称尖端的科研成果。"中国现代考古之父"李济先生和甲骨文专家董作宾先生合作，把殷墟陶片和甲骨的研究提升到国际水平。这里曾举办过轰动世界的《史前石器展览》，编辑出版了世界上第一部研究东巴文字的专著——《麽些象形文字字典》，还编印了两册因战争停刊的《中国营造学社汇刊》和上中下三册《六同别录》论文集。围绕从故宫博物院抢救出来的几十箱记录明代军国大事的皇家秘籍，中央研究院史语所的专家每日都在忙着研究、整理、校勘。他们的人文精神与发奋努力，为蒙受战乱的一代中国知识分子，增添了几分民族气节。

李庄因超越了地域性而举世瞩目，真正成为具有某种文化圣地意义的中国李庄。而李庄又是一个不可复制的文化个案。在那些遥远的特殊年份里，任何海内外邮件，只要标明"中国李庄"字样，就可以准确无误地送达地域偏僻的小小古镇，也是一件趣闻佳话。

口音里的乡愁

六年后抗战胜利，"中国李庄"悄然回到了原形。那些曾受到李庄庇护的精英、学子挥别而去，却影响深广，泽及当下，仅目前新中国的科学院院士中，就有 11 人是在李庄完成本科学业的。逝水如斯，物是人非，历史老人只把一份沉甸甸的人文档案，交与李庄默默收藏。就这样回归静默，不索功、不慕荣、不争宠、不逐热，漫漫岁月中依然从容淡定，风景澄明，尽显李庄特有的人文品格。

　　我却为可能有的"树欲静而风不止"隐约不安。任何人，都不要以任何理由掠夺李庄的静默吧。有一天，它真的不再静默而变得快乐喧嚣，游人如潮，还会是留存梁林夫妇寂寞故居的那个李庄吗？

　　我祈祷。

妩媚的 "两岸" 青山

许多年前，台湾对于我只是一个观念符号。由于种种时间、空间的因素，我很难把这个符号具象化，而不可能有更直观的感受。我只知道，"台湾"曾先后受到荷兰、日本的殖民统治，1945 年回归大陆，1949 年国民党及其军队溃退据守台湾，中华人民共和国成立后，国民党在台湾岛内偏安一隅，与大陆隔海对峙，不相往来。很显然，我的一点点有关台湾的知识甚至连皮毛都算不上，也仅仅限于某些文学作品和部分流行歌曲。而且论其对我的影响，还不是李敖、柏杨、余光中、王鼎钧、罗大佑等须眉名家，而是一些堪称杰出的女性，她们的名字分别叫於梨华、邓丽君、三毛、琼瑶、龙应台、席慕蓉、林青霞、蔡琴等。于是，我常常在诗意绵长的沉思中想象"又见棕榈又见棕榈"的场景，置身于"小城故事"，徘徊在"外婆的澎湖湾"，悄然于"冬季到台北来看雨"，挥别"橄榄树"，相伴阿里山的姑娘同唱"高山青"……

去年五月暮春的一晚，当我真的从台北松山机场抵达下榻酒店，那种难以置信的感觉便始终亦真亦幻，如影随形。这些年，我一直是央视《海峡两岸》节目的忠实观众，那里的山河岁月，宝岛文化，包括其景色、风物、民俗、掌故、特产透出的种种文化气息，不断刷新着我对今日台湾的认知。不夸张地说，能有机会去台湾，对我来说，远比去世界上任何国家的名胜古迹都更有兴趣。

八天的"环岛行"尽管只能算是匆匆掠影，我的眼界却为之大开。我们沿台北、台中、台南、高雄一路走来，山环水绕，目不暇接，种种感受，非亲临者而难以想象。我这里只想用一点笔墨说说垦丁。仅仅是垦丁的名称，就足够让人爱怜和回味。据史书记载，光绪三年，清政府招抚局自广东潮州一带募集大批壮丁到此地垦荒劳作，为感谢和纪念他们的贡献，遂有垦丁的命名。垦丁位于屏东县的恒春半岛南侧，东临太平洋，西接台湾海峡，南眺巴士海峡，三面环海北依丘陵，地质以珊瑚礁为主，拥有大量热带雨林，每年有长达六个月的落山风吹拂，吸引无数候鸟流连忘返，是台湾唯一涵盖陆地与海洋的森林公园。"鹅銮鼻"灯塔拥有百余年历史，被喻为"东亚之光"，坐落于此颇具地标意义，表示此为全岛最尾部，垦丁也由此成了台湾的海角天涯。来过台湾而没有亲临垦丁的游人恐怕不多，不仅因为这里的地形地貌姿容独特，还由于垦丁的名字朴素、直观，却又充满了人生况味和岁月诗意，实在让人感慨。

台湾美食在大陆早已闻名遐迩，我这位"大成家""大圆碗"等台式快餐店的经常光顾者，这次算是找到了"正宗"。口碑极佳的南台湾水果，诸如释迦、莲雾、芭乐、木瓜、黑葡萄等，仅听名称就很诱人，看上去更是色泽鲜艳，水嫩欲滴，养眼养胃。高雄的六合夜市则名不虚传，那一天夜色降临，我们一行"潜入"，只见灯火如昼，游人如织，与琳琅满目的商品相对应的，是各式各样香气扑鼻的风味小吃，摊位井然，闹中有序，美食种类之多，直叫人抓耳挠腮，馋虫蠢动，垂涎犯难，选择的结果必然会顾此失彼，留下遗憾。我们这几位平日里看上去举止斯文的同伴，很快就拉开了架势，饕餮之相已经顾不上了，大家彼此彼此。直到夜深，我们才手抚着过于饱胀的肚子往外撤身，满眼都是恋恋不舍，沿路还在梭巡那些不曾品尝过的小吃。

台湾的城市交通管理也令我们叹服。

宝岛拥有超过 1000 万辆的机车，而台北则是摩托车的王国，看上去非常壮观且惊险，却能令行禁止，秩序井然，动如脱兔，静若处子，场面动起来似有千军万马，却听不见一声笛鸣。台湾的生产加工业同样给我们留下了深刻印象，比如高雄，其钻石切割技术堪称世界一流，仅次于比利时。我们跟着导游在一间巨型钻石大厅参观，亲眼见识了钻石的产地、鉴别、品级和价值，一些同伴不由得眸子晶亮，跃跃欲试，心满意足地达成了物有所值的交易。置身其间，我忽然意识到，大陆游客的台湾之行何以如此尽兴，原因就是语言相通，彼此会意。我曾数次去过香港，至今仍觉出最大的不便就是沟通方面的障碍，在台湾则毫无这种困窘。台湾话相当于另一种版本的普通话，尽管书面语味道较浓，似有咬文嚼字之嫌，整体感觉却是行云流水，自然而然。双方皆可顺畅表达彼此想法，其语言交流的便利，甚至超过了内地边远省份的方言，那种交流过程中的惬意和无碍，甚至给人一种宾至如归的感觉。

曾读过余光中的《沙田山居》，有这样几句描述至今难忘："书斋外是阳台，阳台外面是海，是山，还是碧湛湛的一弯，山是青郁郁的连环。山外有山，最远的翠微淡成一袅青烟，忽焉似有，再顾若无，那便是，大陆的莽莽苍苍了。"这意味着，宝岛看大陆，与大陆看宝岛，性质是一样的，皆浸透了血脉同宗、文化同根的乡情，恰如辛弃疾《贺新郎》的词里所描述的那样，"我看青山多妩媚，料青山看我应如是"。这正是，相看两不厌，唯有浓浓两岸情。

"触摸" 澳门

澳门"回归"前，中国人的地理知识谱系是残缺不全的。

我年少时，正赶上史无前例的那段岁月。一般说来，人们只知中国有 29 个省、市、自治区，以及几处类似"红色摇篮""革命圣地"的地方，比如江西的井冈山和瑞金，贵州的遵义，陕北的延安，河北的西柏坡等等，"港澳台"的字眼则多已屏蔽，很难进入公众语境。我或许属于例外。原因很简单，天津道路是以中国的省、区和一部分知名城市冠名的，其中就包括"港澳台"和"奉化"。我居住的"奉化道"，一度曾被改称"韶山道"，于是知道了蒋介石和毛主席的故乡老家。我就读于"台湾路"小学，与"台北路"一街之隔，与"香港路"和"澳门路"也只相距两三站地，于是"港澳台"被我和街邻小伙伴挂在嘴边，早已习以为常。我相信，在那个年代的中国北方城市，此情形比较罕见。

天津的所有道路，最不起眼的大概就是"澳门路"了。它长不足百米，龟缩在"五大道"夹缝中的一处暗角，很像那个遥远、陌生，与祖国母体断裂的澳门本身，和我们的真实生活并不相关。随着国门打开，"港澳台"始现庐山真面目。不过在大众心目中，这三个地区并非没有区别。香港是东方明珠，台湾是美丽宝岛，澳门呢？充其量，恐怕也只是博彩业的代名词。比如我，很长一段时间，对澳门的认识就出于想当然，参照的是所谓"拉斯维加斯模式"。

澳门位于南中国海域的珠江三角洲西侧，由澳门半岛、氹仔岛、路环岛和路氹城四部分组成，这也只是地理学意义的解释。澳门半岛三面环海，最初孤悬海外，只因西江上游的泥沙冲积而形成沙堤，才与大陆一体相连。如今，它不足十平方公里的面积，生活着近 60 万人，成为全球居住人口密度之最，既神奇，也有些无奈。据说，香港的行车限速，对于澳门，限速还是不够。干脆说吧，澳门压根就不需要速度。

站在"欧式"的古炮台上，道路缠绕，楼群密布，车流不息，人如蚁群，小城全景可以尽收眼底。这时候，你会懂得什么叫"弹丸"之地。而如此"弹丸"，却被列入"世界文化遗产名录"，全凭厚积薄发的实力，使得世界上的任何文化名城都不敢小觑。小城有许多足以傲世的"之最"和"第一"，比如，中国境内的年代最长、规模最大、保存也最完整的中西方风格建筑群，最早的教堂遗址、修道院，最久的基督教坟场，最古老的西式炮台，有第一座西式剧院、第一座现代化灯塔和第一所西式大学等等，令人叹为观止，又岂是仅百年历史的拉斯维加斯可与之相提并论的？

看似"弹丸"的澳门，却浓缩着沧桑历史，万象红尘，大千世界。澳门人的家国情怀很浓，却很少大悲大喜的情绪跌宕，他们信奉顺其自然、顺势而为的生活哲学。因其"弹丸"，大家只有互相扶助、彼此包容、才能同舟共济、和谐并存。也因其"弹丸"，我们这些外来观光客，置身小城，才会有擦肩接踵、恍若触摸的感觉。在澳门，姿态各异的博物馆随处可见，诸如澳门科学馆、澳门博物馆、海事博物馆、葡萄酒博物馆、大赛车博物馆、澳门艺术博物馆、玫瑰堂圣物宝库、天主教艺术博物馆与墓室、澳门国父纪念馆、澳门林则徐纪念馆、土地暨自然博物馆、消防博物馆、仁慈堂博物馆、通讯博物馆、澳门回归贺礼陈列馆、龙环葡韵住宅市博物馆、澳门茶文化博物馆、路氹历史馆、"留声岁月"音响博物馆、典当业展示馆、澳门保安部队博物馆等等，几乎"见缝插针""无孔不入"，让人应接不暇，触手可及，流连忘返。

同样具有极高馆藏价值的郑家大屋，为澳门注入了厚重的人文底蕴。走进这套院落式大宅，仿佛步入了背景斑驳的时光深处。一步步踩着木梯拾级而上，脚底摇摇，身子颤颤，走进二楼正房，触摸框壁，浏览文物，似觉百年前的岁月气息拂面而来，像是置身于一部怀旧老电影的默片场景。郑家大屋兴建于 1881 年，具有鲜明的岭南派风格，其主房区由两座四合院式建筑组成，同时又显示出中西合璧的造型风格。十九世纪末，中国近代最早具有完整维新思想体系的启蒙理论家，同时也是实业家、教育家、文学家、慈善家的郑观应先生，曾在郑家大院心忧天下，思考变革，呕心沥血，伏案疾书，写出了对后世影响深远的《易言》与《盛世危言》，直接启迪了近现代中国的三位伟人康有为、孙中山、毛泽东，而这一切竟源于地处边缘的澳门，发生在这样一套老宅老屋，有些难以置信。很显然，郑家大院珍贵的文化遗产价值，已经不仅仅属于澳门。

徜徉于肃穆的基督教墓地，触摸黑色十字架旁的碑石和浮雕，指尖传递出的丝丝凉意，令人联想到冰冷的死亡与无声的信仰。继续漫步，便是大三巴牌坊了。那是一处天主教圣保罗教堂前壁的遗迹，整体设计具有意大利文艺复兴时期"巴洛克"风格，有"立体的圣经"之誉。"三巴"是"圣保罗"的音译，因其前壁遗迹颇似中国传统的牌坊，故称为大三巴牌坊。此处曾于 1595 年、1601 年和 1835 年三次惨遭大火焚毁，见证了世事的无常和莫测。与之毗邻的古炮台，十余门铸铁古炮威严不减，轻轻触摸，手指沾满了岁月尘埃。

大三巴牌坊的右侧，一株株老榕树苍劲茂盛，浓荫覆地。继续走，两旁是充满欧陆风情的建筑物，中间是一条约 50 米长的行人步行区，这个小小区域有着 90 年的历史，它还拥有一个浪漫名称——恋爱巷。当年拍摄电影《伊莎贝拉》《游龙戏凤》时，曾在这里取景。据民间说法，凡是走过恋爱巷的人，就有可能在不久的将来坠入情网。于是人们相信心诚则灵，充满遐想地频频光顾，恋爱巷遂成了风水宝地，不仅一对对新人特意到此拍婚纱照，祈福未来，更吸引许多外来游客迈开双脚，再三流连，试试爱情运气。

迈开双脚，走在小城的葡式碎石路上则是另一种感觉。葡式碎石路，顾名思义，是用从葡萄牙移植过来的大理石、花岗岩石块，用葡式工艺铺砌的路。20 多年前，澳门当局不惜花费重金，请来葡萄牙技师现场指导，不断扩大铺砌面积，像妈阁庙前的场地，岗顶的外围，嘉模圣母堂，塔石广场，还有海边、公园和一些人行道，都有这种路面。寸半见方的大理石、花岗岩石块，精心刻着许多与大海有关的图案，有鲸鱼、海马、贝壳、海参、海虾、章鱼、船帆等等，既有技术含量，又不乏造型特色。碎石路的基调以白色为主，黑白相间，红白相间，蓝白相间，搭配精致，简洁美观，极具装饰效果。远远看去，路面起起伏伏，深深浅浅，好似细流荡漾，给人一种赏心悦目的视觉动感。穿上软底鞋，踩着凹凸不平的碎石，你会觉出双脚有轻微的麻胀感，那是碎石与足底穴位亲密接触在起作用，堪比足底按摩师的功效，同时也在提示我们，葡萄牙的影响依然还在。

葡萄牙与澳门的关系，是一种绕不开的历史存在。葡萄牙位于地球的大西洋沿岸，虽为欧洲小国，却掌握了当时最先进的航海技术和地理知识。早在 1445 年，葡萄牙的航海探险就取得了重大收获，他们在穿越沙漠海岸途中发现了非洲的塞拉利昂，此后，航海家兼船长的迪亚士再接再厉，又先后发现了新大陆好望角和南美洲的巴西。另一位航海家达·迦马亦不甘示弱，在一次向南航行途中，乘船成功抵达了印度的卡利库特港口。葡萄牙人麦哲伦更是以举世震惊的环球航行，证实了地球是球形状体的事实。最近，有美国学者通过对医学、史料与 DNA 科学技术的考证分析，确认哥伦布的国籍为葡萄牙，而不是意大利热那亚望族子弟，这个结论推翻了几百年来的传统说法。

还是让我们暂时回到十六世纪中叶南中海域的岁月背景吧。1513年，第一艘抵达中国口岸的葡萄牙船只驶进广州港，这是自马可·波罗之后，第一次有文字记载的欧洲人对古老中国的问候，但也仅限于此。1554 年，一群葡萄牙商人在浪白澳靠岸，立即就被这里的亚热带风光所吸引。他们见到时任广东海道副使汪柏示以友好，并献上异国情调的小礼品，汪柏的眸子亮了，破例让他们登陆，搭建房屋，短暂栖身。那一刻，无论汪柏，还是那群葡萄牙商人，都没有意识到，澳门历史已被悄然改写。

随之，明朝政府正式划出澳门半岛西南部一块地段，供葡萄牙商人居住，并从事贸易。400 多年间，欧美亚各种肤色的老外络绎不绝，花花绿绿地在这里盖房子、建教堂、修马路、筑炮台、辟坟场，带来了不同文化、技艺和风俗。澳门哪里见过这种阵势？几乎不堪重负，却终于站稳脚跟，得风气之先，同时也扮演了对外通商的重要角色。鸦片战争后，英国宣布香港为"免税自由港"，《南京条约》的签订，又迫使清政府开设了广州、福州、厦门、上海、宁波等多个通商口岸，澳门外贸地位由此一落千丈，却意外地激活了本地流氓、地痞、把头另类"贸易"，他们借机设赌敛钱，澳葡当局也因势利导，"优惠"扶持。到了二十世纪六十年代，专营公司的群雄逐鹿，推进了澳门赌业在设备、管理方面的现代化，赌税也逐渐成为澳门最重要的经济支柱。1999 年澳门"回归"，基本法允许其"一国两制"，神不知鬼不觉之间，澳门居然超越拉斯维加斯而成为世界赌城之最，其中妙意，并不深奥。就连澳门的小学生都懂得一个道理，只有把赌场做大，才能吸引世界游客来此消费，政府才有财力发展民生事业。

有道是百闻不如一见。一个夜晚，几位作家朋友相约，打的直奔"新葡京"。这家富丽堂皇、光怪陆离的超级娱乐场，内设会所、餐厅、品牌商店、宴会厅等数十项豪华服务设施，可使人有宾至如归的幻觉，终至乐不思蜀。但这一切与我们无关。大家穿行在迷宫般的殿堂。这里太大了，大得让人眼晕。我们一路东寻西问，山重水复，终于柳暗花明，喘息未定地在一个"老虎机"前围成一团。经服务人员指点，葛一敏、乔叶、谢伦和我，投入纸币，轮流上阵，触摸按钮，随着屏幕图案疾速变幻，乐曲节奏闪转跳荡，每个人的表情在光影中变得迷离，时而惊喜，时而沮丧，时而相视苦笑。大家明白了，面对冰冷的"老虎机"，所谓智商，已经失去了意义。

花掉 200 多元港币，心里反而轻松了。注意，是花掉而不是输掉，区别在于，整个过程是不是具有一种娱乐精神。而有了这样的娱乐实践，对于澳门的"触摸"，就称得上完整而无憾了。事实也是如此，如果剔除"赌"的程序，"老虎机"与游戏机的自娱自乐性质，其实并无太大区别。

我们从"新葡京"出来，华灯璀璨，星空深邃。走在夜风轻拂的街头，彼此的眸子熠熠闪烁。作家见识赌场，操作"老虎机"按钮，不为了刺激，而是体验另一种触摸带来的感觉，以满足对人性的某种好奇和探究。据说，如今全球的博彩业生意都还不错，细观之可以发现，宾客盈门的各大赌场多以亚洲人，特别是华人为主，或者说，是庞大的华人客源支撑着博彩经济产业。华人何以嗜赌成癖，任其沉迷？我没有想过。但我相信，人生过程本身就是一次豪赌。越自视无所不能的人，越容易陷入非理性状态，而难以自拔，以致血本无归。这是由于，他们往往忽略或无视一个铁律，任何赌博，都是可以被精密的数学计算所控制的，且无一例外。这个事实意味着什么？意味着，这个世界并不存在超人，也不会有任何必赢绝技能够击败概率。而概率，正是可以永远征服人性弱点的秘籍。

澳门就是这样一座可以"触摸"，也欢迎被"触摸"的小城。也只有通过一次次身心触摸，我们才会懂得澳门的价值，享受澳门的诗意，从而亲近澳门，热爱澳门，无论相距多远离别多久，也都会梦萦澳门，系念澳门。

时光深处的石家大院

　　造访石家大院，最好是在游客渐稀的时候，且以独自为宜。

　　倘徉于石家大院的甬道、长廊，好似走进背景斑驳的时光深处，又像是置身于一部怀旧老电影的默片场景。岁月的投影依稀映出百年前奢华的钟鸣鼎食和耀眼的杂树生花，纷沓的脚步声、激越的戏曲"锣鼓点"和一阵阵的观众叫好声，仿佛还在耳畔萦绕，瞬间又归于空无。曾经的繁华与衰败、热闹与冷寂生生灭灭，在此处流转，谁人知晓，大院里飘逝过多少人的悲欢喜乐？

　　当一切尘埃落定，物是人非，还原为传说般的那种寂静，只有缓缓穿过古镇的运河依旧流淌，见证着石家大院的百年沧桑。

　　旧时代大户人家，喜欢把苏州园林风格融入自家庭院的造型和装饰，石家大院亦不例外。楼、亭、榭、廊在石家花园里各展姿容，一应俱全。石家大院始建于 1875 年，方圆 7200 余平方米，建筑面积达 2900 余平方米，由 12 个院落组成，皆为正偏布局，四合套成，整体设计结合了王宫官邸与大户民宅的建筑特色，既豪华高贵，又祥和亲善，且有着浓郁的家庭气氛。无论其寝室、客厅、花厅、戏楼、佛堂、学堂以及马厩，都保持了清末民初典型的北方民居形态，堪称北方近代乡镇史的微缩景观。而某些细节还体现出了中西合璧的味道，比如，在一座门楼的顶端可以发现两面小旗交叉形状，仔细辨认，原来是民国时期较为常见的五色旗和十八星旗交汇的图案。

　　甬道东侧的门楼，原是石氏家族的起居寝室，如今成了杨柳青博物馆的展品陈列区，藏有杨柳青木版年画的历代杰作和砖雕艺术珍品，以及泥人张彩塑、民间剪纸、杨柳青风筝、民间花会道具、婚俗等民间文化作品。甬道西侧则别有洞天，石家戏楼赫然而现，厅堂足有两层楼高，400多平方米面积，立着若干旧式方桌、靠椅，桌上摆旧式茶碗，靠椅铺红色软垫。大厅前方还有一个几平方米的小戏台，两侧挂着布帘的小门，便于演戏者上场、下场出入。当年石家常在这里请戏班唱堂会，可容纳两百人听戏饮宴，为北方最大的民宅戏楼，京剧名家孙菊仙、谭鑫培等曾在此各显身手。主要有花厅、戏楼、佛堂等建筑，是石氏家族会晤宾朋、娱乐消闲、诵经礼佛的场所，现辟为博物馆的"石府复原陈列区"，如同一个时代的活化石，储藏着丰富的中国文化符码和信息。

　　大院由盛而衰的拐点发生在民国后期，起因于后世子弟中多不思进取，挥霍老本，寄生度日。许多家族成员陆续离开大院，搬进了市区购置的居所，大院的东西开始变卖流失。时光深处的石家大院，终于演绎了绝非戏说的跌宕剧情。中华人民共和国成立后，当时的天津地委曾经把石家大院改做杨柳青中学30多年。1991年，石家大院被列为市级文物重点保护单位。2006年，石家大院被国务院确定为国家级文物保护单位。随着石家大院的对外开放，吸引许多影视摄制组风尘仆仆，来来往往。张艺谋、葛优、巩俐，刘德华、林青霞、徐帆、刘德凯、张信哲、周迅、李成儒、张铁林等明星大腕都曾在这里隐现、出没，复制着前世今生的家国往事。

　　谈到石家大院，被誉为"话剧皇帝"的石挥似乎是个绕不开的话题。石挥固然提升了石家的知名度，但其本人并不属于大院的"嫡亲"。石家祖上是山东人，靠船运为生，生意日见兴隆，于是定居杨柳青，成为远近闻名的大户人家。石家后来分为四大门系，排行老四的是石元士，为尊美堂，也是石家大院的主人；石挥父亲石博泉排行老二，为正廉堂的分支恩德堂，后因家道中落而迁居北京。石挥出生于大院，但在嗷嗷待哺的婴儿期就随父亲离开了杨柳青，从此一直未曾回来。石挥后来走上表演之路，其演技几为出神入化、登峰造极，却在1950年代的一场劫难中过早辞世，走得决绝而凛然，给中国影剧史和他的观众，留下了永恒的缺憾和纪念。

我外出旅游有个习惯，喜欢选择游览一些人文景观而不是自然风光。基于此，外地朋友来天津，我也是建议他们去杨柳青石家大院走一走，其效果屡试不爽。石家大院的好处，正在于它拥有的独特人文内涵。那年暮春，美籍华人作家陈九回北京探亲，抽空来了趟天津，最初对我的建议还略有质疑，这位儿时曾在天津生活过几年的老兄用津腔调侃道："嘛玩意儿？石家……大院儿，我这个老天津，怎么没听说过？"我说，"你在纽约一待就是20多年，少见多怪，也很正常。"如往常一样，一路我仍遵循"三不"政策，不渲染、不灌输、不饶舌，让朋友自己去体会其间的奥妙。陈九果然直呼不虚此行，临别时还意犹未尽地啧啧着："这石家大院，还真是咱天津的宝贝，千万给保护好了！"

七里海的“地图”

世界上有一款特殊的地图，源于原汁原味且美轮美奂的大自然，堪称神工鬼斧、天生丽质。你只有置身其间，才会发现它的景致和质感竟如此惊艳，远远超出了人们对于一般地图的种种想象——这是我对七里海生态的最大感触。

生态地图当然只是一种说法和比喻。现代社会，读图已成时尚需求，地图由此承载了太多信息，其款式类别也日渐繁多，花样翻新，早已不是过去常见的平面和纸质模式。不过，即使制成精美的沙盘模型，逼真的影视画面，或输入先进的电子程序，面对无与伦比的大自然生态，也只能自惭形秽，自叹弗如。于是来到七里海湿地，我很快便有了体内舒畅，心境澄明之感，仿佛走入一个充满绿意、水汽、阳光、花香、鸟鸣的“世外桃源”，与那些楼群逼仄、粉尘漂浮、交通拥堵、市声喧嚣的城市景观形成极大反差。当纵横交织的河道、沟汊、沼泽、洼地，连同星罗棋布的苇丛、绿树、野花、游鱼、飞鸟，悠然涌入你的视野，一一图解着有关湿地的生态内涵，那种气韵生动、难以名状的视听享受，确乎妙不可言。

而这之前，湿地对于我，曾是一个遥不可及的虚拟传说。就像法国诗人兰波说的“生活在别处”那样，我理解的所谓湿地，大约只属于数千里之外的某些“原生态”区域。比如，丹顶鹤的故乡吉林向海，遗鸥的栖息地内蒙古鄂尔多斯，藏羚羊的迁徙走廊西藏玛旁雍错，白唇鹿的乐园四川察青松多，生长红树林的宝地广西山口……那些地方往往偏远幽僻、未被开发、遗世独立、人迹罕至，被大自然造物主所青睐和厚爱，似乎才称得上"湿地"。至少，像湖泊、芦林、鸟岛、绿野、植被一类景色，与我们这座人口密集、商贸发达的北方港口城市仿佛关系不大。于是，无知的我，居然一次次舍近求远，长途跋涉，风尘仆仆，不辞辛劳，奔赴遥远的外省市，去寻找那些风光胜地，实在属于孤陋寡闻。

如此而言，了解一下有关常识还是必要的。

湿地，通常是指陆地与水域之间的交汇地带，其覆盖地球面积大约4%，与森林、海洋并称为三大生态系统，可知其并不神秘。中国湿地面积位居世界第四，恰与中国国土面积位居世界第四的状况相吻合，乐观谈不上，还算是差强人意吧。湿地类型多样，大致可分为自然和人工两大类，皆有"地球之肾"的功能，对于维持水域平衡、防灾减污排毒、调节小气候、蓄水防洪、保护珍稀动植物、优化生态环境，其作用举足轻重，无可替代。于是就想，幸亏我国相关部门很早就有了湿地保护意识，在不断创造经济奇迹、科技神话的同时，虽也曾付出过部分生态代价，却没有让大自然发生严重的"肾衰竭"现象。

引以为荣的是，天津宁河境内的七里海，不仅属于天然湿地，更是世界著名的三大古海岸之一，七里海的生态地图也由此卓尔不群，具有了得天独厚的观赏价值。若稍加细化，更可以发现其间种种妙趣。

既是湿地，就不能没有水。而生命离不开水，因之沟汊纵横，沼泽遍地，苇湖荡漾，睡莲漂浮，野鸭戏水，鱼群欢畅，触目可及比比皆是。这意味着七里海所呈现出的，首先是一幅美不胜收的水域图。

既是湿地，也不能没有茂密的野生植物群，这里荟萃了41科153种草本野生植物，不仅提供了蓬蓬勃勃、争妍斗奇的观赏性，而且它们极具食用或药用价值，其中每立方厘米的负氧离子含量高达2500个，数十倍于大城市的平均值，誉之为"京津肺叶""天然氧吧"，亦属实至名归，这便是七里海的野生植物图。

既是湿地，更少不了各类珍禽异鸟来此繁殖、栖息、迁徙，就如

七里海的「地图」

同"春江水暖鸭先知"。当成群结伴的飞鸟纷纷落在鸟岛的时候，奇妙的季节更替便拉开了序幕。最多出现的是海鸥，充满动感，成千上万。还有为数不少的珍稀、濒危的鸟类，仅国家一级保护鸟类就有丹顶鹤、遗鸥、东方白鹳、白天鹅、红脚鹬等，追着春天翩翩飞临，留恋不舍，它们并非不速之客，而是每年如期而至，视此为长途迁徙的季候驿站，也成就了赏心悦目的七里海鸟类图。

最为神奇的是，七里海还是这个地球非常罕见的古海岸遗址，这里曾发现过世界上规模最大的古牡蛎堆积体，其形成、规模、时间跨度以及所蕴含的大量地质信息，具有海岸变迁、古生物、古地理、古气候、湿地生态学研究的重要价值。同样不可多得令人惊叹的稀世珍品还有贝壳堤、鲲鲸骨、麋鹿角、古木船，它们见证了斗转星移，沧海桑田，更使得七里海成为世界著名的三大古海岸之一，并被确定为国际合作研究海洋学、湿地生态学多种学科的重点地区，也是一种顺理成章。

七里海还是远近闻名的鱼米之乡，其"三宗宝"银鱼、紫蟹、芦苇草每每为乡里乡亲们所津津乐道，特别是那里飘溢的蟹香，闻着就令人垂涎。不过，那还算不上真正的湿地特色，七里海之受到关注，毕竟不是靠野餐野味，或休闲垂钓，其独具一格的生态"盛宴"，才最值得人们亲临其境，尽情品尝，细细回味。

古镇婚俗的前世今生

　　若称杨柳青民俗为"华北民俗小百科"，并不夸张。其古镇的婚俗伦理更有其地域文化特色。有一部新拍摄的电视连续剧《杨柳青》，何彦霓主演小媳妇王雨荷，与演技派小生夏雨合作上演了一幕民国初年的杨柳青婚俗剧情，这位"80后"江南姑娘戴着红盖头，被八抬大轿颠到婆家，鞭炮声中拜堂、坐帐，尽享洞房花烛夜，过足了"穿越"瘾，直呼"真希望我的婚礼也要这样隆重和美好"。

　　余生也晚，旧时杨柳青婚俗中那个八抬大轿娶亲的场景，对于"50后"的我就如同遥远传说。其实，我的父兄一辈亦如此，他们的结婚高峰期赶上了移风易俗，新事新办的年代，而1966年以后，结婚更是被简化成男女搭伙过日子的一种形式。通常是男方骑自行车来接新娘，或女方家人陪新娘乘公交车"过门"，就算成亲了。运气好一些的，由单位操办一个简朴仪式，而更多的新人多在公园或商场里转一圈，然后家人聚在一起吃顿捞面，喜事就算办过了。到了我辈成亲，"妈妈例儿"（京津地区主义为日常生活中的迷信禁忌和迷信言论）开始复苏，时兴自家搭棚摆五六桌婚宴。我图省事，选择外出旅行，回来后在单位撒几包烟糖，宣告单身汉的日子就此画了句号。

　　进入新世纪，身边的子辈陆续进入了谈婚论嫁的行列，这才发现，其风气变化之大，竟令人恍若隔世。过去我曾认为，婚姻属私生活领地，办喜事不宜过于透明，大张旗鼓则更是大可不必。近年却恍然悟出，人的一生如白驹过隙，在日常生活中主角的机会实在有限，而婚礼就是普通百姓的一次最体面、最风光、最货真价实、也最应该理直气壮地自我展示的机会。耳边常听人说，"一辈子就这么一次，不能太亏待自己"，此乃大实话也。

我甚至幻想过，自己也时尚地"穿越"一次，穿过茫茫岁月，深入古镇的万家灯火，当一回杨柳青婚俗现场中的新郎官，身着簇新锦缎长袍，揭开新娘的红盖头，对视那羞涩、迷人的一笑，内心涌起执子之手、白头到老的融融爱意，那该是怎样"良辰美景"。若把此幻想细化，必然绕不开传统婚俗的所谓"六礼"，即纳采、问名、纳吉、纳征、请期和亲迎。这是从议婚至完婚的六个步骤，老天津卫婚俗也多遵循这个套路。

"父母之命，媒妁之言"是一定的，请算命先生批批八字也不能马虎，换龙凤帖、送彩礼和陪嫁妆，更是一样不可少。一旦婚期确定，便雷打不动，"改日子死婆婆"，须慎之又慎。亲事定下，还要讲究由"全可人"全程操持婚礼，所谓"全可人"，是指儿女双全且无残疾、夫妻圆满、父母健在的女人，她们会给新人带来吉利。新娘最在意坐八抬大轿出嫁，意谓堂堂正正，明媒正娶，然后由"全可人"梳成"抓髻"，取"结发夫妻"之意，再身着袍裙嫁衣，绿袜红鞋，环佩叮当，入得花轿。女方进门不得过午，鞭炮声中由"全可人"搀扶一对新人并肩而立，拜天地、拜祖先、拜父母，夫妻对拜。新娘步入洞房，须由新郎用系在一起的红、绿巾牵引，意取"绿叶配红花"。闹洞房既是尾声，也是高潮。四天后还要"回四"，新娘带新郎回娘家，要把"贞节红"布当众交给亲娘，并摆上祖宗供桌，这道程序事关男女双方的脸面，那样的旧年代，尤其不可省略。

过去相亲，没有互送照片的条件，全凭媒人穿梭往返，来回"忽悠"，口吐莲花，煞有介事，只有当新娘入洞房后被新郎揭下盖头的那一刻，双方才知晓彼此相貌，却生米已成熟饭，新人是否可心，全凭撞大运。一些情窦初开的姑娘、小伙并不甘心，提前要搞清楚对方的"庐山真面目"，若彼此中意，便有了牵挂。正如晚清诗人史梦兰写的那首《天津竹枝词》——"杨柳青边杨柳青，郎来系马妾扬舲。莫漫回腰学妾舞，也须垂丝牵郎情"，把少女的缠绵心事描摹得深微曼妙。

　　也有包办婚姻带来的悲剧隐患。另一位晚晴诗人华长卿的《津沽竹枝词》，反映的便是新媳妇一种无奈的寂寞忧伤："杨柳青边多杨柳，桃花寺里近桃花。柳条折去花飞去，夫婿三年未到家。"青春易逝，柳条空折，丈夫离家未归，妻子独守空门，使人感受到了封建男权社会冷漠、无情、非人道的一面。我暗思，男人一去三年而不归，外遇的可能性不是没有，除此之外，是不是也与新郎揭下新娘的红盖头后而彻底失望、负气出走有关呢，亦未可知。

　　无论如何，杨柳青古镇婚俗的遥远诗意是如此令人回味。同时，如同对一切文化遗产那样，取其精华，去其糟粕，使之与时俱进，日臻完美地传承下去，也是题中应有之义。事实上，杨柳青婚俗伦理的前世今生，已经融入了时代的流行色，生活在新世纪的姑娘小伙们真是太幸运了。

"神游" 瓦尔登湖

瓦尔登湖因梭罗而闻名。梭罗因瓦尔登湖而传世。

但瓦尔登湖不是一个虚构的地方，它坐落在美国的马萨诸塞州。自从它被世人知晓，许多年来便常有世界各国的读者前去造访。如果说这个世界确曾有过"世外桃源"，那一定是十九世纪的瓦尔登湖。那是150年前的一个春天的日子，梭罗带着一柄斧子独自到了瓦尔登湖边的山林。经过一番挥汗如雨的紧张劳作，在7月4日美国独立节那天，他如愿地住进了自己亲手盖起的木屋。此后的两年多时间里，他在这里耕种、散步、观察、倾听、梦想、沉思，并用独具风格的文笔记录下了他所经历和体验的一切。然而，瓦尔登湖又不是"世外桃源"，梭罗也不是一个幽居山林的隐士。因为有了梭罗，瓦尔登湖才与现代文明有了深刻的血脉交融。

梭罗是个执着的自然主义者。这并非就艺术创作的美学意义而言，而是指他崇尚自然、欣赏野性、厌弃虚假文明，追求返璞归真的生存方式。他自称："我之爱野性，不下于我之爱善良。"环绕瓦尔登湖的大自然是他与众多野生动物共同的乡根乡土。他饶有兴味地写到了他的那些千奇百怪的邻居们：飞来飞去的猫头鹰发出沙哑而发抖的声音，狐狸无声而快速地爬过积雪，成群的山雀在他的木屋前叽叽喳喳，野兔在草木间悄然出没，浣熊林中发出了嘤嘤之声，赤松鼠在屋脊上来回奔窜，鹧鸪在寒风中觅食，水獭隐蔽在暗处，猎狗群吠声不绝。而秋天里，游在湖中央的野鸭则狡猾地与猎人保持着距离，野鼠跳上他的身体爬来爬去品尝他喂的干酪……梭罗以禽兽为邻和睦相处，动物也把他当作这山林王国里的一员。久而久之，他的那种野外觅食的原始本能被悄然唤醒，有一两次他发现自己在林中奔跑，像一条半饥饿的猎犬，以奇怪的恣肆的心情，想觅取一些可以吞食的兽肉，"倒不是我那时肚子饿了，而只是因为它所代表的是野性"。

难道梭罗真的从没有感到寂寞与孤独吗？他自认为是的，"太阳是寂寞的，除非乌云满天"，而他"并不比瓦尔登湖更寂寞"。梭罗说："一个在思想着在工作着的人总是单独的，让他爱在哪就在哪吧，寂寞不能以一个人离开他的同伴的里数来计算。"而且梭罗已经发现，"无论两条腿怎样努力也不能使两颗心灵更加接近"。于是他以一颗骄傲的心，愿意独享这所谓的寂寞。"太阳，风雨，夏天，冬天，——大自然的不可描写的纯洁和恩惠，他们永远提供这么多的健康，这么多的快乐"。

读梭罗不一定要回到瓦尔登湖。那只是一个绿色之梦。梭罗说过："我愿意每一个人都能谨慎地找出并坚持他自己的合适方式，而不要采取他父亲的，或母亲的，或邻居的方式。"他不希望自己被模仿，其实要模仿梭罗又谈何容易。这种貌似原始的生存方式形式，体现的却是他对更为文明的一种人文境界的追求。透过他那咄咄逼人且学识渊博的雄辩，可以感受到梭罗的哲学指向和人格魅力。他对那些带着自己全部家产的大包裹、追逐物质享受的移民充满了一个智者的同情，他不会那样做，"也不花什么钱买窗帘，因为除了太阳月亮，没有别的偷窥的人需要关在外面。"现代人太注重物质生活的舒适感，却忽略了更根本的精神家园的问题。比如穿衣，"一般人心里，为了穿衣忧思真多，衣服要穿得入时，至少也要清洁，而不能有补丁，至于他们有无健全的良心，从不在乎"。甚至，"人类已经成为他们的工具的工具了"。他的思想在寂寞中升腾、发散，他自语着关于历史、自然、植物、农耕、哲学、文学等方方面面的见解，奏出的高妙之音堪称世纪的绝响。

作为梭罗一个独立精神的物质载体，一种人文自然的诗性象征，瓦尔登湖还在现代读者的心中汩汩流淌，原因在于如同许多划时代的作家一样，梭罗是"向着人类的智力和心曲致辞的，向着任何年代中能够懂的他们的一切人说话的"。如此，他的瓦尔登湖又怎能不拥有永恒的知音？

口音里的乡愁

历史“小插曲”的隔世之感

作为有 30 多年工龄的文学从业者，对不很久远的文坛“旧事”保持一种关注，本属正常分寸，并不值得夸耀。不过，此次关注之于我，并非由于职业养成的“本性难移”，而缘于自己曾很意外地充当过文学现场的某种“见证人”角色。于是在我看来，即使有些文坛“旧事”或许并不起眼，有的几近于“鸡零狗碎”，且一直处在隐秘角落，却由于可以折射某一文学时代的季候特征，而增加了有可能进入当代文学史的悬念，自己也就格外留意了。

很偶然地，读到贺绍俊先生的《铁凝评传》，我有些好奇，特别想了解一下铁凝在当年文学创作起步阶段有过怎样的经历。我的好奇是有原因的。大家都知道，铁凝是以数量很大且颇具特色的长、中、短篇小说而称誉中国当代文坛的，但说到她的早期写作，大家就可能比较陌生了。我特别想了解一下铁凝在当年文学创作的起步阶段，究竟写过哪些类似处女作的篇目？她又尝试过小说、散文之外的何种文学体裁样式？所关乎的事体不大，仅仅是铁凝漫长写作经历中的一段“小插曲”，但“小插曲”往往也可以从中窥见某些朴素的历史本相。何况贺先生的这部评传肯定得到了传主的认可，其真实性、权威性与可信度自不待言，这也是引起我的关注的一大“诱因”。

于是读者知道了，铁凝“处女作”是作家高中时代的一篇作文，题为《会飞的镰刀》，1975 年被收入北京出版社出版的儿童文学集《盖红印章的考卷》一书，此事早在 1998 年河北教育出版社出版的

《铁凝影记》中由作家亲自证实过，不是新闻。至 1979 年调到保定市文联当编辑之前，铁凝下乡插队，在农村度过了一段知青岁月，其间曾发表过几个短篇小说，开始在文坛崭露头角。总之这些史实属于旧闻，评传作者自然也无意"爆料"。我感兴趣的是，贺先生记述的作家早年创作中一段鲜为人知的写作"小插曲"，读者由此知道了，小说家铁凝早期不但发表过诗歌，而且还是一组诗，刊载于《天津文艺》（《天津文学》前身），也仅此而已。贺先生的解释是，"铁凝显然意识到了自己的长处所在，她就没有在诗歌上花太大功夫，她干脆将诗歌彻底放弃，专门钻研小说写作"。应该说贺先生的这个解释还是合情合理。我不仅是这段"小插曲"的知情者，甚至可以说是"实施者"——亲手编发过她唯一正式发表过的这组诗，我推算，这组诗即使不是铁凝的处女作，大致也不会晚于她最初的小说创作。

其实，许多著名作家早年都曾有过写诗的经历，这不新鲜，我以前曾调侃过这样一种现象，诗歌是文学青年的青春分泌物，几乎无人幸免。

事情应该追溯到 32 年前的 1977 年炎夏。那时我已在《天津文艺》编辑部诗歌组供职。诗歌组共有三位编辑，组长陈茂欣先生、资深编辑肖文苑先生如今都已作古，那时也不过四十开外，后来皆成为文坛业绩不俗者。陈茂欣曾因出版《白果树》《苦夏》等多部诗集而在诗坛小有影响，学者型作家肖文苑则相继出版了长篇历史小说《深宫锁恨》《云雨迷惘》和一系列才识俱备的唐诗研究专著和古代诗词随笔集。我刚从部队复员，二十郎当，属于真正的小字辈儿学徒，于是顺理成章，一般的自投稿便由我处理。那时正是"四人帮"被一举粉碎、人人扬眉吐气的年景，文人的性情一旦复苏也不得了，陈老师的自信，肖老师的孤高，在看稿子编刊物时各有视角，有时还闹得面红耳赤。但可以放心的是，所有的争辩都局限在业务范围，平时大家的相处还是融洽的。那时盛夏办公，没有电扇，更没有空调，屋里皆为须眉，大家索性穿着短裤和跨栏背心，挥汗如雨地看稿子，动作也都相似，一只手把扇子摇个不停，另一只手不住地用毛巾抹脸，陈老师还多了一个动作，不时摘下眼镜，擦一擦汗，现在想起来，那一幕场景仿佛历历在目。

一次，我从一堆自投稿中发现了一组诗，题目叫《丰收纪实》，大约有五六首，很工整地抄在那时候常见的小方格稿纸上，视觉的第一印象就很洁净清爽。作者为河北博野县的一位下乡知识青年，署名"铁凝"，估摸年龄超不过 20 岁，名字像是男性，但娟秀的字体、细腻的语感，以及反映的皆是农村铁姑娘的劳动精神面貌，又让人想到很可能是一位女作者。我选了其中的《浇麦小唱》《割麦曲》《分量》三首诗，二审、终审顺利通过，并刊载于当年《天津文艺》第10 期。这组诗的文学水准，以今天的审美眼光观之，坦白地说，不是没有问题。比较明显的，是公式化的集体腔调抑制了个性表达，这也属于那个时代诗歌写作的通病，若放在当时的诗歌语境来看，我们倒是会有另一种发现，作者在巧妙营造诗意和在诗里融入叙事元素方面有个人特色，其语言表达也称得上清新流畅，训练有素。比如《分量》一诗中有这样几句：

铁姑娘车队拉着棉花进村，／马儿像拱着蓝天驾着白云。／唱着卸车，笑着入库，／库外是银山，屋内灌满银。／／管理员刚要锁门，／队长说：'等等！'低头拽起衣襟，／她摘下沾在身上的一瓣棉花，／花瓣轻轻地飞进库门。／／姑娘们学着队长，／也细细查看全身。／无数朵小小的银花，／都飞进大队的印圈。……

现在看来，作者固然生疏于对变形、象征、意象、隐喻等现代诗歌基本手法的运用，却懂得如何观察、捕捉、利用生活细节为诗歌服务，其叙事能力也有优势，是那些仅仅擅长抒情造势的诗作者所欠缺的。铁凝发表诗歌，这是第一次，也是最后一次。这之后，新时期诗坛并没有诞生青年女诗人铁凝。

记得若干年后，读到报端发表的孙犁与铁凝之间往来的几封创作通信，我还疑惑是不是同一位女作家。铁凝曾在河北大平原务农四年，这一带盛产棉花，有"棉乡"之誉，一个乡村少女的劳作与梦

历史「小插曲」的隔世之感

想也多与棉花有了千丝万缕的联系。显然，铁凝的文学视野里最先出现的就是棉花，或者说，某种意义上，棉花象征了铁凝的一个文学源头。银白的棉絮就这么在诗里孕育着，很快飘飞出来，飞得很高，飞出很远，与蓝天丽日白云牵绕着，出现在《棉花垛》等许多优秀小说的场景里，不断积聚、繁殖、裂变，最终构成了铁凝小说标志性的文学寓意之一。

据我所知，铁凝的这段写诗"小插曲"当属首次披露，作家本人过去亦很少提及，在我所见到过的有关铁凝的创作研究和资料介绍似乎也无迹可寻，足见这一页史实在作家创作历程中是缺失的。而这种缺失，又很难想象是无意疏忽。或许在评论界看来，这组诗发表于"文革"结束不久的文学拨乱反正时期，实难彰显作家的整体文学成就，不足观，不足道，不提也罢。这是可以理解的。古已有之的中国文人意识里，为"尊者讳"、为"贤者讳"是一种根深蒂固、延续至今的具有某种伦理意味的"潜规则"。但我还是觉得，历史老人永远会对实情充满敬意，而不论其事情之大小，事由之巨细。退一步说，类似"小插曲"作为早期文学写作的热身与尝试，对于任何作家都是正常的，即使再伟大的作家也有可能写出过自己的青涩之作。在这一点上，与其说是贺绍俊尊重历史细节，不如说是"不悔少作"的作家铁凝本人有着更为清醒，也更为通透的文学胸襟。贺先生或许意识到了这样一个事实，当铁凝继茅盾、巴金之后，成为世人瞩目的新中国第三任中国作家协会主席之后，"所有的聚光灯纷纷掉转了方向，都照射到她的身上。她的名字和照片不断地出现在报纸上，她的书籍也被摆放在书店最显眼的地方。但此时此刻，我们对待铁凝的心态也许在悄悄发生着变化，我们还能像过去那样，把铁凝作为一种未被中心化的文学方式和生活方式来对待吗？在耀眼的聚光灯下，我们还能看清楚铁凝最真实的表情吗？"这些意味深长的提示表明，任何时候，呈现作家"最真实的表情"，不仅是对读者的尊重，更是对历史的负责。人类经验告诉我们，岁月的流逝不可能模糊什么，更不可能改变什么，真相只会增添历史自身的魅力。我由此相信，当面对一个真实可触、自然可亲的作家铁凝的时候，文坛和读者都会以敬重和微笑回报之。

前几年，我有机会与铁凝聊到早年那组诗，她并未讳莫如深，而是爽朗一笑，"噢，感谢我当年的责编"。另一次场合，她见到我时还大大方方向别人介绍"这是我的责编"，那张真诚温婉的笑容，给我留下的印象极深。

"伤痕"与"彩票"

　　某日打开凤凰台，偶然转到一档著名的电视访谈节目，忽觉得那位侃侃而谈的嘉宾先生有些面熟。当话题进入小说《伤痕》，那位嘉宾面带微笑，用不无调侃的口吻对年轻的女主持人说，你是问那张"彩票"？这时，屏幕下方悄然打出了"卢新华"的名字。

　　果然是卢新华。

　　二十世纪八十年代以来，不止一本文学书刊里曾出现过这位"伤痕"作家面如小生一般的清秀影照，《我是刘心武》一书还收入了当年人称"伤痕文学"三剑客刘心武、卢新华与王亚平的意气风发的合影照片。九十年代中期，确切地说是 1997 年春天，我曾在美国西海岸经历了一段短暂的游子岁月，一次有位朋友面带神秘，说要带我到洛杉矶某家赌场"见见世面"。我好奇地去了。接下来的事情令我大感意外，我被朋友领着在迷宫般的赌场里转来转去，终于在一张牌桌前站住了，朋友对我耳语，这位发牌员以前是你的同行，叫卢新华。我愕然，竟怀疑起这个场面的真实性。然后我在那张牌桌前坐下来，与卢新华近在咫尺，目睹了他那训练有素却似乎有些漫不经心的洗牌、发牌技巧。两个小时过去了，我记不清他发了多少圈儿牌，收了多少小费，我只知道自己起身的时候所有的口袋里空空如也，就是说，我已经没有本钱和资格继续坐在那里。我梦游般离开了牌桌，发现卢新华还冲我礼貌地点点头，他淡淡的职业笑容也深深地印入了我的脑海。

就是那张"彩票"曾经构成了一个波及甚广的文学现象，如今已显得遥远而模糊，由于"新时期三十年"的特殊意义而成了许多媒体再次关注的话题，这大概是远在美国的卢新华所始料不及的。

30年前的卢新华，还是复旦中文系一名稍显稚嫩的大一学生，一位学生自发组织的文学兴趣小组成员，那次班委会要求大家为学生墙报积极写稿，卢新华不经意地交了一篇"作业"，命运便由此改变了。那期墙报在整个复旦校园引起很大反响，每天墙报前都拥挤着翘首阅读的各系学生——他（她）们都是闻风而至特意来读《伤痕》的，并且边读边抹泪。继而，稿子被热心读者辗转推荐到《文汇报》，由于当时政治气候的原因，三个月后小说几经周折才得以发表，这期间也曾寄给过《人民文学》却被退稿，但这已经不重要了，小说一经问世便轰动中国，并且其影响远远超出了文学领域。我至今记得，那篇小说在南开园我的众多同窗中间形成了怎样剧烈的辐射力。甚至有人后来形容，当年读《伤痕》，全中国人所流的眼泪可以成为一条河。就是这条河，引领了更为澎湃的新时期"伤痕文学"潮流，也铺垫了卢新华的移居美国之路。随着他在美国读学位，在书店打工、办个人公司、涉足股票和期货交易、赌场发牌，《伤痕》已是渐行渐远，恍如隔世神话。

30年时光若白驹过隙，当年被压抑着的社会创伤情绪已经昨是今非，历史老人即使拥有再丰富的想象力也绝对预料不到，《伤痕》竟会被作者自己赋予了"彩票"性质。30年后坐在嘉宾位置的卢新华，依然清秀的脸庞已显露出成熟、自信的中年气象。当卢新华姿态潇洒地把《伤痕》调侃为"彩票"的时候，年轻的女主持人稍有迷惑，接着会心一笑。不觉之间，星移斗转，时过境迁，时代的发展演进已是天翻地覆，原本近距离看不清楚的一些历史之谜渐次有了并不复杂的答案。这位大洋彼岸的当事人在经历了一段不算短的时空背景再来看待沧桑往事，已经拥有了更加客观的阅世心态和认知角度。当整个社会神经不再紧绷，大众心理逐渐松弛，昔日的"伤痕"就这样地悄然变成中了大奖的"彩票"。卢新华已经把一切看淡，连称自己"幸运"，他表示《伤痕》并不属于自己独有，而来源于整个特定的社会情绪，是无数有着伤痕经历的社会大众共同书写的，而自己只不过是一个"幸运的执笔者"，即使他不执笔也会有别人执笔。

有趣的是，"伤痕文学"另一位代表性作家刘心武先生对此的表述却远没有这么简单和轻松。在最近一篇谈及《班主任》的文章里，似乎心事重重的刘心武强调了这样几个问题：1．"这篇作品，产生于我对'文化大革命'的积存已久的腹诽，其中集中体现为对'四人帮'文化专制主义的强烈不满"；2．"这篇作品是'伤痕文学'中公开发表得最早的一篇"；3．"人们对这篇作品，以及整个'伤痕文学'的阅读兴趣，主要还不是出于文学性关注，而是政治性，或者说社会性关注使然"；4．"之所以能引起轰动，主要是因为带头讲出了'人人心中有'，却一时说不出或说不清的感受"；5．"这样的作品首先是引起费正清、麦克法考尔等西方'中国问题专家'关注——他们主要是研究中国政治、社会发展变化的一种资料，这当然与纯文学方面的评价基本上是两回事"；6．"就文学论文学，《班主任》的文本，特别是小说技巧，是粗糙而笨拙的，但到我写《我爱每一片绿叶》时，技巧上开始有进步，到1981年写作中篇小说《立体交叉桥》时，才开始有较自觉的文本意识"。弦外之音，不绝于耳。

往事与岁月之深不可测，之奥妙无穷，之令人尊重，常常在于它对过来人和当事者的作用力可能是正面的，也可能是反向的。时空背景、人生经历、文化资源的不同，其历史记忆、人文观念和思想方法也注定千姿百态，难以划一，更不可能出现什么标准答案。刘心武凝重复杂的心结也好，卢新华举重若轻的潇洒也罢，都可以说是存在决定意识的特定产物，只是这么一个唯物论的基本原理，对于今天的我们，似乎已经久违了。

口音里的乡愁

怕碰碎了董桥

　　董桥只能产生于香港，说起来像是一个神话。董桥笔端所流溢出的那种名士风度绅士情调，不是负荷超重的内地作家所能够模仿的。

　　香港有了董桥，便在我的眼中变得极不寻常。走进董桥的散文世界，扑面而来的是一道道与香港喧嚣的商潮和浮躁的市声形成反差的风景，是那种脱胎于古典乡愁、混血着中西文化、告白着精神独语的书卷气，儒雅而感伤、睿智又深刻、潇洒却放达。你会因此想象香港本该是一座美丽的艺术殿堂，而非如人们传言的是一片荒芜的文化沙漠。这样的作家斜刺杀出登临大陆文坛，没有身怀绝技难以想象。于是想到，近几年来撰写散文随笔的人几乎可以说是浩浩荡荡，却总是那些兼得中西文化精髓的作家显示出了自己的创作优势，绝不是偶然的。

　　关于董桥，书界有"闲读""夜读""远看"的主张，最著名的说法还是香港柳苏的文章《你一定要看董桥》。记得当时我想，什么年月了，居然还有"一定要看"的道理？分明是港台媒体的惯用"伎俩"，虽"逆反"了一下心理，但还是经不起诱惑"看"了一眼，果然读上了瘾。便又有些怪柳苏，本来是"酒香不怕巷子深"，滥用炒作手法，其实是亵渎了董桥。

　　一如董桥的名字，他的文字多如小桥流水一般，波光闪烁蜿蜒汇聚，就是一条美丽宽阔气象万千的大河。其间的景色可借用古人形容中国园林艺术的比喻：春见山容，夏见山气，秋见山青，冬见山骨。

其实董桥所处的人文环境并非那么逍遥。用他的说法，他生活在两个世界：一个是热性的政治世界，一个是冷性的文化世界。"政治是一种'行动的人生'；文化却是'静观的人生'，在朝的政治行动可以颠倒乾坤，在野的文化静观始终是一种制衡势力，逼人思其所行。"（《静观的固执》）他的优势既不是参政，也不在学问，而是对世事的参悟和对人生的品味。他留学英伦，心系两岸，身居香港，供职《明报》，通文史、懂艺术、晓时事、解风情、具眼光、善笔墨、琴棋书画、诗词歌赋，一一化作活的知识、美的鉴赏、深的感慨，笔墨运斤游刃有余。其风度不可效颦，其情调难以模仿。他的字里行间既有雅趣，更兼理趣，亦不乏野趣。

没有李敖的狂傲，柏杨的老辣，也没有王鼎钧的沉郁，余光中的忧患，却又杂取各家优长。英国散文、晚明小品、现代随笔兼收并蓄，显示的却是董桥特色。绮丽倜傥，玲珑剔透，却没有轻浮油滑的圆熟；引经据典，信手拈来，又绝无掉书袋的感觉。洁净练达，举重若轻，张弛有致，疏密得法，该收收得拢，该放放得开，该刹刹得住，森森然萧萧然自成一家姓"董"的文体。特别是雨夜灯下，雪天拥被，读董桥肯定是一种阅读享受。一般文人可以学董桥用墨的潇洒、行文的讲究，却学不到他的灵秀、睿智、深邃。

我很欣赏董桥散淡的"闲笔"，看似扯得拉拉杂杂漫无边际，实则句句不离要害，每每串联成篇便是一座精致的"七宝楼台"。只有具备渊博的知识、深厚的修养和灵动的想象，兼之政治的眼光、历史的厚重、经济的头脑、时事的参照、艺术的底蕴，才能让"闲笔"挥洒起来。从他的文字里你读不到偏执、落寞、牢骚、抱怨，却能感受到他的拳拳之心在怦然搏动，"机械文明用硬体部件镶起崭新的按钮文化；消费市场以精密的资讯系统撒开软体产品的发展网络；传播知识的途径和推广智慧的管道像蔓生的藤萝越缠越密越远；物质的实利主义给现代生活垫上青苔那么舒服的绿褥，可是，枕在这一床柔波上的梦，到底该是缤纷激光的幻象还是苍翠田园的倒影，却正是现代人无从自释的困惑"，董桥的质疑永远是以董桥的口吻和句式展露，就连感伤也显得那么优雅，"不会怀旧的社会注定沉闷、堕落。没有文化乡愁的心井注定是一口枯井。经济起飞科技发达纵然不是皇帝的新衣，到底只能御寒。"（《给后花园点灯》）怀旧与乡愁常常构成了董桥文章的底色。

董桥喜雅。在这方面，许多内地的文人书生的情趣就显得过于单调、刻板了。董桥不仅喜欢藏书票，而且与闲章、印石、古瓷、美术、书法结缘。爱好多、兴趣广，他因此每每感到"戒"的滋味不好受。但"玩物"没有使他变得麻木，他对人间冷暖的敏感体悟依然那样风流倜傥，又那样一针见血。"人情不是太浓就是太淡。太浓，是说彼此又打电话又吃饭又喝茶又喝酒，脸上刻了多少皱纹都数得出来。存在心中的悲喜也说完了，不得不透支，预支硬挖些话题出来损人损己……太淡，是说大家退说各奔前程，只求一身佳耳，圣诞新年寄个贺卡，连上款都懒得写就教给女秘书邮寄：收到是扫兴，收不到是活该。"（《"一室皆春气矣"》）即使心有不满，落到他的笔下仍是高妙有趣。《中年是下午茶》中有一段文野兼备的描写很为人所称道，记得我是边进午餐边读下来的，居然领教了什么叫"令人喷饭"。

面对世事沧桑，处繁华而不惊，处落寞而不忧，这董桥文本的独特境界。"写文章是智力活动，不可太动感情；动了太多的感情就不该写文章。"董桥肯定是这样做的，已至中年的我却刚刚有所感悟。但愿为时不算太晚。

人如何活得快乐而有尊严

　　近些年思想文化领域里某些"新人"的声名鹊起，总是以被凭吊的方式出现，如顾准、胡河清、王小波。其中的原因很复杂，不说也罢。我想说的是，发现王小波是我一个意外的阅读收获。这位有着顽童性格的作家，永远学不会世故老到，也做不出高深莫测，却永远保持了独立思考的人文品格。即使谈论一些严肃而深刻的话题，他的心态也显得格外松弛，在那口语式的调侃之中时见思想和智慧的锋芒。读他的文字，我很容易就与之有了一种会心的默契，同时也不能不为作者的英年早逝而黯然神伤。

　　这确是一片独特而诱人的人文风景。而王小波本质上又是寂寞的。那些热热闹闹的各种时髦潮流与他无关。他对这个喧嚣、浮躁、多变的世界看得很透，虽很透却并不灰暗。领略这片风景不能不对王小波本人有所了解：刚读初一时赶上了"文革"，几年后以知青的身份到偏远的云南乡下插队，恢复高考后学的是理科，读研究生时才转为文科，且在美国留学深造四年，周游过欧洲，可以说见了世面，但却选择了回国定居，用他的话，"到外文化中生活，人生的主题就会改变"。先是在大学执鞭任教，未及不惑而辞职当了自由撰稿人，经历过的生活不无沧桑。但他骨子里有一种顽童的情趣，这在中国、特别是中国文人中就比较特殊了。中国人不缺少聪明、世故，缺少的是天真和单纯，什么事情总显得一本正经。王小波的价值在于，文坛上多了一个心态松弛的自由精神骑士，一位潮流之外的独立思想者。

口音里的乡愁

王小波可贵的平民意识仿佛与生俱来。他从不故作深不可测，轻松的机智和随处可见的幽默感，显示了他内心深处的真与善。他常于不经意中谈出自己方方面面的切肤思考，字里行间趣味盎然，令人眼前灵光一闪。你不见得完全赞成他的想法，却承认从中受到了启迪与点燃，并难以掩饰自己会心的微笑。这就是王小波随笔杂感的可爱之处。

我甚至想，既然是王小波，他就不会不关注快乐问题，也不会不强调尊严问题。虽然他的随笔挥洒自如散漫无拘，字里行间横生着惯常的幽默和妙趣，意蕴深处却响彻切肤的呼唤。显然，快乐和尊严之间定有必然的内在联系。我把它们当成一个问题的两面来谈，相信作者也会默然认同。作者经过"文革"下过乡，读过大学理科，并曾在美国留学四年，兼有中西文化和科学知识的底子，博见多闻且思维敏锐，人文视域自然比常人多了些令人信服的参照，也必然有效地开启了我们的思路。

在人们的印象中，快乐离不开舒适的感觉。关于舒适生活给人们带来的快乐，王小波在《东西方快乐观区别之我见》中说得很明确："东西方精神的最大区别在于西方人沉迷于物欲，而东方人精于人与人的关系。"并进一步认为："前者从征服中得到满足，后者从人与人的相亲相爱中汲取幸福。"如此正儿八经地摆出一副立论的架势，对于行文随意的王小波是少见的。果然接下来，他的似不很规范的议论便很有些口无遮拦，但句句不离要害。

这些自由无拘的论说，并非王小波一时的心血来潮。不知别人如何，它使我的人生经验被悄然唤醒。人类生存于世间，追求物质的舒适和由此带来的快乐，应属于本能的需求。然而在西方文明世界，许多人对物欲的追求已走过了头，从而出现了马尔库塞所说的西方社会的一些文明病症，即它把物质消费本身当成了需要，仿佛消费不是为了满足需要，而是满足那种抽风般的起哄。以美国人的生活为例，相信去过赌城拉斯维加斯的朋友不会忘记那里的光怪陆离、纸醉金迷，比如，著名的金字塔赌场"塔尖"上有一束明晃晃的灯柱，它像一柄长长的剑直刺夜空，据说那束灯柱是从月球观察地球的一个醒目标志，它夜夜不熄，显示了并刺激了一种物欲的畸形发展，其白白耗费的电力尽管令人咋舌也毫不在乎。还有，近3亿美国人所引以为自豪的汽车人均拥有率，使得许多人日益追逐名贵轿车，抬屁股就是车，就连最短的路也不肯走，其结果是每年耗损的石油竟占了整个世界耗能的六分之一以上，使人不能不去怀疑美国人过分关心海湾局势的动机。事实上，我就在美国见到过太多的大胖子，其步履艰难气喘如牛的体态因素很多，但我不相信这与他们过分依赖轿车毫无关系。如果地球上50几亿人都去照此消费有限的能源，恐怕地球的末日将不会十分遥远。物欲的发展往往呈几何递增规律，只怕如此而来，非但失去了享受舒适生活的最初快乐，用王小波的话，"西方社会正在自激，舒适了还要更舒适，搅到最后，连什么是舒服都不清不楚，早晚把自己烧掉了完事。"

当王小波转首透视东方文明的一些社会现象，得出的结论同样并不轻松。中国人精于人际关系并以此为快乐，在某种意义上不失为美德，但搞得过了头也很可怕，其危害绝不亚于西方文明物欲的一味膨胀。王小波的看法是："一种需要本身是不会过分的，只有人硬要去夸大它，导致了自激时才过分。"我们走过了封建制度下人们争当忠臣、孝子、节妇、义士的漫长畸形历史，也走过了最大限度地复归"忠孝节义"的"文革"十年，但我们在这方面仍有着一些集体无意识的误区。东方文化很看重人，这种看重人是指人越多越好，如果属于自己的宗亲血脉那就更是多多益善，无限制繁衍的结果最终导致人口爆炸，其对能源的消耗同样大大超出了地球承受的极限。更堪忧的是，倘若在一个人口爆炸的东方国度，又引发了西方社会物欲膨胀的病症，其后果已远远不是如何快乐的问题了。

那么我们如何才能活得快乐？王小波没有提供灵丹妙药，但写了一系列关于尊严问题的随笔，如《个人尊严》《君子尊严》《居住环境与尊严》《饮食卫生与尊严》等，短小随意语非惊人，却表现出了一种诚善而智慧的人文境界。过去很长一段时间，尊严问题至少对于我有些陌生，由于尊严不具有像柴米油盐那样的实质性内容，而易被忽视甚至无视，它又微妙到可以渗透一切笼罩一切，根子可以追溯到我们的文化传统。费孝通先生很早就意识到了，中国社会存在着一种"差序格局"，与己关系近的就关心，关系远的就不关心或少关心，到头来常常一些事从来就没人关心。英国哲学家罗素也观察到了这样一个现象：中国文化里只重家族内的私德，不重社会的公德公益。中国人注重于人与人的关系，从重私德这个"点"向外扩大，就形成了各自的"圆"，就尊严而言，一个人若不在所属单位、群体、圈子和自己的家里，就常常什么都不是。而与之对应的是，一个人只在家里和单位负责任，出了门所到之处，既无权利，也无义务，说话没人理，干事没人听，也就对一切无关的事情丧失了应有的责任感。王小波对此的回答是，一个人即使独处荒岛，谁也不隶属，就像鲁滨孙那样，也要拥有尊严，而且要很文明地活着。我们常常是"当局者迷"。其实，尊严是一种互动的良性循环的心理感觉，比如对待外地打工人员，我们使他感到了活着的尊严，他就会变得快乐，也愿意按一个有尊严的人的标准做事，像个"君子"，反之他觉得自己毫无尊严，他难免会做出些小人的下贱行径。这反映了人类生存的一种文明程度，也直接关乎我们的生活是否快乐。

只有内心深处对人类葆有丰富的真、善和爱，才能激发如此平易而深邃的人生智慧。王小波对社会现象有着敏锐的直觉，他讨厌虚荣浮夸，对世相洞若观火，同时能超越生活表象，使自己的思绪飞翔在形而上与形而下之间。作为潮流之外的寂寞的独立思想者，我想，称他为一位自由精神骑士是再恰当不过的了。

我的 "鲁五" 批评家同窗

2005 年的北国初春，花草树木还在微寒料峭中抽芽吐绿，坐落在京城八里庄南里的鲁院院区却是暖意融融。鲁院素有 "作家摇篮" 的美誉，前世今生，代代相袭，地球人都知道。但是这次别出心裁，"破天荒" 地以 "外省批评家" 为主要招收对象，这批学员确有特点：年龄悬殊（五十好几和二十郎当兼有），"成分" 复杂（博士、教授和资深评论家云集），性好 "抬杠"（职业使然）。只是既为同窗，许多事情便可忽略不计。一时间，楼间院内多了许多朝圣、求道的沧桑面影，更有脸红耳赤、各执一端的激辩场面时而发生，也算是 "鲁五" 的一景。

"鲁五" 学期仅仅两个月，属于历年最短的，却足以使我们完成了一次洗礼和蝉蜕。随着时间飞逝，恶补接近尾声，有些争俏爱美的男生、女生，迫不及待地换上帅气的短袖 T 恤和绚烂的连衣裙，竞相摇曳出了一片缤纷恣肆的夏日风情。分手前夕，大家略显神思恍惚，一次次徘徊在那个刚刚熟悉的深深庭院。米兰·昆德拉有句话，"相聚是为了开始"，很像是说给我们这类 "天涯过客"。此后天各一方，仍魂系鲁院，仿佛彼此并没有分开，面对新世纪文学风云变幻，大家从未缺席和失语，一直坚持发出自己的声音。

所谓 "外省批评家"，是辽宁的高海涛在一次研讨会上提出的。在高海涛看来，这个概念涉及批评家内在自由的问题，陈寅恪说 "最是文人不自由"，其实应该说 "最是批评不自由"。这里包括批评

口音里的乡愁

的人际环境的不自由，批评的权力结构的不自由，批评的生产方式的不自由，等等。而"外省批评家"的境遇更差，他们身处边缘，虽倍加勤奋也难以出头，他们缺少话语载体，还要被动地接受"文化中心"权威话语的影响。这种境遇，其实是整个中国批评界在西方权威话语中具有讽喻性的缩影。此说立即引起班内热议，其情其景，恍如昨日。

"外省"的说法，或许是来自巴尔扎克小说的启发，"外省"相对于巴黎而言，巴黎是中心、权力、高贵、傲慢的象征，"外省"则意味着偏远、弱势、落后、卑微，其种种差异几乎是先天造成的。不过，"外省批评家"的称谓在这里也只是一种借喻，身处边缘的文学批评未必就那么落后。山西的王春林曾撰文谈到过牛学智同窗的批评现状，认为"因为置身边缘，所以牛学智才可以免除诸多文坛人际关系的缠绕与影响，从自己真实的阅读感受出发，发表自己对于文坛独到的见解与看法；因为置身边缘，所以牛学智才可以免除文坛时尚风向的遮蔽与左右，冷眼旁观，客观思考……"既是惺惺相惜，也应是夫子自道。

记得刚刚告别"鲁五"，云南的冉隆中就在《文学自由谈》发表了长文《鲁院听课记》，上演了"吾爱吾师，吾更爱真理"的精彩一幕。冉隆中是第一位照片登在《文学自由谈》封面的"鲁五"同窗，此后还有河北的金赫楠、山西的段崇轩、吉林的任林举、山东的赵月斌、宁夏的牛学智、新疆的何英、福建的石华鹏诸位相继亮"相"。同一时期，冉隆中、牛学智、李东华、谭旭东、杨光祖等还被《南方文坛》"今日批评家"专栏特别推出，这应该是对"鲁五"批评家阵容的一次检阅。印象深刻的还有吉林的王双龙，这位大胡子同窗曾用"梅疾愚"的笔名发表批评随笔，其中不点名地批评了某女博士，遭到对方相当强劲的反击，也由此"逼"出《王双龙看梅疾愚》的这篇妙文。王双龙称"梅疾愚"的笔名是他从自己精神深处抽出的一根肋骨（就像上帝创造女人一样），他表示自己"像一个波希米亚人一样浪迹文坛……他不忌讳片面，只追求深刻，而不像有一些评论家那样，总是摆出一副上帝的架子，以全知全能的口气去说话。他

'骂'别人，也随时准备心平气和地接受'被骂'，他相信真理是一个篮球，只有在相互争抢和传递中才能最后投篮命中"。语多调侃，道出的却是很严肃的批评观。

而今，许多同窗的学术批评事业正渐入佳境。葛红兵的"文化创意产业和创意写作研究"，刘川鄂的"自由主义文学观"，谭旭东、李东华的儿童文学研究，冉隆中的"底层文学真相"探究，王春林的"新世纪长篇小说研究"，段崇轩的年度短篇小说综述，王晖的报告文学追踪，刘海燕的艺术女性写作心理研究，牛学智对当代批评家的个案梳理，何弘的网络写作研究，张鹰的军旅文学研究，周玉宁的有关哲学、文化和人性思考，以及黄伟林、赵月斌、张浩文、宋家宏、杨宏海、梁凤莲、孔海蓉、任林举、秦朝辉等地域文学研究，皆在各自领域有所建树。其中，更有力摘鲁奖的谭旭东、任林举，还有刘海燕的《理智之年的叙事》、牛学智的《世纪之交的文学思考》、赵月斌的《迎向诗意的逆光》等评论集，分别入选"21世纪文学之星丛书"的2006年、2008年、2010年卷，皆显示了个人的不俗实绩。

葛红兵已经被视为在研究、批评、创作领域齐头并进且著述繁多的学者型作家兼批评家。他的诸多小说拥有可观的读者群，但其最具影响的，则是他的基于深厚学养而得以触类旁通的问题意识和言说气质。早在1999年，葛红兵就因发表《为二十世纪中国文学写一份悼词》《为二十世纪中国文学批评写一份悼词》两文而引起轩然大波，甚至招致"70后"女诗人尹丽川的一番嬉笑怒骂，但是他的理论锋芒和学术勇气从未因此钝化。葛红兵勇于逆势而进，其许多话题都极富创意，拓展了文学研究视野，丰富了启蒙思想资源。2009年，他还被评为"腾讯十大网络意见领袖"，绝非浪得虚名。

湖北的刘川鄂入学前就曾出版学术功底扎实的多部专著，其中《小市民名作家——池莉论》更是影响一时。关于此书，刘川鄂这样回答媒体："严肃的批评，是批评家基于良知、基于学理，对批评对象的客观评价。当然有时也可能是严厉的。但严厉的批评不等于酷评。我对池莉的批评是有自己的价值尺度的。那就是人性的含量和审美含量。"他认为"学文的人有丰富的痛苦，学理的人有简单的快乐"，斯言诚哉，想必是饱含了刻骨铭心的学术体验。

在我们这样一个礼教悠久而传统深厚的人情大国，文学批评家保持陈寅恪所说的"独立之精神，自由之思想"，坚守精英知识分子的立场和情怀，又谈何容易。真正的文学最忌讳的是种种"姿态性批评"，那是应景的、人情的、尽义务的、潜规则的、形式大于意义的、随波逐流的，甚至是非文学的江湖游戏。"鲁五"批评家多身处"外省"，却拒绝在合唱队中滥竽充数，他们长袖善舞，仗剑出击，观点鲜明，态度坚定，以捍卫批评家的尊严和声誉。甘肃的杨光祖属于"较真儿"一款，天津俗语叫"杠头"。韩石山曾为杨光祖的书写序，赞其"平实之中每每闪动着剑戟的寒光"，然而当杨光祖读罢韩石山的专著《少不读鲁迅老不读胡适》，立即撰写质疑文章《贬鲁崇胡为哪般?》，口气相当不客气，杨显惠曾在一文中感慨自己的这位小老乡"谁的毛病都不放过，他守候着文学的大门"。来自新疆的何英娇小，青涩，看上去像个小女生，却笔意妖娆，眼光犀利，善于雄辩，颇具直击文坛病相的杀伤力，在《"70后"的身份焦虑》一文，她显示出了超过同龄人的清醒与成熟："在文学领域，人们如此看重这种标志'年轻'的分期于文学本身有多关系? 文学毕竟还是一个靠作品说话的领域"。河北的金赫楠属于"80后"小学妹，离开鲁院即写出锋芒毕露的《直谏李建军》，文章一发表，遭到师兄杨光祖著文痛加"驳议"，亦成佳话。虎头虎脑的石华鹏是班里最小的"男生"，却善于追问，笔墨生猛，充满朝气蓬勃的现场感，最近又将《文学报·新批评》"优秀评论新人奖"收入囊中，大有后来居上之势。

据我观察，当人们置身其间的不再是封闭社会，而是一个全球化、互联网的资讯开放时代，"外省"与"中心"的距离并不如想象得那么遥远。文学现象是共同的，理论资源是共享的，批评平台是公共的，关键在于批评家如何获得批评话语的"内在自由"。以我供职的《文学自由谈》为例，"外省批评家"非但不是弱势，反而是撰稿的主力军，其比例之高远超过京城名家。我相信其他同类刊物的情况大致如此。至此，我想用笔者《何英：穿越边地抵达中心》中的一段话做结束，以表达自己对鲁院和"鲁五"同窗的敬意："'外省'与中心城市、沿海地区之间的文化场域，并不像其经济发展那样差异明显，批评家拥有同样的全球视野和现代信息，完全有可能通过独立思考与理论高端对接，保持一种同步状态。事实也正是如此，何英的批评声音如今已经穿越茫茫大漠，抵达'文化中心'的深处，并正在步入时代的学术前沿。"

宇宙的孩子

想想你们的后代要读我的诗／我就原谅了你们

——樊忠慰《祷告》

寂　寞

曾写过诗。那是一段大学时代的青涩往事，肯定与荷尔蒙的旺盛分泌关系密切。记得一位如今已是高校"硕导"的同学，当年每每以"大老粗"自称。一次，他拿起我新写的一首诗，捧到鼻子尖儿做醍醐灌顶状："本人终于闹明白了，啥叫诗？敢情就是写在纸上，一半有字，一半没字啊！"这句调侃在南开中文系七十级同窗中迅速传播，大家乐不可支，认定这是目前所能见到的羞煞一切文学教科书的最精辟、最另类的"诗歌定义"，至今仍被津津乐道。

后来知难却步，诗思枯萎是个原因，还与自身的性格弱点有关。比如我在热闹场合就常常会不知所措。大约是寂寞难耐吧，2010年夏秋时节，我接连两次参加了名流荟萃的大型沙龙活动，一次是伊蕾、柏坚的诗歌朗诵会，另一次是欢迎远道而来的云南诗人于坚。都是晚上，地点在天津"五大道"上一座有百年历史的西式洋楼。星月朦胧、庭院清冷、甬道悄然，楼身掩映在树影里，颇显出几分迷离。踏上石阶，推开一道暗门，里面却灯光迸射，嘉宾穿梭，人头攒动。

印象最深的是第二次沙龙活动。那晚，刚结束了欧洲诗歌之旅的于坚快意融融地从北京专程来津，本地诗界人物几乎倾巢而出，女士眉眼生辉，先生神采灵动。于坚个子不高，身板敦实，光头耀眼。在相机们的闪烁中，他闲庭信步，来到现场，像是个庞然大物，众多翘首者则似乎矮小了许多。他听力欠佳，一只耳朵里塞着隐秘的助听器，这使得他回答问题的神情格外专注。谁说诗歌已是弃儿？我置身其间，恍若隔世。但我清楚，这绝不是诗人命运的全部。

若论30年来的中国诗歌状况，于坚的影响毋庸置疑。而我关注于坚，还由于他的一句话："因为有了樊忠慰，在云南，我不再寂寞。"寂寞的感觉源于个体生命，不具有公共性，也无可分享，但诗人之间的高山流水毕竟令人感动。于坚也许有过寂寞，却已成历史，且不管它。我感兴趣的是，远在云南的樊忠慰，会不会因为有了于坚，而"不再寂寞"？

如今滇东山地流传着一个还很年轻的故事，未经岁月的剥蚀和风化，却早早地成了"掌故"。十年前，昭通盐津曾有一位热血文学青年，风尘仆仆专程拜谒心中的文学圣地湘西凤凰城，他面对着穿城而过的沱江，想到了流经自己家乡的横江，想到了家乡的樊忠慰，不禁激情放言："我为沈从文先生而来凤凰，以后必定有人为樊忠慰到盐津！"十年逝水，滔滔东流，樊忠慰隐匿在自己空空荡荡的影子里依然寂寞，无人造访。那个激情放言也被当成了一个"段子"，供当地文人们茶余饭后消遣解闷，而"段子"的始作俑者更是早已弃文学而去。

樊忠慰显然已经习惯了寂寞。据说他常常枯坐在横江边的巨石上，瞩望滚滚江水从脚下流过。于是有了《河流》一诗：

　　两条相交的河流
　　像两把弹弓我使劲儿拉
　　鱼射向江海
　　鸟射向天空

我握住的河流
不是时间的河流
是江海与天空的疼痛
和上帝的一些想法

　　上帝的想法无从揣测，诗人的心理同样难以捉摸。只有亘古时间游走在河流，穿行于天空，归入绵绵永恒。诗句精短、简劲，却想象吊诡，质地透明，从中可以感受时光深处的无边寂寞。寂寞不是含在嘴里的口香糖，随时都会被吐出来。往昔的浮华日子，我曾以寂寞自许、自得，其实那些刻意的、做作的寂寞，那些被语词装饰过的、生怕被人忽略的寂寞，不过是无聊而已。

　　我见到太多的诗人，尽兴于都市时尚，热衷于标新立异，已经逐步丧失了对大自然山水的感受能力，更有个别诗人以搞怪为能事，偏要在黄河里撒泡尿，来凸显自己的后现代面目。寂寞对于他们，简直就是不可理喻。

　　寂寞保鲜了樊忠慰的天真和稚拙，也开发了他奇幻的想象力："我是宇宙的孩子/骑着幻想的小鸟/满脑子贪玩的星星/像一群蜜蜂/吵得我迷路了//我不知这是什么地方/我给种子盖好棉被/我给月亮铺上青草/我要唱，让一条河流名扬天下/我要把炊烟扎上茅草房"。（《宇宙的孩子》）这个满脑子幻想的孩子，游离了我们这个世界的生活现场，顾自做着自己喜欢的事情，在寂寞的童话里活得情趣盎然，别有滋味。却为什么，"当我用歌喉走回童年与故乡/摇篮与坟墓都在流浪……"宇宙的孩子怎么又会如此忧伤？

　　去年深秋，一个出差的机会使我踏上了云南之旅。一路，我还在想着如何找到樊忠慰，到昆明后却改了主意。钱钟书主张品尝了鸡蛋，未必要见下蛋的那只鸡，我决定不去惊扰樊忠慰。当寂寞成为一种生存常态，还是不要去破坏它的私密性吧。寂寞不需要别人的窥视，即使那理由是如何冠冕堂皇。

　　回津不久，意外地收到了樊忠慰寄自盐津的邮件。这要感谢当地朋友的帮忙。这是一包厚厚的特快专递，除了装进两本正式出版的诗集《绿太阳》《精神病日记》，还有三册诗人很少示人的大开本自印诗集《春天的木桶》《遨游时光》和《低处的光亮》，以及一页手写的作者简介。

想象樊忠慰在那个偏远的盐津县城一路走着，进入邮局，在单子上一字一字填写陌生的地址和姓名，然后封包、称重、付资……我竟有些受宠若惊，只觉得邮件在手里的分量很沉，很沉。我只是一个远方的有些好奇的"窥探者"，值得他付出如此不设防的信任吗？

时　宜

徜徉在樊忠慰的诗世界，成了我此生最为复杂莫名的阅读经历之一。我甚至庆幸，不曾谋面，对于保持一种纯粹的阅读感觉，未必就是缺憾呢。那是一片属于诗的羁旅天涯。一段日子，我的睡眠忽然成了问题。夜里躺在床上，脑子里影影绰绰，耳畔响起他的诗句，"大海啊，如果我走了，你还蓝给谁看？"于是全无睡意。索性起身上网"百度"。

盐津，顾名思义，最早是一个商盐渡口或交通要道，镶嵌在沟壑纵横的滇东北大峡谷中，脚下是滚滚横江，两岸有如刀削斧砍过的笔直峭壁，自古就是中原入滇的要道，素有"滇川门户"之称。樊忠慰生于斯，长于斯，盐津给了他对于这个世界的太多感受。1989 年，樊忠慰从昭通师专历史系毕业，分到盐津一中教书。他刚刚 21 岁，身子瘦小，衣着随意，最惹眼的还是那个齐眉短发、酷似锅盖的"娃娃头"，说是刚从乡村招的少年民工，估计没人怀疑，怎么看都不像是以解惑、授业为天职的老师。只是当他转过身来，你会惊讶于他那两道异于常人的目光，清澈似泉，纯净如童，没有任何杂质。

第一课是"原始社会"。樊忠慰找来一大堆与神话、传说相关的书籍做参考，相信自己能为孩子们输送更多货真价实的"营养"。经过充分备课，他踌躇满志地站上了讲台。课才讲到一半，学生们就纷纷反映："老师，你讲的东西，书上没有！"面对一双双怀疑的眼睛，他愣住了。茫然、沮丧、羞愧，好像自己居心不良。他意识到是问题不在孩子，是自己的教学观念出了偏差，应试教育的根本，并不在于为学生输送多少知识"营养"，考试成绩才是硬道理，否则就是误人子弟。

他长叹一声，收拾起了那些没用的想法。他知道自己以后所能做的，除了适应，别无选择。心空落落的，还有些寒冷，忽然就有了写诗的冲动。他发现诗的诠释空间大得惊人，而语词的光芒完全可以射穿历史的一切暗角。新体验告诉他，对学生讲历史课需要中规中矩，不越雷池，写诗则可以天马行空，自由驰骋。

时间不可倒流，历史无法重复，他就用诗来还原，凝固，或重塑。于是，他眼里的"太阳"，变成了"英雄的头颅/在天空的血泊怒吼/染红了永恒//凋零了时间"。瀑布的形象更是古灵精怪："一片舌头悬在半空/滔滔不绝/水花细碎如牙/啃噬着无言的石壁。"写诗的过程让他沉迷，沉醉。独拥诗意之神，所有那些没经历的时光，没去过的地方，他都可以任意流连，使之云蒸霞蔚，风情万种。雪域高原在他的想象中，历尽了岁月沧桑："大地的纸幡卷起秋风/湖泊的天空揉碎云朵/谁把膝盖跪成漫长的道路/谁让头颅装满漏风的思想……"（《西藏》）他把目光投向北国草原，望见的是，"牧人的炊烟使草原空旷/从天空的口袋翻出黑夜/手指像五行冰冷的月光/轻轻敲打着毡房//露水像哭泣的盲人/在草丛摸索……从佳人凋零的芳颜/看见帝王的江山从马背跌下"。（《遥望草原》）他甚至想象自己已经置身于草原，"拔一棵草，疼的是心跳/宰一口羊，痛的是钢刀//马鞭抽碎的歌谣在云彩里飘/小溪是草原的汗/草原是大地的衣料"。（《恋歌》）没有洪亮歌喉，高亢旋律，读者的心却被他针芒般的诗句一次次刺痛了。

世上的诗人大致有两类命运：一类，以显赫的声誉确立了鹤立鸡群的贵族身份，头戴桂冠，怀抱鲜花，以炯炯目光和睿智微笑，接受来自各方的崇拜；另一类，因不合时宜而寂寞潦倒，身处边缘，形影相吊，还常常被世俗视为精神疾病患者，甚至是疯子。樊忠慰属于后者。"阳光的森林被黑夜砍伐/一只飞鸟教疯人写诗",不经意间他便成了世俗眼中的异类。他仰天而叹,"哦,祖国,我给你诗歌/你给我什么"?(《病中吟》)事实上,他的确写过类似于宏大主题的抒情诗,比如《祖国,我的姐姐》,完全算得是一首鬼斧神工一般的稀世之作:

祖国,我的姐姐/我爱你,你真大/你的美丽大善良大/你的公鸡叫声大/你的海大湖泊大/你的龙大江河大/你的星星比天空大/你的我比蚂蚁大/你的春天比乳房大/你的冬天比雪花大/你的苦难比洪水大/你的思念比月饼大/你的樱桃大小米大/你的眼睛大发明大/你的蝴蝶大裙子大/你的国歌比地球大/你的九百六十万皮肤大/你的五千年大/祖国,我亲亲的姐姐/我爱你,你真大

把祖国比喻为"姐姐",实属异想天开,而诸如"你的星星比天空大""你的我比蚂蚁大""你的春天比乳房大""你的冬天比雪花大""你的苦难比洪水大""你的思念比月饼大"之类,更是剑走偏锋,神来之笔。一种强劲的内在张力贯穿诗的始终。读下去,妖娆盎然,余香满口,皆为全新的诗性体验。原创性,永远是诗歌存在的理由,更是诗歌的生命构成要素。这固然属于老生常谈,真正做到又谈何容易!这种突破边界的书写,对于平庸之辈往往难于上青天,对樊忠慰却稀松平常。他写诗,就是要有所破,有所立。即使是面对人们习惯于仰视、跪拜的祖国,他也不会因循模式,亦步亦趋。他摒弃那一类东方旭日呀,千年文明呀,伟大母亲呀,或长江长城、黄山黄河呀的公共意象和套路比喻,而直呼"我的姐姐",以最通俗、最朴素,也最鲜活、最妖媚的口语形式出现,完成了石破天惊般的诗意建构。这首诗看上去直白,进入的却是无比恢宏的主题制作,它直得辉煌,白得刺目,自有一种驱纵万物、俯瞰天下的语词风度。我由此不得不承认,艺术的免疫和创新,永远只青睐少数诗歌天才。

另一首《断章》,仅仅四句,诗的意象选择更是惊世骇俗:"我

深爱自己童贞的睾丸/像祖国热爱着台湾和海南/让我们根须相握/握住血脉统一的大树。"对那些大而无当、干巴枯燥的抒情诗，樊忠慰一向保持着警惕。抵御高调大词的诱惑，无论经济大词、政治大词、文化大词，还是哲学大词、伦理大词、美学大词，都不可能取代诗人独一无二的灵魂楔入。

樊忠慰却注定难合时宜。

多少年来，他一直都在为肉身，也为精神寻找自己的家园。那家园却若即若离，似隐似现，如同一个喜欢恶作剧的少女，顾盼生辉，嫣然百媚，诱惑他，捉弄他，还要葬送他。但他不相信这是一种命定。

疾　病

樊忠慰是个"病人"，这个结论无须求证，他自己供认不讳。只是在他看来，这世界其实病得更重。

他的病史已逾20年。1991年，他教书刚刚两年，就开始被疾病折磨得苦不堪言。这种"幻听"的病状说出来难以置信，常常是他心里想什么，便会听见完全相同的声音在耳边回响，有如空谷足音，蹊跷的是，那些回响与他内心的想法同步呼应，好似魔鬼吵闹，还夹杂着对他的诋毁、污蔑甚至漫骂，而且没完没了，"地球已足够喧闹/可它比我的耳朵安静"。（《病中吟二》）

怕家人担心，他开始外出躲避。在四川，因没带身份证，他曾受到盘查，还被关进过看守所。病情不见好转，躲避也不是个办法，他就去医院问诊，医生说这是精神分裂症中的一种——"思维鸣想"症。这个很诗意的诊断结论是他乐于接受的，思维在脑子里独自鸣想，不就是天马行空的神仙境界吗？可是一回到现实生活，"思维鸣想"症给他带来的痛苦和麻烦，却非一般人所能想象。每每发作时，他都要奔到野外旷地拼命狂吼，以抵御幻听的纠缠。

一个深夜，他一路狂走之后，在郊外的小镇上停下了。他认出前方亮着灯的地方是派出所，就一直走了进去。房间没人，他退到门口等待。许久，来了三名穿便衣的年轻男子，警觉地问他："站在这里干什么？"他说："找警察。"对方说，"我们就是。"他不相信，执意要对方出示"证件"。三男子认为他在无理取闹，上去动手就打，还把他关了一夜。第二天被放出来，他找到派出所所长，指着满脸伤痕要"讨个说法"，对方怀疑他的精神不正常，未予理睬。这件事激怒了当中医的父亲，樊父带着儿子几次去派出所理论，没有结果。无奈之下，樊父向法庭递了一纸诉状，声言不要一分钱，只要求对方道歉。法院一审宣判结果，樊家父子胜诉，对方不服，上诉至昭通中院，二审维持原判。几经周折，派出所领导终于带着几名打人者来到樊家，向父子俩当面道了歉。

父亲要樊忠慰吸取教训："在外面，不要跟别人说你有病。"他却管不住自己的嘴，结果知道他有病的人越来越多。病情严重时，他也住过几次医院。最后一次住院是在 2001 年，那是位于昆明安宁的一家精神病院，院区孤零零地建在山上，远离闹市，环境肃然，花草寥寥，荒凉如遗址。探视过他的朋友感叹，他比以前更木讷，只有眼睛依然透亮，似有"圣愚"之相。

樊忠慰的病情好转，便从安宁回到盐津，从此深居简出，再也没给学生上过课。而在坊间的传说中，他的病被描述成了洪水猛兽。

疾病是什么？病理学、社会学和心理学都有各自的解释。按照生命系统论的观点，构成人的疾病并非单一因素。疾病意味着人的身体内部机制出现紊乱，当属生命过程的生物病理现象，却也与患病者的内在精神有着深刻的渊源关系，就像卡夫卡在写给女友米莲娜的信中说的："我的精神有病，肺病只不过是精神病的衍射。"我可以随手开列出一串名单为之证实，比如尼采、陀思妥耶夫斯基、克尔凯郭尔、卡夫卡、菏尔德林、凡·高、伍尔夫、茨维塔耶娃、郁达夫等等，他们的疾病史往往与其精神史融为一体，难以剥离，这时候，疾病便成为一种隐喻，衍生出了更为复杂的文化意义。或许过上若干年，在上述名单后面，说不定会出现"樊忠慰"三个字，亦未可知。

尼采是这类"病人"的典型。他活了 56 年，而事实上，他的生命应该结束于 45 岁那年，后面的 11 年是在非清醒状态中度过的。尼采的世界四分五裂，浑身染病，更兼“四分之三的失明”，却自称为“新世纪的早生儿”。他固执地倡导“超人”哲学，不赞成扶助弱者，对于跌倒的人，尼采认为应该再推他一下，而不要伸手拉他，因为靠别人搀扶，即使站起来，也会再次倒下。他一直为自己天性的完全纷乱而受苦，长年处于无职业、无家室、无友伴的孤独漂泊之中。尼采的超越性在于，把疾病痛苦和物质匮乏当作一生的“事业”，并宣告“我的时代还没有到来。有的人死后方生”。

陀思妥耶夫斯基是世界文坛的一位“大师”级病人。他被癫痫病困扰了足足 30 年，说起来真够令人揪心，那个“恶魔”随时可以发作，使得他常常会在书桌前、马路边、与人谈话中，甚至在睡梦时，口吐白沫，抽搐痉挛，意识模糊，被摔得浑身是血，那一瞬间的感觉像是地狱在向他招手。但陀思妥耶夫斯基很顽强，“从来不像贝多芬抱怨自己失聪，拜伦抱怨自己跛足，卢梭抱怨自己的膀胱疾病”（茨威格语），而是从疾病中不断吸收灵感，找到神秘的临界之美。

另一个“著名”病人是卡夫卡。他从不否认，在很大程度上他参与了疾患的自我致病过程，强调“病人自己创造了自己的病，他就是该疾病的原因，我们用不着从别处寻找原因”。卡夫卡很早就受了尼采的影响，两人的境遇也极为相似，他只活到 41 岁，至死仍是单身，自称“先辈、婚姻、后代，对我来说太遥远了”。与尼采不同的是，卡夫卡肯于示弱，曾说过“在巴尔扎克的手杖柄上写着：我在粉碎一切障碍。在我的手杖柄上却写着：一切障碍都在粉碎我。”然而，正是这位生活中的“弱者”，却成了现代文学中的巨人。

樊忠慰多次在诗中表达过对于尼采的认同。他年逾不惑，孑然一身，只有诗陪伴他流浪在日子与日子之间。这个事实使他悲怆，“从脑袋祛除疾病/精神远游/从天空摘下小鸟/枪口哭泣/时间倒流/浪子将回到子宫/把精虫还给沮丧的父亲”。（《酒神醉了》）而更多时候，他和尼采一样自信，幻想着“当人类抵达永恒/我的文字将在末日复活”。有朋友认为他的病因是源于对诗的痴迷，他不这么看，认为没有诗，自己一定会在疾病中万劫不复。对疾病他从不遮掩，以“病人""疯人""精神病日记"自称，坚持"诗歌低头，向疾病致敬"。

置身于世俗生活，孤独其实比疾病更难对付。孤独是一个荒芜的避难所，使得许多貌似强大的入侵者彻底沦陷。樊忠慰却不肯就范。他的眼前飘着酒神的长长影子，手握诗歌之矛，用精神的强光拨开孤独之雾，穿过语词暗礁，直抵患病的灵魂，一次次试图完成自我救赎。他并没有刻意追赶那个影子，更不想模仿和复制，却无法停下跋涉的脚步，只有跟跟跄跄地走下去。

大醉之中的吟唱，谁能听懂那冰凉刺骨的旋律？

呓 语

2004 年 10 月的一天，第七届"王中文化奖"颁奖仪式在昆明新纪元大酒店举行。200 多位来宾到场祝贺，樊忠慰成了唯一的主角。

我想借此篇幅，对一个地处边地、堪称"另类"的民间文化奖项表达自己的遥远敬意。时下中国，大奖小奖可谓五花八门，名目繁多，"王中文化奖"却以卓尔不群的独异品质令人称道。该奖设立于1998 年，评奖对象为居住在云南的文化人，每年奖一人，奖金万元，是唯一的由个人出资的云南民间文化奖。这或许算不得什么，关键是它的评奖方式：每届奖项最终花落谁手，皆由王中本人从专家咨询组提供的诸多推荐者中一锤定音。评奖章程还规定，颁奖人不做特别指认，而由获奖者自己选择。王中承认这种评奖方式会有风险，却一意孤行："我不平衡任何关系，所有责任由我个人承担。"如此我行我素，难免会有人说三道四，质疑该奖的设立动机和权威性，认为只有具全国知名度的人士才有资格设奖，而王中不过是一名普通律师，在昆明的律师事务也仅为中等规模，"表达对那些为人类精神生活开拓出新天地的文化人的敬意和感激"，显然不自量力，甚至是不知天高地厚。在一个官本位与钱老大互为养殖、彼此发酵的文化环境，王中很清楚自己的尴尬处境，姿态遂放得越来越低。最初几届颁奖，他都会作简短发言，但第四届以后便保持沉默。他的解释是："获奖人的学问越来越高，我的发言只会显得轻率、鲁莽。"他还表示，"这样一个奖很难给文化人带来荣耀，相反，是获奖者本身给文化奖带来了荣耀"。

尽管如此，该奖的民间影响还是在逐年递增，于坚就是一位力挺者，认为"这种颁奖是感觉性的，对文化人的民间感觉。一个人的独立精神和在民间的影响力不可能量化，只能感受。王中的标准就是这种感受的体现"。于坚是第一届该奖得主，对樊忠慰的惺惺相惜，或渊源于此。

颁奖会上，评委会代表称樊忠慰是"我们所处的这个时代实属罕见的诗歌赤子"，把奖颁给他，是为了"表彰他对诗歌语言原创性和诗意纯粹性的坚强捍卫，以及他在诗歌写作中所表现出的非凡灵性和卓越想象力"。一向腼腆、内向的樊忠慰随之发表获奖感言，没说几句，他居然话题陡转，表情痴痴："我多么希望有一个姑娘，心甘情愿地嫁给我，让我不再孤单和慌张！"台下静了片刻，掌声如潮水涌动。接下来，人们争相上台，用各种方言朗诵他的诗。反响最大的是《我爱你》，在座者无人不晓：

> 我爱你，
> 看不见你的时候
> 我最想说这话
> 看见了你，我又不敢说
> 我怕我说了这话就死去
> 我不怕死，只怕我死了
> 没有人比我更爱你。

这首诗曾发表在《诗刊》，很快就受到关注。诗人、剧作家邹静之更是交口称赞，并在许多讲座场合引用、讲解。此诗虽短，却有着无与伦比的爱情浓度和纯度，连同它的朴素、忠诚、无邪、忘我，使之达到了一种美的极致。我相信这首诗是他借着酒力，让浑身血液变得滚烫之后写出来的。樊忠慰俨然一位"情圣"，但这是错觉，诗中

宇宙的孩子

的爱情对象——"你",纯属子虚乌有,所有的剖白也就成了梦中呓语,"情"之不存,"圣"者何在?

樊忠慰执意守护着内心的圣土——仅仅为了被他虚拟、美化的梦中恋人。但她不肯现身,总是有负于他的期待,"我本是一个写诗的病夫/以语言的药片浇灌生存/渴望发动一场爱情战争/被一个美丽的姑娘俘虏/可我找不到敌人/婚姻就找不到家"。(《呼吸》)事实真的很残酷,在他43载的人生岁月里,与异性的感情交往居然为零。那令人昏迷、畅醉、舒爽的身体记忆,对于他还是空白,或者说,性爱从没有打开过他的身体。

当他独坐岸石,瞩望横江的时候,就没有过心仪女子肯与他相偎相伴?以如此鹤立鸡群的诗才,就不曾有过文学女青年对他表示爱慕?一个傍晚,我打电话过去。这位单身汉正在家里洗胡萝卜准备晚餐,他停下手里的活儿,回答了我的贸然提问:"是这样的。"他承认自己从未品尝过爱的滋味,虽不止一次也曾耳热心跳,但也只是单相思。感情的行囊空空如也,他只有无奈叹息,"花香让我的感官奢侈/我穷得只剩售不出的真情"。爱情欠下了债务,他却用诗回报。在没有爱的日子,他携着语词跋涉在诗的柏拉图之旅。"漫天的阳光丝绸/裹住你娇美的身子/头发上的夜亮了/眼眶里的星绿了/我用诗句搭起房子/等你来住/鸟很肥/天空很瘦/你要来呀/把爱情带来/我雀斑的脸长满小麦/等你来做成面包/细嚼草香的羊尝了一口/也懂得什么叫幸福"。(《情话》)他拒绝爱情的蛮荒,他要把伊甸园的寓言搬到诗里。

一切不过是镜花水月。如同吸食了大麻,短暂的迷幻过后,等待他的必然是更长久、更无望的深渊徘徊。一次次被爱情激怒,他也会走向另一个极端,发泄着呓语般的诅咒,"有人风一样快乐/有人雨一样悲伤/猎人在打猎/野兽被迫逃离家乡//情侣在做爱/精虫和卵子扑向对方/欲望变成婚恋/少女变成婆娘……"(《幻觉或真实》)这样的诅咒,拖着心痛和绝望的尾音。

小　径

　　美国诗人弗洛斯特写过著名诗篇《未选择的路》，里面有这样的句子："一片树林里分出两条路——而我选择了人迹更少的一条，从此决定了我一生的道路。"这是尼采式的选择，明知不可为而为之。而绝大多数人的选择，基本遵循的是快乐原则——趋利避害，天经地义。

　　樊忠慰没有随波逐流，而是把自己的背影投在了一条小径上，一条野草丛生人迹罕至的寂寞小径，也是一条通向神秘梦园的蜿蜒小径。他站在小径的幽暗处喃喃自语："不出诗人、英雄、艺术家的土地是原始部落，出了连起码的尊重都没有，是野兽之邦。"于是我们抬起头极目远望，扑入视野的是新世纪科技浪潮，是"全球化"背景中的盛世繁华，连天接地，绚烂夺目，熙熙攘攘，人声鼎沸。

　　这些年，我没少追随滚滚红尘，一路喧哗地旅游在天南地北的许多现代化城市，触目都是高架桥、快速路、步行街、别墅群、摩天大厦、购物超市、巨型广告屏……楼群逼仄，光线晦暗，汽车拥堵，交通瘫痪，市声嘈杂，人满为患，古迹翻新，新景做旧，所有的城市大同小异，所有的时尚似曾相识，所有的欲望翩翩起舞，那些流淌着乡村往事的田野风景，日渐陌生，遥远，模糊。

　　樊忠慰却仍然执迷不悟，不断写出一首首诗呼唤那些遥远的乡村记忆。

　　中国人活的往往过于现实，宁肯成为物质动物，也要与无用的浪漫神性保持距离。樊忠慰在诗中一次次说"不"，即使描写日常风景，他也在强调神，而不是形。这位浪漫主义的赤子更崇尚神性，更接近精灵，更具有宗教诚意。他诗里的风景源于田野、乡间和村落，是自然的，也是人文的，有如意蕴凝重、境界深远的经典油画，"落日像一个临终的眼神/被沉默的山覆盖"。（《杂记》）日常景色则杂糅着水墨与工笔，人间烟火袅袅，"几捆干柴，半筐猪草，一把弯镰/

割痛少年的夏天/没有人娶走流水/没有人嫁给青山/千年了，放牛娃竹笛横吹/暖了村姑和夜晚/大风刮过多情的山冈/狗吠瘦了红豆的家园"。(《家园》)乡村更有永远牵挂自己的母亲，"线是长长的路/从母亲额头抽出/她剪不断的游子/看见针眼里的故乡"。(《针》)另一些短句如见血的匕首，令人惊心动魄："这无法游泳的海/只能以骆铃解渴/每一粒沙/都是渴死的水"。(《沙海》)他用奇幻诡谲的想象为大自然注入了神性的灵动，并使之生机勃勃。

诺贝尔文学奖获得者、俄裔美籍诗人布罗茨基谈到俄罗斯诗人曼德尔施塔姆的时候，曾用过一个特有概念："精神自治"。他的解释是，"当一个人创建了自己的世界，他便成了一个异体，将面对袭向他的多种法则：万有引力、压迫、抵制和消失。曼德尔施塔姆的世界大得足以招来这一切袭击。……他的世界是高度自治的，难以被兼并。"这个事实说明，世上有一类品质卓异的诗人，天生就不隶属于任何合唱队，他的独唱声音寂寞、孤单、低沉，无人喝彩，甚至无人理睬，道理很简单，他的听众常常不是自己的同时代人。

有太多派头很足、名头很响的诗人，都喜欢昭告于天下的芸芸众生，自己是在为"大多数人"写作，这个理由很动人，也很诱人，樊忠慰却期待属于自己的读者，是"无限的少数人"。诗永远属于小众精英，大面积的民众普及是难以想象的。俄罗斯黄金时代、白银时代的精英诗人，一向拥有"纪念碑"式的超级自信。普希金这样宣称："我的心灵将越过我的骨灰，在庄严的七弦琴上逃过腐烂。魂在珍贵的诗歌当中。"巴拉丁斯基坚信自己："我的一个遥远的后代，会在我的诗中发现这一存在……我将在后代中寻觅读者。"曼德尔施塔姆则把自己的诗比喻为航海者密封在漂流瓶里的一封信，虽无确切地址，却一定会遇到未来潜在的接受者。樊忠慰的信念则是，"我的写作是为了寻梦/也给绝望的疾病争光……如果我们没有后人/诗歌/你要替我活着"。(《2007·7·25》)这位中国云南盐津的后世诗人，居然可以跨越时空，无师自通，与之冥冥心会，实在令人惊叹。

樊忠慰曾经憧憬，"让我用诗歌洗净骨头/抛下悲欢，在你的落日里长眠/永不醒来，就不再孤单"。他也确实在诗里多次表达过对死亡的敬意。在他看来，死亡仅仅意味着生命的终极年龄，而且天堂可以补偿人间的失落，不值得悲伤。他牵挂的其实是诗人如何涅槃。而我关心的是，樊忠慰的孤独背影还能在那条小径晃动多久？还是用他的诗句回答吧：

我比一棵草更低
我比我的时间更远

绚烂已逝，诗册犹存

伊蕾曾被诗评家陈超推举为"中国女性主义诗歌最重要的女诗人之一"，可以说实至名归。意外的是，九十年代以来，她的诗歌写作却渐呈似有若无的状态，竟给人一种明日黄花的感觉。特别是进入新世纪，伊蕾的写作数量更是寥若晨星，其中最短的诗居然仅仅五行，写于"5·12大地震后第5天"的《天地人歌》，也不过12行，令人大跌眼镜。诗人作品日渐稀少，诗歌风格亦趋于风轻云淡，语词素雅温厚，与20前那种长诗迭出、组诗不断、气势如虹的"井喷"态势，其落差真可谓天壤之别，判若两人。人们据此有理由相信，《伊蕾诗选》很可能成为她写作生涯的句号，至少为已不年轻的女诗人增添了某些谢幕意味。

关于近些年伊蕾"诗歌曲线"的"高开低走"，先扬后抑，我听到过两种解释：一是"功成身退"，再一个是"江郎才尽"。不过在我看来，两种解释皆不靠谱。埃尔·阿多在《内部堡垒》曾说过一句话，"在古代，哲学家不是撰写哲学著作的人，而是过哲学家生活的人"，完全可移植用于伊雷。本质上，伊蕾应该就是一位过着"诗人生活的人"，或者说是一位"知行合一"的诗人。20年来，这位"二十世纪最后一位浪漫主义诗人"（张石山语）心境已非，萍踪不定，一度流连于中国与俄罗斯之间。看上去那样的日子似乎与诗歌远，与商贸近，岂料没过多久，绝不流俗的浪漫根性便开始主宰伊蕾的命运，她居然不可救药地喜欢上了油画，并身体力行，从零学起，不惜投入大量时间和精力与诸如画板、麻布、油彩为伴，还把赚来的血汗钱全部用于俄罗斯油画收藏，而宁愿过贫如洗的日子。她的"反常"之举并不奇怪，这属于源于诗人文化个性的一种顺理成章。对于这样的"另类"精灵，切不可用常人常理衡量之。作为老朋友，我曾不无惋惜地戏称："诗坛少了一位一流诗人，而多了一个三流画家。"笃定的伊蕾并不在意，顾自我行我素，固执于在画布上涂涂抹抹，且自我感觉超级良好。

伊蕾就这样悄无声息地淡出了诗坛视野。然而当我们谈论当代诗史，伊蕾又注定是一个绕不开的存在和话题，她的一些长诗、短歌，由于其公认的拓荒意义以及具备了某些"经典"元素，使得我们无法把她视为类似"昙花一现"的诗歌过渡人物。无论新时期诗歌编年史，还是女性主义诗歌的成长史，缺少了《独身女人的卧室》《黄果树大瀑布》《流浪的恒星》《被围困者》等诗作，肯定不能说是完整的。事实也表明，当下许多引人注目的新锐女诗人，不管承认与否，都是站在伊蕾的肩膀上登高望远获得成功的。很显然，伊蕾并没有从人们的诗歌记忆中消失，她的诗学影响至今仍有不应忽视的价值和意义。

那些年的诗歌写作，伊蕾曾用"情绪型""悲剧型""未来型"自我定位。诗人的"情绪型""悲剧型"，可谓一目了然，其"未来型"的说法却未必会得到共识，我则认为，"未来型"若定义为"超前"性，就比较容易理解了。八十年代末还正是"传统"新诗与朦胧诗相互摩擦的转型期，伊蕾以女性主义诗歌姿态异军突起，对于缺乏文化准备和心理准备的诗坛，对于已形成阅读模式的读者，之震撼度，之陌生感，其影响力已超出诗坛，那时候我们习惯于沉醉、赏析女诗人优雅或寂寞，温婉或幽怨，女诗人（包括舒婷等在内）的诗学写作还大致停留在心灵的公共空间，个体与社会、精神与时代的关系还多属于同构状态，以伊蕾（还有翟永明）为标志，构筑了一道惊心动魄的诗学分水岭。女性诗歌写作由此越过社会情感层面，向着人性本体层面长驱直入，陈超指出，"她以女性的生命经验书写女性精神和身体的秘密，观照女性的命运，争取女性的言说权利，批判男权社会对女性的压抑。更值得注意的是，伊蕾诗歌也不是公共性的'女权主义'传声筒，她表达出性别经验中的个人性，而不是个人化体验之外的公共性"，这应该是有关伊蕾诗学的深度诠释。

此前伊蕾曾出版过六本诗集，其诗学的精神内核，概要地说，一为"挣脱"，一为"孤独"。前者的代表作有《黄果树大瀑布》《蓝色血》《野芭蕉》《南十字座》，后者的代表作有《独身女人的卧室》《流浪的恒星》《被围困者》《情舞》，等等。诗人前期写作，曾吸收过海涅、普希金，特别是惠特曼的诗歌营养，作品充满了紧张、激烈的自由浪漫精神，后期写作则明显接受了美国自白派女诗人普拉斯的影响，注重展示压抑中的自身经验与生命体验，而并非有意识地为女性解放、拯救众生代言。曾有诗评家把伊蕾《独身女人的卧室》与青年女诗人尹丽川《再舒服一些》相互比较，论证女性身体写作的一种衔接关系，是缺乏说服力的。考察伊蕾女性诗歌写作，停留在单纯的女性身体写作层容易陷入一种误区。身体写作可以是女性写作的一个母题，也可能成为女性写作的一种修辞表达方式，需要充分认识的是，在男权社会的历史禁锢中，女性身体的被压迫感是身体的，更是精神的、生命的，里面有着无比复杂、深刻的人性内容。

"我放弃了一切苟且的计划/生命放任自流/暴雨使生物钟短暂停止/哦，暂停的快乐深奥无边/请停留一下/我宁愿倒地而死！"大胆、本真、叛逆的自白倾诉，就这样颠覆了一个时代的阅读趣向，与此同时，伊蕾也真正拥有了伍尔芙所说的"一间自己的屋子"。过往的岁月，伊蕾曾为了爱情付出了沉重代价——生存的和精神的，却依然保持了灵魂的洁净和尊严。她曾以"流浪的恒星"自喻，试图照亮迷乱而又美丽的生命夜空，"欢乐对于我像掠过头顶的鸟鸣一样短暂/而悲哀像千年大树在心中生长/有一些语言我不能说出/有一些感觉甚至变不成语言/有一些语言见到思想就疯子一样地逃亡/……朋友们，陌生人啊/如果你理解我，我就不必说了/如果你不理解我，我还有什么必要说呢？"因为清醒，所以坚强。这首长诗与她后期的许多作品一样，苍凉咏叹与智性因子彼此交融，辉映出了一道深邃而阔大的现代诗学背景，真正进入西蒙娜·波伏瓦所说的从"无意识场景到有意识场景的"的奥妙境界，那样的境界澄明而高贵，相信伊蕾无论身处何种生存境遇，都会永远神而往之的。

快乐的负重“使者”

过去年代，许多中国读者都怀有某种浓浓的俄罗斯艺术情结，"剪不断、理还乱"。那时候，俄语一度成了公共外语，《红莓花儿开》《喀秋莎》《莫斯科郊外的晚上》《三套车》的歌曲几乎家喻户晓；《列宁在十月》《列宁在一九一八》中"面包会有的""让列宁同志先走"的句子，成了历时数十年的流行语；高尔基的《海燕》固定在语文课本；奥斯特洛夫斯基通过保尔·柯察金口中说的那句名言——"人的一生应该这样度过……"，无数中国人耳熟能详。进入新世纪，那段"流金岁月"已成遥远往事，尽管如今是全球化语境时代，人们的文化需求已日趋多元，但谁又敢轻视俄罗斯文学在世界文坛的巨大影响力呢？

美国媒体曾提供一份数据，由"125 位英美名作家评出有史以来最伟大的书"，相当于世界文坛的一份"民意"调查。其中两项颇受关注：一个是"19 世纪最佳作品"中，托尔斯泰的《安娜·卡列尼娜》《战争与和平》《契诃夫小说集》和陀思妥耶夫斯基的《罪与罚》分别位居第一、第三、第五、第九；另一个是"得分最多的作家"中，托尔斯泰以 327 分高居榜首，莎士比亚以 293 分位居第二，后面依次为乔伊斯、纳博科夫、陀思妥耶夫斯基。如此硬邦邦的数据，显影了一幅真实图景：无情的时光逝波，并没有淹没俄罗斯文学的世界海拔高度。

谷羽先生一直坚信，俄罗斯文学的生命力必将恒久。三年前，我

口音里的乡愁

在一个诗歌研讨会上初次见到谷羽，虽对其大名已有耳闻，见面却只是礼节性的，并无一见如故的热络互动。他的银发闪烁加上难以言状的儒雅学者气质，多少把我"镇"住了。江弱水先生曾用"白发萧然而步履健如"的语言描述谷羽，极神似。我回去上网"百度"，发觉自己实在孤陋寡闻，谷羽先生对于俄罗斯文学在中国的译介，其影响所及，完全可用"覆盖"比喻。心有灵犀的是，谷羽回去也"百度"了一下，用先生的话，原来我们不仅是诗歌同好，不仅是南开校友，还是河北邢台乡贤。我们此后的亦师亦友关系，也成了一种顺理成章。

不久前我们约了见一次面。

先生笑吟吟带来了新出版的四部俄罗斯诗人的诗集，这是我在这个寒冷冬季收到的最温暖的礼物。四部诗集，有茨维塔耶娃的《我是凤凰，只在烈火中歌唱》、蒲宁的《永不泯灭的光》、勃留索夫的《雪野茫茫俄罗斯》和巴尔蒙特的《太阳的芳香》，印制精美，装帧素雅。那一刻，我居然有了我这个年龄不大容易产生的那种感觉。怎么说呢，那差不多是一种小孩子被宠爱着的幸福感。在每部诗集的首页，先生对我分别示有四种不同称谓："诗友""校友""诗歌评论家""同乡"，先生的认真、细心、诚挚、友善，可见之一斑。四种称谓，前三种大体属实，至于同乡，我的身世并不是"籍贯"所能概括的，且不去说它。这四部译著远非先生的全部成果，仅2014年，他就出版了八部译著，2015年还将有四部书出版。其实，我更"贪心"他的那部86万字三卷本文学传记《茨维塔耶娃：生活与创作》的签名本，由于该书出版于2011年，他手头已经没有，我也只能求助于书店订购了。

2003年，谷羽正式从南开大学外语学院西语系退休，已是63岁。之前，先生出版过《俄罗斯名诗300首》《普希金爱情诗全编》《克雷洛夫寓言九卷集》《在人间》《契诃夫中短篇小说选集》《恶老头的锁链》等译著，并曾主编《俄罗斯白银时代文学史》等书，由于业绩显著，1999年荣获了俄罗斯联邦颁发的普希金奖章和荣誉证书。早些年，谷羽曾以访问学者的身份在俄罗斯生活了13个月。俄

快乐的负重『使者』

罗斯民族一直以自己的文化传统为荣，从官方到民间皆如此，给了谷羽极深印象。他曾在圣彼得堡和莫斯科的许多博物馆、展览馆、纪念馆、名人故居里流连忘返，他见到数不清有多少座诗人、作家、艺术家的纪念碑、雕像，前面总是摆放着一束束石竹花，这一切让他眼睛湿润，也激励他要把更多俄罗斯文学瑰宝介绍到中国。谷羽尤其钟情于俄罗斯诗歌的高贵、浪漫、纯净与深沉，如果把俄罗斯文学比作一座雄伟瑰丽的殿堂，他认为支撑殿堂的两大支柱是托尔斯泰和陀思妥耶夫斯基，而镶嵌在塔尖最耀眼的那颗明珠则非普希金莫属。俄罗斯民族历来也有尊崇诗歌的深厚传统。以普希金的三卷集为例，第一次印数 25 万册，第二次印数跃升为 325 万册，第三次 1985 年竟达到了令人难以置信的 1070 万册，1988 年出版的《丘特切夫诗选》，印数 50 万册，《费特诗选》，印数 30 万册。拥有如此众多的忠诚读者，中国诗人会不会顾影自怜，暗自垂涎呢？

有趣的是，先生与俄语的不解之缘，纯属一次"意外"事件。读中学时，他开始接触俄语，最犯愁的是，舌尖颤音"p"怎么也发不出来，光练"打嘟噜"就练了一个多月，他做梦也想不到日后会与俄语打一辈子交道。他本来喜欢的是语文，特别是古典诗词，也在偷偷写诗，考大学报的也是中文系古典文学专业，却偏偏被分到了外文系俄语专业。那年月，个人服从分配乃天经地义，无商量余地。谷羽舌头不利索，还要硬着头皮每天"打嘟噜"，实属无奈，但正是阴差阳错的"被选择"，决定了他此生不可逆转的文化"使者"情怀和学术方向。

退休后的谷羽先生，稳步进入了一生事业的辉煌期，如今发表的译作和研究成果已超过千万字，对于一位年逾古稀的老学者，堪称奇迹。俄罗斯诗歌史上曾有群星璀璨的"黄金时代"和"白银时代"，涌现出普希金、莱蒙托夫、丘特切夫、费特、阿赫玛托娃、叶赛宁、帕斯捷尔纳克、茨维塔耶娃等杰出诗人，谷羽一一向中国读者做了译介推广。恩师李霁野先生曾告诉他："文学翻译难，诗歌翻译更难……你该记住两句话：一是对得起作者，二是对得起读者。"他一直铭记在心，不敢懈怠。费特是俄罗斯纯艺术派的代表性诗人，对诗的节奏韵律非常讲究，为保持诗的"原汁原味"，他采用以"顿"对应音步的方法，直到把费特诗歌的形式美与节奏感真正表现出来才满意，而全书的翻译过程竟持续了近 20 年，也是一段佳话。

与此同时，先生也在身体力行地把中国当代诗人介绍到俄罗斯，其动机乃至动力，竟源于一次"心理失衡"。谷羽曾问过俄罗斯诗人彼得·维根读过哪些中国诗人的作品？对方想了想，回答："李白、杜甫。"又问："当代诗人呢？"对方茫然，好半天才说出"艾青"的名字。这件事深深触动了谷羽，他意识到，俄罗斯读者对中国当代诗歌的了解基本是个空白，"来而不往，非礼也"，他要打破这种"不平衡"，让中俄诗人作品"双向"流动起来。近年来，经他推介，俄罗斯读者已经知道了邵燕祥、流沙河、牛汉、北岛、顾城、灰娃、席慕蓉、王家新、张执浩等近 30 位中国诗人的名字和作品，他说这得益于自己与俄罗斯汉学家的顺利合作，乐莫大焉。我也曾提供过一些诗人作品，一再得到先生的表扬，我只有"再接再厉"。我在一次通话中大发感慨，"当今中俄文学交流中，您是最负重的使者，最无私的劳模，没有'之一'。"先生忙不迭阻止我说下去。但这是事实。谷羽不需要恭维，而我也不需要恭维任何人。

快乐的负重「使者」

"唐诗是用酒熏出来的"

诗与酒，或缪斯与乙醇，只有在特殊时代，才能形成奇妙的浪漫互动，良性循环。这是中国文学史上的有趣个案，极为罕见，难以效仿。诗人若恰逢其时，欣逢其世，整日把酒吟诗，灵感闪烁，恍兮惚兮，醉生梦死，而依然受到社会风尚的推崇，恐怕也只能用"幸运""造化"来解释。这类不可思议的美事，折射出了一种可遇而不可求的"诗酒"气象，唯唐代而已。

就说李白，"诗仙"或"酒仙"，原本就是一回事，他最喜欢浪漫独酌，"举杯邀明月，对影成三人"，杯中是酒，喝下的却是月，传说他就是因酒醉后入水捉月而身亡的。杜甫曾惊叹，"知章骑马似乘船，眼花落井水底眠"，说的就是活了86岁的资深大酒徒贺知章。其实杜"诗圣"也好生了得，每每"性豪业嗜酒""吾醉亦长歌"。白居易亦不落人后，他在《醉酒先生传》中描写"醉复醒，醒复吟，吟复饮，饮复醉，醉吟相仍，若循环然"的醉境，也是某种的自我写照。就连书法家张旭、怀素也喜欢以醉助兴，笔下的草书皆酒气淋漓，酒味扑鼻。近读《唐诗与酒》，已故作者肖文苑先生说"唐诗是用酒熏制出来"，使我豁然有通窍之感。此无酒话，更非戏言，实在耐人寻味。

古代中国，酒与诗的勃兴不可能无缘无故，它与经济状况有关是自然的，更重要的是，它取决于当朝政治的开放、开明。历史记载，允许随便饮酒的朝代并不多，周代曾明令禁酒，秦朝则制定沉重的酒税，汉初规定，三人以上无故群饮者当"罚金四两"。魏晋名士以浪醉闻名于史，但与唐代诗人的饮酒之风，其背景还是不可同日而语。放浪形骸的刘伶，烂醉谋生的阮籍，遗世独立的陶潜，一生与酒的因缘斩不断，理还乱，多为逃离暴政，免遭横祸，用貌似酒脱的浪饮麻醉神经，减轻心痛，掩盖心碎。唐代则不然，其大部分时光都处于社会安定期，诗人心高气傲，以酒为乐，而多数饮酒者也很讲究，往往"既选良辰，亦择美景；既醉花，也醉月；既奏乐，也赋诗；既重物质，更重精神"，一旦诗人遭遇仕途失意，志向未展，辗转流离，与酒之间更是难舍难分，不离不弃。唐代堪称酒徒的天堂，以今人的实用主义眼光，诗酒当伴，不思谋生，享受酒趣，醉意朦胧，此类书生当属没出息之辈，多半会沦为笑柄。唐代的风尚则相反，朝野官民，男女老少，饮酒之兴，百无禁忌，"人生得意须尽饮，莫使金樽空对月"，致使酒味愈香，诗意愈浓，两者互为因果，彼此发酵，相得益彰，其乐融融。

唐代诗人众，酒徒多，为历朝历代绝无仅有，堪称之最。以至于给人一种印象，那时候诗人与酒徒似乎异体同构，合二为一。"唐代三教并行，有人既是儒生，亦亲道侣；既属佛门，亦归儒宗。信仰驳杂者多，思想单一者少。分门别户，变红变绿，但常常在一个'酒'字上，找到共同的语言"，所体现的正是唐代开放的社会生机，开明的包容襟怀和充满创造性的艺术精神。史家说"盛唐气象"，并非着眼于年景归类，代际划分，而是就激扬、繁盛、多元的时代文化氛围而言。其实，每个诗人都有一段"少年狂"经历，什么一拳捶碎黄鹤楼，一脚踢翻鹦鹉洲啦，什么"自说生来未为客，一生美妾过三百"啦，石破天惊，大言不惭。最牛的还属李白，"天子呼来不上船，自称臣是酒中仙"，不惧权贵，敢摸龙鳞，对宰相、妃子照样叱之奴之，个中虽不无傲骨因素，且借了醉力酒胆。但若换个时代，此举当沦为朝廷的刀下鬼，必死无疑。肖先生遂感言，"唐代社会开放，表明自身力量的强大，铜头铁脑，不畏风吹。他们相信少年郎的浪漫行为，不会使整个一代垮掉，危及社会的安全"，其后的各个封建社会，不但没有唐代的强大，也没唐代的气度和胆量……人们难释心头重负，不敢直腰，不敢高声，自由像冬天的树木，被剥夺精光。十八之童，像八十之翁，死气沉沉，未老先衰，整个社会都坚挺不起来，无法去营造产生唐诗的那种氛围。

我曾与性格内向、毫无酒力的肖先生共事两年，却惊异于这样一个事实，饮小半杯啤酒便可以昏然睡去的肖先生，何以对古今酒文化的来龙去脉和源远流长了如指掌，对各种酒的渊源、酿造、类别、品质、效力、药性和酒仪、酒规、酒令、酒俗、酒器烂熟于心，对古代诗人饮酒的许多细枝末节，诸如"山涛海量，八斗而止""李白饮美酒""杜甫饮劣酒"之类，侃侃而谈，如数家珍。经数十年深入研究，他认为杜甫长年嗜酒伤身，五十几岁便耳聋、齿落，糖尿病综合症是其最终死因。他还断定，白居易、李商隐等诗人也都患有严重糖尿病，这些结论已经不属于趣谈，而是有据可查。

"唐诗是用酒熏出的"，对于肖先生的唐诗研究，意味着柳暗花明的一个新发现。长久以来，气象万千的唐诗景观一直为肖先生所心仪，却又总觉得"其实并未挠到痒处，好像还缺乏一点什么"。当他终于注意，唐代的"空气里弥漫着酒香，白天的太阳，夜里的月亮，仿佛都有醉意"，蓦然洞开的感觉，恰如醍醐灌顶：是的，唐代的空气滤掉了酒气，还会有举世无双的那座诗歌巅峰吗？醉眼看世界，难道不是比醒眼看世界会更有诗意吗？这种拓荒式的美学发现，再辅以一流的随笔功夫，便具有了赏心悦目的阅读魅力。作者写诗人的醉态，"入席之初，略挽衣袖，以免掀翻杯筷，当众失礼。红烧鲤鱼，清炖肥羊，夹时必须分外留心，以免礼服上洒汤滴汁，坏人兴致。但三杯落肚，酒瓶子快空，面红耳热，眼球变色，情景就完全不一样了。饮不完的，沿着脖颈流下，衣衫湿了一大片。这时应赶紧掏出手绢来，擦汗才是。不，别管它。'把酒从衣湿'（杜甫《徐步》），'淋漓身上衣'（韩愈《醉后》）……醉了就全身疲软，像隔夜的油条，就地卧倒……躺在那里嘴还能喃喃。但绝大多数，是蛇来咬他都不知道了。'万里江山万里天，一村桑柘一村烟。渔翁醉着无人唤，过午醒来雪满船'。"其诙谐风趣，其精妙传神，颇有梁实秋先生的"雅舍"韵致。

口音里的乡愁

还是那个田晓菲

这里谈到的田晓菲，是年代似乎有些久远了的叫作田晓菲的那位诗人，而不是出版了《秋水堂论金瓶梅》（2003）、《尘几录：陶潜与手抄本文化》（英文版，2005）等厚重专著，笔名为"宇文秋水"的旅美青年女学者。

其实我认识田晓菲很早。她的父亲是我过去的同事田师善先生，我们叫他老田。1976年的唐山大地震波及天津，生活规律打乱，五六岁的田晓菲去不了幼儿园，就被老田带到单位大院里。这时候的晓菲便已露出与一般小孩不同的超常之相。她喜欢捧着书独自端详。一次，晓菲整天在读一本厚厚的书，单位里有个叔叔拿过来一瞧，是浩然的《金光大道》，认为这个满脸稚气的幼儿园小女孩儿不可能读进去，就考问她书中写了什么。晓菲没有被难倒，说得一五一十，有声有色，故事和人物都能对得上号。此事迅速传开，大家啧啧称奇，都知道老田有个不得了的宝贝女儿，至今仍是一段佳话。

田晓菲的"诗人"身份由来已久，有她的诗集为证。有趣的是，如今的中国诗人已经习惯于与形形色色和光怪陆离的诗群、诗阵、口号为伍，田晓菲却从一开始就在悠然"单飞"。不过，田晓菲的诗歌"个案"显然不具有任何借鉴意义。年龄上，她属于不折不扣的"70后"，诗龄却已达漫漫三十载，称之为"年轻的老诗人"，可谓实至名归。只是，以"早慧"称誉的田晓菲始终属于中国内地诗坛的"局外人"，其位置甚至连"边缘也够不上"。记得八十年代中期，我与她曾在天津十三中的一次校庆活动中见过面，并惊讶地收到这位少年诗人亲笔题签的两本诗集。那时的她，看上去还是个小女童，有着孩子气的羞涩，字迹也显稚嫩。这之前我已有耳闻，知道她刚满 14 岁，已被北京大学西语系英美文学专业破格录取。后来还听说她 18 岁那年大学毕业，即赴美留学读硕读博，毕业后执教哈佛讲授中国古典文学，几乎是顺风顺水地就实现了学者兼诗人的一身二任。

如此特殊的人生经历，决定了田晓菲的诗学之路，与任何一种中国内地诗歌思潮没有瓜葛。同样有过旅美求学经历的王小波曾感叹，一个人移民到异域他国，其人生的主题就会被改变，就会被哈姆雷特式的艰难抉择所纠缠。田晓菲是如何完成这种非此即彼的选择？难以想象的。她的诗歌写作，既渊源于家学深厚，更多的却是一种与生俱来的禀赋。少年成名的她，其诗学之途从未承载过太多的忧患、担当与教化，出国后作品销声匿迹，或许因为仅仅是诗歌满足不了她超于常人的文学梦。

古往今来，十岁神童，二十岁才子，三十岁平平，四十岁庸庸，这样的事例我们见多了，不足为怪，几成规律，自谓"我是少年成名的幸存者"的田晓菲，却罕见地显露出了某种大家气象。而长期的旅美学者生涯，她也没有产生许多华人同胞都会有的诸如文化失根、理想失衡与精神失重。她崇尚世界公民意识，追寻整个人类文化瑰宝。就如她从不曾把自己的先生宇文所安教授看成美国人，宇文所安教授同样也未把她看成中国人一样，她不愿意把自己的诗人身份世俗化，狭隘化。宇文所安和田晓菲还在他们各自的著作中互称"知音"，用田晓菲的话，在家里，"他们是夫妻、知音、同事的对谈，生活、社会、学术对我们来说都是混杂在一起的"，这样的情景已成为佳话。

30 年来，田晓菲从不曾放弃写诗，并以沛然淋漓的诗意状态，培植、滋润一种兰心蕙质的学者风范。她就这么一路断断续续写来，几近于自娱自乐。我们不难发现，田晓菲与内地诗风的区别，既不在于中西文化的深厚底蕴，也并非异域思考的视角优势，更多的是体现在那种毫无欧化"翻译腔"的白话表达，和传统汉诗语词的原汁原味：

> 不在异乡，也难免成为异客。
> 既然已无处寻觅茱萸，又何必不入乡随俗。
> 于是在天真的瓜皮上，雕出狰狞的面目。
> 在危机四伏的街上，我们慢慢丈量归途。
>
> （《十月三十一日西俗万圣节家家刻南瓜灯装饰房舍四绝句》）

　　田晓菲写诗从不雕琢，全凭兴致所至，有感而发，有如水到渠成，瓜熟蒂落。无可名状的高蹈不属于她，深不可测的孤寂不属于她，飞蛾扑火般的理想主义者更不属于她。田晓菲永远学不会故弄玄虚，装腔作势，更不会摆出权威学者的身段，靠理论唬人，用知识招摇，拿学问贴金。她常常习惯性地把新诗称为白话诗，自称"现在还在写白话诗"，她的"白话诗"远离繁复意象，仿佛信手拈来，却讲究修辞，韵律别致，词语缝隙透出了书卷气的饱满墨香，袅袅缭绕，余味悠然。就像她在一首诗里写的："我已经太熟悉所有应节的情感：/无论摇落之深悲，还是枫叶的痴狂。/曾经过去了太多的人，太多的露水的世，/谁肯为后来者着想，少发一点牢骚？/太多的象征，太多的意义——/我宁愿自己是早熟的番茄了，被急迫的手摘取，/或者可以避免在淡淡的秋阳里，为了/悬挂在天空中的霜霰感到惶恐和焦虑。"（《秋来》）这样的诗自然洒脱，与任何的体制内、体制外的诗歌主张、诗歌流派无关，仅仅缘于一种朴素的诗歌爱好。

　　如果以为田晓菲只会写所谓的"文人诗"，那不是事实。她没有固定的"诗歌套路"模式，品类绝非单调划一。她的诗歌，当然不可能被一些浅表的先锋泡沫溅湿濡染，却也不会故步自封。一些现代诗学元素亦可在她的笔下流淌，她在一首诗中写到迷离的梦经历，就很有创意，无师自通："但我终于在一堵墙上/找到了一颗摇摇欲坠的钉子，/我知道那就是你——/虽然我不会背叛你的缄默——/我只是走过去，把身上深黑的囚服/脱下来挂在钉子上，然后便如释重负地/倒地酣眠。"（《关于夜》）这里与眼花缭乱、莫衷一是的，所谓前现代、现代、后现代，等诸多潮流、风向，统统不搭界，却仿佛曲径通幽，其实不过是一种异质同构的表征而已，田晓菲还是田晓菲。

口音里的乡愁

独语者的大自在

　　漫漫人类历史长河，许多圣贤、大哲的思想都是以精粹散章的形式流传下来的。比如中国的孔孟老庄，外国的柏拉图、培根、拉罗什富科、蒙田、帕斯卡尔、尼采、爱默生、纪伯伦等等。尽管我们承认人类真理永远不会被穷尽，但若站在巨人的肩膀继续探求真理奥秘，委实需要坚持思考的担当意识。特别是在一个以物质需求为唯一路径的"单行道"社会，《自在书》的问世，更是一件值得读书人欣悦的出版事件。

　　一个时代或社会，无论其表面如何光鲜、喧嚣和繁华，如果缺少了独立思考者的深沉面影，也与"形而下"的动物王国无异，难言真正的文明、幸福与强盛。古罗马哲学家西塞罗认为："聪明的人凭思想行事；领悟力低的凭经验；最愚昧的人凭需要；动物则凭本能。"此言道出了思考者的一个精神特质，这就是不与时代同步起舞。思考者通常具有怀疑精神，并因其孤独而长久沉默。沉默见证人（郑炳南）就是一位耽于沉思的随笔作家。长期以来，他始终对物质时尚的潮起潮落保持警觉，并与之拉开一段"自在"的精神距离。甘愿成为游离于主流之外的边缘角色，无疑是他的主动选择，"一个沉静而高贵的生命，当它在一片鲜艳的花瓣中，嗅出陈腐的气息，它会拒绝歌唱整个春天"（《戛然而止》）。他并不希求自己的声音赢得满堂喝彩，只想把思想传达给自己尚在摇篮中的孩子，以及"那些沉睡在子房里的花朵。"他目光深邃，喃喃低语："孩子，我们要去的地方没有那么遥远。那些看似终极的目的，很快就会变成过眼烟云。"（《我们要去的地方》）是祝福，是告白，也是独语。

朝鲜族作家郑炳南的大学本科本是物理专业，后又主修哲学，以"游荡在物理学与哲学之间"为乐，并用写作消化着自己的丰富阅历。其复合型知识储备，可谓得天独厚；而通才视野与跨界优势，更使他的文学写作如虎添翼。作者以人类与宇宙、生命与历史的关系为宏大背景，思考、追问和诠释了许多使人茫然、困惑的问题，其哲性与灵性同在，科学精神与文史内涵兼具，字里行间弥漫着高贵的思辨气息和优雅的诗意氛围。而书中的数十幅插图，不仅绝妙地诠释并放大了文字意境，还使人想到了这样几个语词：隐喻，寓言，神秘，深邃，无限，奇幻，还有敬畏和崇高。

沉默见证人的思考呈发散状，视野深阔，境界澄明，表述从容，行文舒展，涵盖了历史、生命、灵魂、宇宙、文明、自然、科学、传统、伦理、人生、艺术、爱情、死亡诸多领域，宇宙之巨、尘埃之微，尽在笔端风云际会，却能删繁就简，举重若轻，软硬适度，曲径通幽。每个命题单独拎出来，几乎都可以长篇大论，著书立说。这些皆为实实在在的"干货"，作者把它们一一浓缩在千余言的载体，信手拈来却"大题小做"，意到言止而绝无赘语，甚至给人"挥霍"之感。事实上，作者并不打算去抨击什么，反讽什么，调侃什么，也无意于拯救什么，夸大什么，建树什么，而是透视现代社会大千世相，运用哲学、心理学、社会学分析与诗化描述，直陈自己的所思、所忧，他的观点或许我们不尽认同，却绝对令人怦然心动，无法漠然。

老庄思想与尼采哲学，对沉默见证人的写作影响是深远的。老庄与尼采，哲学思想和在世态度处于不同的两极，时空关系更有如"关公战秦琼"，却不妨碍作者各取所需。既崇尚尼采的酒神精神，亦心仪庄子的生存智慧，将两者潜移默化，相得益彰，融入本书的"自在"体系。他的写作内敛而孤傲，苍凉却放达，恢宏又细腻，但又极少怀旧情绪和世纪末心理。身处非主流的边缘位置，可以使得他的思考洞若观火，视点下沉，超然物外，无须旁顾，直抵人类生活的真相。

沉默见证人究竟要见证什么？试举几例：

宇宙。最容易使人把虚无联系在一起的就是宇宙，"几千年来，人类积累的一切呐喊整合在一起，也不及宇宙发出的一声轻微叹息……在宇宙看来，人类舞台的更迭仅仅是元素与能量的重组。我们放眼看到的一切美好事物，只是宇宙散落在各个角落里的玩具，所有的任我们这些匆匆过客尽情把玩、自娱自乐，但它们却从未曾真正属于我们。"（《宿命的处境》）这样的声音如沉雷滚过心头，令我们无语，唏嘘，也使我们清醒、克制。

时间。人们对时间只能束手无策吗？"在生命的征途上，没有什么事物可以免遭时间的遗弃。……时间只需优雅地走上一遭，就改变了天地万物。"于是浑然不觉间，曾经风姿绰约的万物已是一切皆非。作者却显然并不打算就这么悲观、沉沦下去，"只要你还在坚持，时间便一定会与你荣辱与共。"（《永不回头》）

真理。谁都把握有真理视为指手画脚的资本，但真理谁也无法垄断，"真理这个变幻莫测的万众情人，它不属于任何人，也从不停留于哪个时代。它与你的片刻风流，只是为了催促你马不停蹄。"（《此时此地的景观》）这意味着，凡是把真理当作权杖或私器的人，最终会受到真理的戏弄和抛弃。

经验。再好的经验也绝非万能，其保鲜期永远不可能是无限的。这是由于，"所有的意外都发生于人类的经验之外；而每次的意外，都是对经验的颠覆。……经验是供你检验之用的，而非供你确认某项预测。"（《真理的模糊映像》）把经验尊为律条，只能是作茧自缚，坐以待毙。

语言。必须抑制语言所具有的喜新厌旧、水性杨花、喧宾夺主的种种负面性，"语言根本容不得我们抛开她去另寻新欢。……人们原以为语言只是一件得心应手的工具，却未曾想她竟然堂而皇之地替代了我们几乎所有的思想与情感，智慧与妄念。甚至在生命死去之后，语言依然冒充我们的灵魂四处招摇。"（《温柔的奴役》）说到底，语言是为人类灵魂服务的，是工具，是奴才，而不是主子。

死亡。作为生命的休止符，死亡是一幕定点谢幕的恶作剧，"死亡算得上是对生命工于心计的绝妙嘲讽。无论生命如何精打细算，死亡总会按时出现，并将生命煞费苦心地营造的完美毁于一旦。"（《戛然而止》）相比永恒的时间，生命的短暂近乎无，死亡把生命的所有梦想和果实，连同尊严和美丽掠夺一空，由此诞生了哲学家的沉重思考和破解欲望，试图与死亡展开"形而上"的诗意周旋。

历史，通常是一条顺其自然、无为而治的河流，却每每被人百般拦截，乔装打扮，从而造成暂时的幻觉："你所看到的所有关于历史的追述，要么是后人想当然的推断，要么便是根据前人遗存的碎片，勉强拼凑而成。它们恰似一件粘补过的残破瓷器，与它曾经拥有的生动风韵，彼此相去甚远。"（《功能超强的染缸》）但历史又是桀骜不驯的，那些妆容总会消融于滔滔逝水，而以素面昭示天下。

快乐。这是人类最具弹性的一种情绪："在世间所有的事物当中，快乐的膨胀系数最大。一个原本只有芝麻大的快乐，人们却把它拿来当成天大的喜悦来传播。……总有一天，你会在茫茫天宇之下蓦然发现，构成一个生命的快乐，渺小而又极其有限。"（《无尚光荣》）快乐并非与生俱来，正因为如此，人们才以种种借口，将快乐千方百计地刻意引爆，人为放大。

存在。仅仅是一个瞬间的特定时段，人们却把某个存在想象为永恒状态，"几十年光阴一瞬即逝，参天大树和漫漫荒草，只需几次寒来暑往，都将来自于尘土，终又复归尘土。任何人，一旦躺下，也便与泥土无异，又何必一定要分出个高低贵贱呢！"（《随风轻扬》）奇怪的是，如此并不复杂高深的道理，一些高高在上的达官贵人就是不去正视，即使化尘化烟，仍作浑然不知状。

信念。质地坚固的信仰，是抵御世俗的诱惑与侵袭的最大利器，"信念通常寄居在那些看似孱弱的躯壳里，使那些原本弱不禁风的肉体获得灵魂，以此来展示它的顽强和无所不能。"（《没有借口》）无论肉体苦痛，还是精神苦难，人一旦注入了信仰，便以无坚不摧的城堡姿态固执矗立，并俯视蝼蚁般的芸芸众生。

书籍。知识经济年代，这种物质的用途也可以把人引向生财之道，但"如果这一整架书籍只能带给你一份无忧的衣食，而不是灵魂所需的安宁，我劝你还是把它们统统丢掉。因为那类书籍能给予你的，荒凉大地同样能够给予你——只要你付出劳动和汗水。"（《风中的悠扬》）这意味着，书籍既可以是灵魂的贴心伴侣，也可以与另一群人勾肩搭背，仅仅构成一种职场关系。

放弃。就如同遗忘是为了记忆，转身是为了前行，放弃也是为了得到："一个优秀的行者，他之所以能够踏遍青山，并不是因为他拥有日行千里的脚程，更不意味着他从未走入歧路，而是因为他善于放弃错误的道路。"（《适时的放弃》）贪得无厌者永远无法理解放弃的真意，以至于积重难返，回天无力。

《自在书》很少引经据典，拒绝玄虚莫测，更不会像司空见惯的当下散文写作，热衷于穿插一些廉价的小故事、小趣味、小情调、小噱头，以迎合"小资"受众。面对坚硬的现实，梦境固然脆弱，却可以展示另一种朦胧的飞翔状态。丰赡的联想，奇诡的意象，回环往复而层层递进的文势，出色地构成了此书的另一种魅力。"一滴墨汁一旦在水中扩散开来，便再也无法重新凝缩成原来的墨汁。它们多半会在游荡于原有秩序的边缘地带，失望地看到自己无奈地加入到另一个行列。"（《看似合理的稳定》）有的篇什浓情深意，直抒胸臆，对爱情、亲情的深切歌咏竟有缠绵之嫌，"我会饱含着你的爱情窒息在你小小的漂流瓶里，在汹涌的浪潮里漂泊，在咸涩的海水里流浪——直到完成传递你缠绵的使命。"（《信使之歌》）"而我的家啊，两片薄薄的屋檐是我和你相依相偎的身体，屋脊是我们用来共同呼吸阳光的头颅。如果一定要装点一番，我只需要一个小小的褓襁。"（《和你在一起》）从中可以领略沉默见证人感性、柔性的另一面。

印象深刻的，还有书中一些冥想类的格言短句，思维跳跃，表述轻逸，禅光闪烁，意味深长。这些被挤掉水分的文字，却饱含智性因子和诗学元素，其精妙之极，可以用罕见形容。若非厚积薄发，是难以想象的。

　　　即便双目失明，灵魂同样可以找到回家的路。（《温柔
　　的奴役》）

一块岩石在经历了数千万年风化之后，你只需一根手指，就可能让它在顷刻间灰飞烟灭。（《看似合理的稳定》）

一小块铁屑在被强大的磁铁纳入它的势力范围之后，过不了多久，它身上也便带有了磁场特有的吸附性，以及排他性。（《隐秘的运行》）

即便是路边的一株狗尾花，也是经历了千万代的繁衍，一路跌跌撞撞，才来到你眼前迎风摇曳。（《各得其所》）

基因的一次次即兴表演，造就了这个琳琅满目的大千世界。而你我，也只是在其中一场表演中临时跑个龙套，甚至只是在充当一件小小的道具。（《基因的集体怀旧》）

徐迟先生在《瓦尔登湖》译本序中写过"你也许最好是先把你的心安静下来，然后你再打开这本书"，这句话同样适用于《自在书》。"生命自有它的欢乐，但绝没有多到让你无从品味孤独的程度。"只有滤掉心的浮躁，我们才会在本书的阅读中得到触动、享受和滋养，并体味出漫游精神家园的那种感觉。

口音里的乡愁

诗意的栖居，或毁灭

　　黄澄澄的玉米很靠近我们这些自誉为炎黄子孙的人的肤色，我总觉得这不会是一种巧合。我们却常常对玉米的存在熟视无睹，麻木不仁，以至于毫无感恩之心。然而世世代代以来，我们谁不曾受到土地和玉米的无私无尽的恩惠？而玉米们永远在沉默的土地上自生自灭着。玉米们艰辛、顽强地使自身生命不断繁衍，然后以无数单薄的身躯、瘦小的籽粒前仆后继地抵御灾难，来强化我们的骨骼、养育我们的肉身，使我们得以存活和成长，壮如山峦，生生不息，共同演绎和印证了我们共同的岁月沧桑，之后，还目送我们一拨一拨如羽翼丰满的鸟儿飞离多灾多难的土地，而把永无尽头的寂寞守望留给了自己。

　　在这个物欲膨胀的消费世界，有谁在意那些土地上的那些寂寞守望者呢？

　　玉米和土地，与我们本来就有着难以剥离的血亲关系。然而，人又是很容易遗忘的。或者可以善意地理解为，人的个体生命对自身苦难记忆似乎有一种本能的躲避和过滤。北京大学钱理群教授就曾困惑于这样一个现象，他发现那些许多来自农村的、很善良很勤奋对农村生活也很有体验的年轻学人，在自己的专业方向和选题上几乎没有一个人与农村相关。其实这潜意识流露出的，正是人不愿面对苦难的一种本能反应。难道人的记忆真的是那么脆弱无力，不堪承载太多的沉重？记得张志扬先生在《创伤记忆》中曾提出过这样一个命题："苦难向文字转换为何失重？"并进而追问："现实为什么老是历史的重复？"各种形式的苦难为什么一再重演？我们到底从苦难中记取了什么？遗忘了什么？探究这些深刻的命题需要哲学家、思想家书写出一部部充满形而上意味的大书，但作家可以用另一种独有的形式参与追问和回答，且能曲径通幽，殊途同归。

这是一次没有旅伴、不受关注、更无鲜花喝彩的孤独的精神漫游。

一个长长的影子披着岁月的逆光缓缓走来。他是苦难农民的儿子，少年记忆中埋藏着许许多多关于乡村的往事。他也曾像许多苦难农民的儿子一样试图早日逃离土地和生长在这片土地上那无数可怜的玉米，并且最终成功了。而这次他风尘仆仆地回来了。他是以土地与玉米的代言人身份出现的。他走过长街巨厦车潮人海，走出纷杂喧嚣、五光十色的都市背景，走进东北大平原的广袤土地、黑色旷野，和季节的无边荒凉，走在一条归乡的路上。他的头顶是辽远的蓝天白云，它们见证了白山与黑水的恣意纠缠，见证了春与秋的轮回，见证了太阳与星月的升降。他顾自走下去，走向土地的深处。终于，他的双脚踩在那片被称为大田的地方。他转动悲悯的目光，那是一种亘古的感觉，周围站满了忧伤的玉米，错错落落密密麻麻隐没于茫茫岁月的雾霭，间或依稀见得玉米叶子上的露珠泪光般闪烁不已。这时候，仿佛被点燃了，所有的记忆都在瞬间激活，也由此开启了土地和玉米的狂欢季节。他的深沉的如低音铜管般响起来，浑厚而悠长，划破时空飞向远方，飞向那一切舞动着玉米精灵的地方。

这部玉米的血泪传记，其实是一部有关人和土地、玉米之间的亲和、恩怨的历史长调。它如一道弯弯曲曲的血脉，连通了土地的每一处皱折和大田的每一棵秸秆，连通了生于斯长于斯耕作于斯的父老乡亲们的每一滴汗泪和每一声叹息，连通了历史和现实的经络。林举就这样喃喃自语着有关土地和玉米的悲情言说："为什么我的眼中常含泪水？因为对这片土地爱得深沉。"就这样，林举的诉说在赋予土地和玉米以神性的宗教情怀和文化学意义的同时，也赋予了《玉米大地》一种通天达地、气象万千的大散文才具有的内涵和特质。何谓大散文？它应该不仅仅属于有关历史、国家、民族的那些宏大叙事的鸣响。人们完全可以从看上去最寻常、最普通的物象入手，一步步追根溯源，发出人从何处来、到何处去的永恒追问。那么，作者对玉米和土地如此深切、苍凉的叹殇，难道不就是对人类家园的诗意追寻，对世间万物本源的哲性探究吗？

这时候，任林举不再是那个穿西装革履、出入公寓和写字楼、刷信用卡玩手机的现代城市人了。他已经还原成了古朴岁月中的土著状态。甚至，当他被来自大自然的粗粝野风舞蹈般深情簇拥的时候，当他把双脚轻轻踩在每年都会果实累累也伤痕累累的大田的时候，几乎要成为玉米部落的同类了。歌德曾这样表述过大自然与人的关系，"我们生活其中，对她却不熟悉。她不断与我们说话，却不泄露她的秘密。我们经常对她施加影响，却无法控制她。"问题何在？其实答案并不复杂，大自然之所以显得神秘莫测和捉摸不透，是源于我们对土地的心不在焉，这就势必难以达成某种对话和相融。

任林举肯定不以为然。似乎有一条玉米的根系接通了他的神经末梢，使他敏感细微得超乎凡人，常常可以从对大自然的谛听中获得某种生命信息。"雨落在玉米地，小雨窸窣，大雨噼啪，并不是雨的声音，而是玉米的声音，雨没有声音，雨是通过别人的声音证明自己的存在。而玉米则对每一样经过它们的事物，用不同的声音和姿态进行描述，温柔的、粗野的、谨慎的、惊恐的、善意的、可恶的，每一个举动、每一个细节它们都会一一复录，并在转述中加载自己的情绪。"谛听那些富于质感的声音，我们恍然分辨出了玉米的复杂情绪。这时，读《瓦尔登湖》时曾有过的那种感觉油然出现了。已故的译者徐迟曾提醒读者，当你翻开梭罗的这部作品的时候，一定要让自己的心静下来，静下来，静下来，否则难以进入那种特定的阅读情境。面对玉米和大地，我们同样需要过滤一下尘世的浮躁。那是一种古歌般的沉静，真的是久违了。而且我们的感觉还会更亲近一些。毕竟不是十九世纪的美国，不是离群索居的梭罗和他世外桃源般的瓦尔登湖，也毕竟中国人对有关玉米的记忆并不生疏、遥远，我们理解起来也就不存在太多的障碍。其实，玉米本来就是我们记忆中的一部

诗意的栖居，或毁灭

分。离开了有关玉米的往事，我们的记忆将会怎样苍白。

玉米是有灵性的。"在一些风雨交加的夜晚，人们纷纷躲在自己的蜗居里，守住自己的安宁进入深深的睡眠。而此时的玉米却要在自己的世界里进入狂欢。风不停地吹，玉米的叶片在尽情地挥舞，整个玉米的植株在激情与喜悦中不停地战栗。雨水流过玉米雄健的花茎，流过它微吐璎珞的美丽雌蕊，顺着叶根一直流到深入大地的根系。在大地与天空、大地与植物、植物与植物的狂欢里，玉米们尽情地体会着生命的真意。一梦醒来，如泪的露珠挂在玉米的叶片之上，仍让人们分辨不出发生过的一切到底包含了多少激情、多少悲欢。到底有多少难忘的体验与记忆珍存在玉米的生命里。"玉米与人是通灵的，这需要人的感同身受。现在，能够关注玉米的命运、玉米的喜怒哀乐的人似乎已经不合时宜，而且很少，能够愿意静下心来聆听并理解这种关注的人同样寥若晨星。

玉米也是有骨性的。"一把玉米的种子抓在手里，发出沙沙的响声，常常让人联想到石头与石头之间的碰撞，也常常让人想起玉米种子被动物咀嚼，在钢磨中破碎以及在铁锅中搅拌时发出的脆响。那种咯嘣咯嘣碎裂的声音，会震得人心直颤动。"只有从不漠视玉米那强韧的生命力的人，才会真正懂得玉米的精神价值和坚忍天性，并且让玉米的精神普照大地。无论环境多么恶劣。"一棵玉米，似乎至死也不会放弃结籽的天性"，这便是玉米之所以为玉米并几乎把根系扎在了全世界，养活了一段又一段历史的原因。

可是我们确实有愧于土地和玉米啊。我们久违了土地，久违了泥土特有的潮湿、松软和泥土上花树的鲜润与芬芳。我们的现代人的双脚其实并没有踩在土地上，而是穿行于封闭的柏油马路、拱形的过街天桥、鹅卵石堆砌的公园甬道、水花喷洒的人造草坪、色彩华贵的绒地毯和考究的室内复合地板，我们生活在密不透风的钢筋水泥的世界里，我们是一群远离土地远离风吹日晒挥霍无度的城市人。而玉米却从没有离弃过我们。在奢华而暧昧的城市，一些离开大田的玉米已经面目皆非，处处有贩车叫卖煮玉米，烤玉米，蒸熟的糯玉米，玉米的香味被强行抛洒于路边道口，玉米也被杂交成了色彩斑斓的模样装点着一个个时尚的快餐店，餐厅里的玉米笋成了上佳佐料，肯德基的嫩玉米小巧玲珑，娱乐城电影院则把香喷喷的爆玉米花装在漂亮的纸杯里向来客兜售，于是我们有许多方式享用玉米，玉米由此被都市商人乔装打扮得五花八门奇形怪状以供人们品尝，而不再是流浪异乡土里土气的农家妹子。我们和玉米的关系也越来越商业化、市场化，玉米家族仅仅成了我们偶然换一种口味的单纯消费对象，而带有了赏玩味道，没有人会留意它们躲在繁华都市的街头角落黯然神伤的表情。我们的目光越过那些不起眼的玉米们，停驻在了虚无缥缈的天边，那里有着被科技文明覆盖着的最诱人最现代化的高楼大厦，而那些点缀生活的玉米一次次成了过眼烟云。

谁来拯救有关土地和玉米的记忆？

此时，我感受到了一种来自深埋已久的使命意识的辐射。瞩望那片热土，一遍一遍地描述土地诉说玉米，传递着发生在大田里形形色色的人之命运，和一切生命物种的悲欢离合，这样的剖白有如杜鹃啼血。

我也不免迷惑，我们挥之不去的忧伤心境是由于受到一种诗意氛围的感染，还是他那些朴素却独特的故事打动了你。这里有一种使人心酸、也令人心醉的诱人调子弥漫开来，使我们沉浸其间，流连忘返。原因在于，他把一些叙事元素悄然引了进来，使作品变得浑厚起来。但他绝不是要拉开架式虚构什么。他用不着虚构。尽管作者本人未必意识到了，这部散文已经赋予了他一些东西，使他拥有了一种叙事人的身份。同时他也清楚，读者固然希望在作品里了解他过往的真实经历，而更愿意的是接受一种人与土地与历史的全息景观。渐渐的，在这里理性的东西越来越趋于淡化，似乎隐没了踪影，却并没有消失，作为繁密的根系，它已经伸向作品的四面八方的每一个角落，最终凝结成了厚重的感性魅力。

于是我们回归了一个坚实而辉煌的定位，主体是人，人是主体。而土地和玉米则是人的物化，也是人的拟化，土地与玉米的历史和命运即是人的历史和命运的一种写照，一种表征。我们也就不难理解了，为什么"历史是现实的梦幻；往事是记忆的梦幻；村庄是城市的梦幻；土地是庄稼的梦幻；故乡是游子的梦幻"，所有的一切，在作者的笔下皆凝结为人的梦幻。循此路径，叙事姿态超越了单一角色，与作品的千种沧桑万般气象浑然一体。这种绝不单一的角色遂制造了一个近乎全能的"场"，使其叙事流动的过程中既能入乎其中，也可以出乎其外，在泼墨与工笔之间举重若轻，游刃有余，于是一个个乡土人物的命运轮廓逐渐清晰起来。他写祖父、父亲、母亲的惨烈家事，写村子里心高命薄的柴向诚，写饱受非议而突然蒸发掉了的孟二奶奶，写在土地上潦倒一生的七舅爷，写"看起来比玉米更像一棵植物"的自尊刚烈的十二舅，写美丽而苦命的常江媳妇，写得惊神泣鬼天光失色大地呜咽，而大田又绝不属于舞台的背景和道具性质，而是一个说不尽的人性化的大千世界，扮演着许许多多令人唏嘘的生命剧目。尽管看上去玉米们似乎成了驾驭全篇主题的隐形主角，掌控着土地和人的血亲关系，在大气磅礴的叙事美学中凄美婉转，一唱三叹，然而我们只要深层回味，就会切肤地感到，人的生命和人的灵魂从来就没有对土地失去主宰地位。

土地和玉米的形态就这样通过不断放大，本真而立体地裸露在了现代人的审美视野，给了我们一种异类的阅读体验。我们完全可以以一种高贵典雅的眼光和趣味，质疑它与这个高科技时代氛围的不合时宜。我们还可以挑剔它的艺术打磨不够细腻光洁，语言的文学造诣谈不上美轮美奂，它的调子有悖时尚，它的仪态也有些土气，甚至有的地方还有类似毛坯的那种半成品的感觉，然而正是这些毛茸茸的粗糙和未加雕琢的光鲜以乡村记忆的方式带给了我们一种灵魂的震撼。我们更应该感谢作者为我们提供了一种极富人文价值的乡村记忆。作为人类文化谱系，乡村记忆为我们诗意地栖居在这个地球奉献了一种有关土地的宗教，一个独有的支点，一片充满融融暖意的光照。倘若现代都市化的提速一定要以退化甚至丧失乡村经验为代价，或者，一旦符号化、信息化的都市经验全面覆盖了绿色的乡村记忆，我们将会成为没有家园可以依托的都市孤儿，可怕的灾难必然如同达摩克利斯的剑悬在人类的头顶。无论何时，只要土地还是现代豪华都市的坚实根基和厚重底色，只要我们没有放弃土地，土地就不会抛弃我们，就会像敞开母亲的胸襟无私而深情地接纳她的孩子那样，成为我们的家园和归宿，人类文明史的长河也必将源远流长，活力依旧。

"我以为自己已经飞离了那片土地，我以为我的命不再与一棵玉米有什么联系。但实际上，我和他们不过是一棵玉米的籽粒派了不同的用场。"林举不愿意用模式化的都市经验刷新记忆中的乡村往事，而是执着于一种自身与土地和玉米达成某种骨血的认同。我也相信，他永远不会放弃作为农民儿子的生命基因和胎记。关于土地和玉米的凄美故事，将如同幽深的时光一样绵延伸展，只要他愿意，就可以继续书写下去，而且像对待神话史诗那样无比虔诚。这应该是人类共同的一段永难解脱、血脉相承的生命情结，岁月只能增添其无限魅力。

翅　膀

> 我的肩头站着两位天使：一个是笑的天使，一个是泪的天使。她们永恒的争论乃是我的生命。
>
> ——（俄）洛扎诺夫《隐居》

相　惜

2007 年深秋，天津作协文学院组织了一次难得的赴韩文化交流活动，我因故缺席。现在想来，最大的遗憾，并非漏失一次亲临"韩潮"现场的机会，而是把结识金丹的时间推迟了整整四年。

那次活动的组织者仍嘱我把论文和近照发到指定邮箱，很快便收到署名"金丹"的邮件："尊敬的黄老师：论文收到，照片也收到，文如其人，帅！"我连读三遍，确信无误。"帅"的褒誉固然受用，对于本人也是史无前例，我却并无回复，这点自知之明还是有的。据说金丹是赴韩之旅的向导兼翻译，合理的解释，礼数周到。而今"帅哥""美女"已演变为大众公共交往中的代称或别称，足见其非同寻常的前瞻性，且博爱，且泛爱，且大爱无疆。

至于金丹，感觉上应该是朝鲜族，女性，年纪不很大，职业与中韩文化交流有关。这都是推测。

四年过后，也是深秋，当"金丹"三个字在记忆里渐趋模糊的时候，一个朋友聚餐的场合，我和她初次见面了。果然是朝鲜族女子，双眸纯真，装束朴素，讲一口地道、悦耳的汉语普通话。我们相邻而坐，彼此恭敬。或许担心冷场，金丹说起韩国有个欲知岛，一对母女在那里用双手建造出一座"新伊甸园"，非常了不起。我听得一头雾水。我对韩国民间文化孤陋寡闻，话题若围绕韩国围棋，诸如曹薰铉、李昌镐、徐奉洙、刘昌赫、李世石、崔哲瀚、朴永训等世界冠军的棋人棋事，便可滔滔不绝，如数家珍，只怕金丹兴趣不大。我想起包里有一本书，是著名韩国求道舞蹈家洪信子的自述《为自由辨明》，其精彩程度堪比邓肯自传，忙掏出来，告诉她，本人还为此书写过读书随笔，网上可以搜到。金丹低头翻了几页，提出把书借回去细读，十天内完璧归赵，这没有问题。这本书漂流在外，方失而复得，但我对书的原则是，好书应物尽其用，互通有无，拒绝私有。当然，许多书也因此下落不明。

十天内，使我惊诧的事情发生了。

金丹打来电话，首先致谢，让她知道了洪信子。接着说起她的一个决定：重新整理出版《为自由辨明》，并已做成了三件事：一是联系上了洪信子，正在办签证，争取尽快赴韩与洪信子商定相关细节，补充新资料，再请摄影师拍些照片；二是与该书主要翻译者李晶通过电话，并达成重新出书的共识；三是已与上海一家出版社初步谈妥，下一步就签出版合同。

我听着有点儿晕。《为自由辨明》是作家出版社 1995 年 8 月出版的，由中国女作家李晶和韩国女留学生黄芝美合译完成，其间的一些细节，我还略知一二。当年黄芝美正在天津求学，某天拿着一本韩文书找到李晶家，恳切提出合作，李晶因手头另有写作计划，且不懂韩语，便婉言推辞，黄芝美就坐在那里不走，情绪激动地念念有词，夸赞洪信子如何卓越，怎样非凡，直至把李晶打动。合译过程是这样的：先由黄芝美把书的基本内容用中文粗粗讲出来，再经李晶记录、转述，予以精妙传神的汉语文学呈现。只是时间久远，当事人杳无音信，金丹竟用不到十天的时间就与各方一一取得联系，并找到新的出版方，此效率实在难以置信。若换我，十天能完成其中一件事，就已经是奇迹了。

此外我还有个隐忧，金丹很可能对时下的图书行情缺乏了解，过于一厢情愿。这类书的版税通常为 8%，最好的结果不会超过 10%，与本书相关的人却是方方面面，金丹本人可以分文不取，义务性地付出的人力、时间和心血，但她是不是想过，赴韩的所有费用一定是自掏腰包的。

接下来金丹说的另一件事，使我的隐忧变得近乎可笑。她说自己原打算出一本个人文集《翅膀》，现改变主意，已从出版社取回书稿，考虑用这笔钱资助樊忠慰出诗集，希望黄老师能帮忙联系。我再次惊诧，问她怎么知道樊忠慰？金丹说在网上读到《宇宙的孩子》，还特意找出那期《散文》杂志，她说那么难得的诗歌赤子，我们不出援手，他就会自生自灭，她甚至担心樊忠慰或许已经不在人世了。我告诉她，樊忠慰最近在云南又有新诗集《家园》问世，暂不用考虑，你自己的书，该出还是要出。她却认定自己的作品平庸，以后有了长进再说。又沉吟着表示，既然如此，这笔钱就用给洪信子。我苦笑，调侃她，是不是很喜欢献身慈善？她一笑置之，挂断电话。

我意识到，如此调侃对金丹不仅失敬，还是冒犯，对洪信子则甚至有亵渎之嫌。这些年，早有把洪信子比作再生邓肯的说法，她们的确很相似，但在我看来，洪信子又具备了某些超越性——不同时代使然。比如洪信子说过："在胃口方面，人是很平等的。可是有的人却要赋予一顿饭很大的意义。应该尽可能以最低标准的伙食和最简单朴素的穿戴来满足自己。因为凡内心充实的人不需要从外部寻求太多的东西。"我自知一介俗物，却对这种求道境界心向往之。

世上总有一些人是我们难以用常规蠡测的，洪信子是一位，与之惺惺相惜的金丹也属于此类，而这一切与慈善无关。关于这一点，有金丹的诗为证：

穿过你的思想的终点
我每天放浪形骸于我的精神家园
……为你种下的蓝色妖姬魅惑

舞进酒杯里

那是我心中的蓝色时期

我哭时连同我的酒杯一起流泪

诸神创造了你

只是为了在天籁里冥想你的存在

　　　——（《给我的精神恋人一杯可以留宿的咖啡》）

　　金丹走近洪信子，源于一个生命对另一个生命的吸引和呼唤，如此冥冥抵达，看似突兀，实则必然。

纹　样

　　出于好奇，我很想读金丹的那部自认为平庸的《翅膀》。她迟疑再三，还是同意了。读罢书稿，我的感受与她的自我评价恰恰相反。

　　　独处在不知从哪年就遗失的岁月的残墙断壁前，不经意的一瞥，仿佛远古石阶上的丝绸裹着的惊鸿回眸、唇齿间玉翠叮咚。喜欢圆明园的冷冰冰石柱摸在手心里的粗糙，凄凄野草荒芜如乱发狂舞；喜欢重阳节后的陵园墓碑旁被人踏过的凌乱玫瑰，喜欢风吹落叶如满街满世界的失魂落魄如我般不知来路去向为谁为谁……又见到树叶变褐变黑变灰变没的秋去冬来，雪白雪黑雪融雪又没。（《沉醉荒凉》）

　　信马由缰的抒发，苍凉如诉的心曲，兼得古典意蕴与现代风范的汉语书写，可谓珠圆玉润，浑然天成，很难让人相信其出自一位朝鲜族女子手笔。爱伦堡称三卷本个人回忆录《人·岁月·生活》，是一部"写自己多于写时代的书"，此评价无疑更适用于金丹的许多作品。

　　"翅膀"表征了金丹的一种飞翔状态，它由这样一些元素组成：

朝鲜族女子；出生于蒙古族地区；接受的是汉民族文化教育；嫁的是一位远在新疆维吾尔族地区的空军飞行教官；家庭和事业的根基在延边朝鲜族地区，现在又在北京和天津之间不断地转换。

吉林省前郭尔罗斯蒙古族自治县是金丹儿时的摇篮，祖籍是朝鲜边界三八线经过的江原道铁原郡铁原驿，祖辈迁至广邈的满洲大地。当年曾在总参当密电码翻译的父亲，和农大毕业从延边支边此地的美丽温顺的母亲相识相恋生下五个孩子，金丹是老三。在那段特定的谁也不愿提及的时段里，这一家人也是历尽世态炎凉。是草原接纳了金丹，也给了她最初的乡愁和思念。"草原是孤独的/那是永生与不能再生的怀念/我走后的你是不是更加孤单/草原是永不背弃的情人/恒守着对你的等待/草原是裸体的/就连死去的牛羊也情愿被光裸着风化/捧出曾是滚烫的胸膛、露出嶙峋的瘦骨/变作化石也守着赤贫，耐着剥蚀/向你倾诉衷肠……"（《给草原》）

草原如此切近，而记忆中的父亲却像梦一样难以企及。她常常把身子缩在镇郊的旧谷垛里，哼着那首朝鲜族儿歌："小鸭子呀游呀游，黄色的小鸭子游呀游，不听妈妈的话，游到远方。嘿嘿，怎么办，迷了路哟……"有段日子，那种小鸭子迷路的感觉常常纠缠着她。奶奶就是她的避风港。那些雨天，路途泥泞，奶奶拉紧她，踉跄着在前面踩出一个个深深的脚印，小金丹跟在后面，幻想着变成袖珍女孩，永远躲进奶奶的背影。渐渐懂事了以后，奶奶也老了病了还住进了医院，放学后的她一路小跑着奔向医院，每每经过医院后边的太平间她都是吓得魂飞魄散，她害怕雨鞋发出的踢里塔拉如鬼魂般空旷的回声在后面追逐，吓得脱下雨鞋，光着脚逃一样跑起来，激起泥花四溅。

金丹最痴迷的就是画画。陶醉在随心所欲的忘我境界，她画得昏天黑地，近乎疯狂，直至左眼充血。到医院检查，病根出在右眼，右眼被确诊为先天性黄斑部病变，视力弱得只有0.03，形同虚设，而左眼视力却是2.0，好得像是可以随意挥霍。她这才明白，小时候为什么其他小朋友都可以举着双筒望远镜看不够，唯独自己无法聚焦目力。医生警告她，再这么不顾一切画下去，后果不堪设想。她却无法控制自己停下来不画。一天，她坐在课堂里，忽觉得老师写在黑板上的板书一片模糊，这才终于害怕了。她从学校出来，走在夕阳西下的郊外，站在一堵高墙前抬起头，那一刻竟有种冲动，想象自己爬上墙顶，伸手触摸高压线，只需一瞬间，就可以了结一切……蓦地她听到自己内心的哭声，如果一切就这么结束，不就会搭上另一只是她骄傲的好眼睛，还要搭上灵敏的耳朵和伶牙俐齿的嘴巴吗？所有的风景，亲人的笑声，不就会统统将化为乌有吗？她不肯，她不甘，她的生命刚刚含苞待放啊。她哼着歌，回到家，自告奋勇做了一锅热腾腾的锅贴，全家人吃得欢天喜地。她庆幸自己还活着。只是，别了，达·芬奇，毕加索，还有她最心仪的凡·高……

多少年后，她在农民泥塑家于庆成的作品里重新找回了往昔的痴迷。她发现于庆成手中的泥巴含着火焰、生命、灵魂、血性，看似土得掉渣，却是大俗大雅，大喜大悲，美得让人惊心动魄。不知多少次，她从天津驱车数百里直奔蓟县去拜访于庆成老人家，或者带着各路朋友登上盘山石趣园，跑得气喘吁吁汗流浃背，就是为看看"庆成泥塑馆"又增加了哪些新作品，她的心里有一种朝圣泥土的感觉……后来经她联系沟通，架起了韩中作家间的交往，也促成了"于庆成幸福泥塑院"在韩国南怡岛的诞生。

金丹尽管放弃了画画，却依然受到右眼视力的困扰，最大麻烦就是过体检关。升学、求职、考驾照都要检查视力，她只好"作弊"，救助帮忙，一次次涉"险"闯关。这件事也成了母亲长久以来的心病。前几年，金丹驾车发生过一次小车祸，完全是技术性原因，与视力无关，却使千里之外的母亲再次陷入惊恐和自责，老人打来电话，固执地唠叨着，要把自己的眼球捐给女儿。金丹暗自蒙泪，"亲爱的妈妈，您虽然没有给我健康的眼睛，却给了我健康的洞察力和看事物的美丽视觉，您让我敏感于万物的恩泽，寄我以纤细的感觉于风雨柔情或仗剑天涯的豪迈之中，我已经是无从感激您的恩德了……我的想象力是一流的，这难道不是我的得天独厚吗！"为消解母亲的"胡思乱想"，金丹再次施展"嬉皮笑脸"的惯用伎俩："哈哈哈，妈妈，这些年女儿打拼世界所向披靡，靠的就是独具慧眼，这不正是您老人家给我的专利吗？怎么，您打算反悔？金太阳，漂亮妈妈妈，我是认真的！"女儿耍宝式的顽皮狂逗，终于使母亲破涕为笑。

金丹天性敏感，无来由的幻灭感就能把她推进万丈深谷。一天，学校里来了十几位挖排水沟的劳改犯人，她望着那些奋力干活的凌乱身影，忽生出难以名状的悲哀。想象着当时也挣扎蛰伏于类似场景之下的父亲，她偷偷喝了一瓶的白酒，渴望醉生梦死。"我极疲惫地在我二十年的生命里挣扎着，我的生命是在追赶着一面跑在我前面的红旗，而我沉溺于路边叫作自卑的黑色小花的迷人的诱惑中听凭她的香色浸透我的前身，全然无所谓那是在慢性自杀。……我感到了累，真想永远睡去，不再让我的心儿流浪。"（《带我走出自卑》）她最终没有陷落，是因为天性中同时活跃着自强不息的因子。

朝鲜族作家九哥的《冥想集》是金丹翻译的，其中《纹样》是这样写的："伤口/可以看作/造物主怕我们的人生太单调/而加入的纹样。"此言极富意味，当是她冷暖人生的深邃诠释。

童　话

荻原朔太郎在日本被称为"现代抒情诗之父"，他对浪漫主义的表述是："通常怀有从普通一扇窗子里展翅飞向奇诡世界的梦想与冒险之心。"读来有欠畅达，应是翻译的问题，意思却很清楚。金丹从小多梦，素有冒险之心，少女时代更是把浪漫与流浪当作近亲。她的枕边总放着那本翻烂了的《哭泣的骆驼》，对三毛喜欢得一塌糊涂，"喜欢她的追风般自由的性格，喜欢她的特立独行，甚至喜欢她苍凉的抽烟的姿态；喜欢她的波西米亚的装扮，甚至喜欢上了热爱三毛能为三毛生死相随的大胡子荷西；喜欢《橄榄树》，喜欢《滚滚红尘》甚至爱屋及乌的由此喜欢上了林青霞和秦汉头上蒙着披肩跳舞的浪漫，喜欢三毛的一切，甚至喜欢上了她告别世界的独特方式"。

金丹常常趴在自家屋顶，看着天上飘动的云彩，它们时聚时散，就像许多双变幻的翅膀。她不曾想过，自己将来会把爱情的翅膀托付给大漠长天。

23岁那年，金丹第一次接受了相亲的方式，在延吉公园门口初次见到身穿橄榄绿军装的龙。既为相亲，就该态度认真，她这么想着，就走上前，坦坦荡荡地端详着那张年轻的脸庞。龙也在看她。四目相对，眼缘颇佳。漫步中，龙谈到了三点想法：第一，他是家里老大，要养父母；第二，他是军人，会两地分居；第三，女的要好。金丹嗤嗤一笑说，"有第三条，就足够了。"又问龙："这三点，是不是你的经验总结？"龙老老实实点头，反问："你也不是第一次谈吧？"金丹绷住脸说："和你，是第一次。"俩人都笑了。龙介绍自己是飞行教员，金丹傻乎乎问他会不会开飞机？龙让她猜，金丹懂了，又一阵笑。返回路上，金丹忽然觉得这个飞行大兵很危险，让自己毫不设防地傻说傻笑了一个中午。

不久，老天不失时机地烧了一把熊熊大火。金丹没在现场，一回来目瞪口呆，黑洞般的宿舍已是空空荡荡，面目皆非，她还没明白怎么回事就沦落成了"难民"。龙闻讯赶来，把失魂落魄的金丹扶上自行车，接回他的家。一路上，她听见他竟不无得意地吼着《一无所有》："我曾经问个不休，你何时跟我走……这是你的手在颤抖，这是你的泪在流……你这就跟我走……"她却恍惚在想，如果自己当时在场会怎样呢？她会奋不顾身地扑进去，先抢救写了十几年的日记本，还有旧日画作，还有满书架、满床铺堆积的书……

金丹母亲最初见到龙，曾大为疑惑，本以为女儿心气极高，领回家的怎么也该是一个画画很棒的小伙子。金丹一脸坏笑，告诉母亲，"他可是个不得了的大画家，画起画，他会把天空当画布，把飞机当画笔！"

龙曾是空军第八飞行学院的学员，毕业后留校任教。那个地方在新疆哈密，有个诗意的名字叫"柳树泉"，却早已被绿洲放逐。金丹去探亲，要坐七天七夜的火车，下火车还要换乘汽车继续赶路。飞沙走石中，火车疲倦不堪，如同一粒小黑点在缓缓延伸。四面闭合的车厢闷不透气，旅客们像是被单调的车轮节奏颠碎了身架，麻木而痴呆地东歪西靠着。车窗外满目荒漠，视觉中的黄褐色连接茫茫天边，没有尽头，如果不是爱情的招引，她不知道自己还能不能守住忍耐的极限。迷离间，她甚至有过瞬间冲动，拉开车窗就这么往下一跳，结果由它去吧。曾有报道说，这一段没完没了的戈壁旅途是精神病发作的高危区域，每年都有跳车事件发生。

当一名飞行员的妻子意味着什么，金丹想得并不复杂，感觉"自己就像那小鸟，专心致志地在龙为我筑起的不算太简陋的小巢里，恋窝，梳羽，孵蛋"，就行了。她常常痴望着一架架威风凛凛的飞机出没于天空，还做出形状漂亮的飞行编队，直到眼睛被阳光刺激得泪流不止，却总也认不出龙究竟驾驶的是哪架飞机。一位"资深家属"给她出主意，到机场一看就清楚了。于是金丹搭军用卡车进了机场，经学员指点，果然看见龙正神色自若地钻进机舱，那架飞机呼啸着冲向天空，越来越小，直到无影无踪。她闭住发黑的眼，心咚咚狂跳，不敢再看下去。

金丹曾被评为"地区好军嫂标兵"，贤妻良母，还是标准的好儿媳，有口皆碑。然而那鲜花与掌声的背后，一个飞行员的妻子曾经有过怎样不堪回首的等待，外人很难体会。有人问金丹：为什么独自拉扯着幼小儿子，而不去当随军家属？她总是无语。她知道自己可以在等待中忍受孤独的折磨，思念的煎熬，尝尽一个人的苦辣酸甜，却无力扛住那一份使她肝肠寸断的担惊受怕。我读过《等你》，正是那些容易被认为是芜杂凌乱、断裂不整的诗句，表达了一种空谷足音般的大情至爱：

> 在等你的日日夜夜里耳朵会失聪
> 眼睛会失明
> 手指会腐烂
> 可我依旧还会用最后剩下的灵魂等你

这首诗与《汉乐府·上邪》有神似之处。"上邪！我欲与君相知，长命无绝衰。山无棱，江水为竭。冬雷震震，夏雨雪。天地合，乃敢与君绝。"它们隔代辉映，同为绝响。技术的世界是人类心灵异化的温床，现代人正在活得越来越聪明、潇洒，务实，地老天荒的爱情已不值得敬畏，红尘万丈，物欲横流，我们可曾听到为灵魂为自身的轻佻而哭泣吗？

昔日的柳树泉机场，而今已脱胎换骨为崭新的石油城。金丹依然吟唱着世外桃源般的田园牧歌，"在一个夏日温暖的早晨，我看着你/看着枕边的梦境/你的浅笑长在雪白的被角/宛如母亲子宫中盛开的花朵……一条花色麻绳从天而降/上面系着安静的颤巍巍的竹篮/牛奶、豆浆，还有黄灿灿的油条/这是个宁静的时刻，我抚着阳光的声息/以及你睡衣上倦怠的汗味"。（《在五百年后的一个温暖的早晨》）

是谁为我们送来爱情的童话？正是"翅膀"。

孤　行

初冬与深秋的交替仪式，在中国北方只不过是转眼之间的事。金丹从韩国回津，立即邀李晶和我在一家饺子馆小聚，分享她的收获。我意外的是，她的座驾是辆大吉普，一副风尘仆仆的样子，肩包鼓鼓囊囊，既大且沉，里面塞着书籍、杂志、记事本、录音笔和材料夹子，手里还拎着电脑。金丹像是永远要把自己的心装得满满，而不肯忍受片刻闲置。

我们找了一处可以通电源的地方落座。提起洪信子，金丹忙不迭打开电脑，点出近百幅照片，鼠标的移动让人目不暇接。背景在京畿道"笑石舞蹈基地"，洪信子颇具风仪和气质，那个头戴宽檐帽、貌似王洛宾的男人叫思世，是德国汉堡大学韩语系创始人，洪信子的老公。金丹朗声笑道：两位古稀小孩，一对神仙眷侣！相见恨晚的喜悦溢于言表。她还播放了思世即兴演唱的几首德文歌曲，那声音有磁性，听起来真像是一位小伙子。

这时候的金丹是最真实的。只要她认定的事，没有什么力量可以阻止她的一意孤行。这一点与洪信子非常相似。

韩国并不是洪信子生命大戏的最重要舞台。1966年她赴美深造英语，转年已是27岁。强调这个年龄，是因为这时候她做了一个在常人看来纯属异想天开的抉择。极偶然的机会，她被现代舞蹈大师阿尔温·尼古莱的表演震撼了。她发现，当人面对一种情感、欲望、想象和哲理而失语，却能借助手、臂、腿及全身技能构成的舞蹈韵律，表达灵魂的飞翔。她赶到尼古莱创办的一家舞蹈学校报名，尽管27岁的生理年龄对于舞蹈初学者几乎是不可逾越的障碍，但她的一意孤行还是打动了校方。经受了整整八年的法西斯般残酷训练，她终于脱胎换骨，在35岁那年完成了毕业表演，校长承认："从今以后，再也没有什么可教你的东西了。"这期间，她还获得了哥伦比亚大学硕士学位，但这并不是她最需要的，她希望把现代舞变成一种人类生命的通感，于是赴印度求道，拜冥想大师拉吉尼师·曼德和尼萨哥达·玛哈瑞吉为师，挑战孤独的极限。为了超越对死亡的恐惧，她随身带一个骷髅，用它饮水吃饭，枕边入眠，朝夕为伴。她常常沿着印度河边流连忘返于一个又一个火葬场，在那里唱歌、跳舞、冥想。目睹许多印度民众不是死后去那里，而是活着的时候为了接受死亡去那里，那种对于死亡的从容和通达使她深深敬畏。三年后她在返美途中大病一场，奄奄一息，却感觉自己的身体仍在跳舞。她相信舞蹈的自由并非来自身体而是灵魂。经历了一段惊险的爱情与疲惫的婚姻，她独自来到夏威夷火山口森林深处，建造一间小木屋，独居、静修和冥想。此后无论身居何处，她永远只听从内心的召唤，"做我想做的事"。

九十年代，洪信子曾应邀数次来中国做交流演出，那时金丹还在延吉上班，满脑子"大兵"情结，正沉浸于《情洒新疆》的主题散文写作。她在三年时间里写了23篇散文，连载于《延吉晚报》，部分作品发表在《解放军文艺》，其文字格调自然很符合公众期待中的"军嫂"风姿："也真逗，一身军装、一双雨鞋的他，竟让我死心塌地为他长途跋涉，给他送去一月的温情，一生一世的恋意；再背回满腹的留恋，一身的疲惫。"

1996年冬，金丹完成了散文诗《我·断笛·乌鸦·猫头鹰》，

"我在走。我从远古而来，为一种真实的笛音，我走过几个轮回，我还在走。"呈现出的精神轨迹，与军嫂形象判若两人。这只能说明一个事实，金丹与洪信子素昧平生，却灵犀相通。她们必将相逢，这是一种命定。

> 为了不知从哪个世纪就开始的某种真实的笛音，我又重新开始了我的追寻。依旧是我的长发，我的叶裙，我的用头发编织成的美丽的带子，系于我的胸前的断笛，赤足走在轮胎与高跟鞋的拥挤里。
>
> ……在乌鸦欢歌的枝头，我梦中的老狗温良地从开裂的历史门洞里挪出，它的双脚已搭不到我细小的肩头，流淌着两股浊泪的眼睛，让我想起这分明就是等不及我回归的母亲。狗那已不再潮湿的鼻子头，倾诉着多少个轮回的忠诚与守候。
>
> 穿过荒漠时，搂着驼峰，笛音在耳畔似母亲在哼着摇篮曲，让我不再想念绿洲是什么；到了草地，白马的长鬃飘飘，荡起我的衣裙，我的断笛在胸前快乐地颤抖。

这位孤行者心无旁骛，义无反顾，虽九死其犹未悔，其坚忍执着跋涉的背影，很像鲍鹏山对孔子的那种评价——"敢于一意孤行的人必有大精神，大人格"。结局是悲剧还是喜剧，似乎已经不重要了。金丹涉猎过许多文学体例，非故事性的生命独白最能体现天马行空式的写作气质。显然，她更擅长于打破叙事边界的心性抒写，以我为主，自由自在，如俄国作家洛扎诺夫所说的："文学本质并不在于虚构，而在于内心对倾诉的需求。"金丹是孤行者，更是践行者。人们由此会发出爱伦堡式的感慨："世上写诗的人很多，诗人却很少。"唯其很少，俗世也才容易少见多怪，视为异类。

多 面

欲知岛在韩国西南部的一处偏僻村落，三面环山，一面靠海，去那里需乘船一个半小时，过去鲜有人知，现在却备受世人关注。欲知岛的主角是两个女人，母亲崔淑子，女儿尹芝英，她们的身高都只有一米五上下，体重大约 40 公斤左右，瘦小枯干，弱不禁风，谁都不相信她们会是奇迹的创造者。而正是她们，经过十多年苦役般的劳作，用双手把圣经故事建成了一座真理之城，一个未来的世界性的圣地主题公园。她们终于让欲知岛的一席海角拥有了一个崭新的世人瞩目的地理名称——"新伊甸园"。

其间的艰难岁月惊天地泣鬼神，感天动地。起因并非是必然的。最初，崔淑子的身心遭受重挫，读大学的芝英由于胃癌晚期被判缓期三个月的"死刑"，母女俩几至万念俱灰，拯救她们的是精神上的强大信仰。她们抛弃所有，相互搀扶，穿过被野草覆盖的路径，东拐西绕进入一片荒芜的阳地村，落下脚跟。为什么选择来欲知岛？因为她们坚信，"新伊甸园"就应该建在荒凉之地，而不是繁华闹市。她们赤手空拳，连工具都没有，只在一处倒塌的旧屋子里翻出了没有杆的锄头和勺子，就开始砸石刨地，盖房垒墙。一天一尺地挖掘，加固几个被虫子啃噬的残留柱子，用石头垒砌房子，算是有了栖身之地。接下来砌祭台，她们把捡回的大小石头排成一列，在上面放进用水搅拌的和石粉，再垒上一排石头，一尺，二尺，垒到一米高，她们觉得太慢，墙没干透就急着垒石头，结果墙壁轰然倒塌，若非躲闪得快，早就被埋进了乱石堆。干如此沉重的体力活儿，每顿却只吃胡萝卜，由于极度缺乏营养，几年来母女俩的牙齿都掉了，日后被外面游客见了，竟以"奶奶"相称。她们的胆量也在与日俱增，过去女儿芝英遇见蟑螂都会哆嗦，那天居然举起菜刀，勇敢地砍断爬上炕的一米多长的大蛇。巨大信仰支撑着她们，最终完成了令人难以想象的大石头工程。

近年春晚，刘谦有一句为人津津乐道的口头禅："见证奇迹的时刻。"其实，欲知岛的奇迹才是货真价实的。2008 年 6 月，金丹偶然看到韩国 KBS1 电视节目有关欲知岛的报道，立即有了一种被点燃的感觉。电话联系，确定日期，牵肠挂肚，寝食不宁，仿佛害了单恋。当她搂着一对母子熊猫抱枕出现在仁川机场的时候，内心的激动无以言表。2009 年 5 月，她再次踏入欲知岛，并与崔、尹母女一起种红薯。2010 年，金丹出资把母女俩接到天津、北京，陪同她们参观游览。2011 年 12 月初，金丹赴韩见洪信子期间，忙里抽空，第四次见到了那对母女。我曾有过闪念，若非出于悲天悯人的"慈善"情怀，金丹如此缠绵的欲知岛情结又作何解释？这却是又一次误读。她在《我一直觉得我能懂你》写道："假如我能真的听得懂你——风、石头、树、鸟还有海的声音，我就会死死缠住你不会放过你的呀，就不会因为听不懂你的声音而如此之疼痛之伤感……"她一次次把自己投入进去，确有"向善"的心理因素，骨子里的动力源却是"求真"——求生命之"真"，求灵魂之"真"。也就可以理解了，为什么欲知岛在她的眼里，"是一个只有质地干净的心灵才可以拜谒的地方"。

把"梦幻般的心灵之约变成现实"，并不是谁都可以做到。一些人望而却步，常常是因为有心无力。这涉及到"能力"问题。毫无疑问，金丹具备了这种能力。关于自己的职场经历，她很少提及，可以埋解为行事低调，但我还是有所了解。12 年前，龙从新疆转业来津，成为一名民航飞机驾驶员，金丹夫唱妇随，从延吉调入天津银行监管部门任职中层，并曾被团中央评选为全国优秀团干部，工作的繁忙程度可想而知。

就社会层面、职场身价、经济收入、专业背景、消费水准的综合考量，金丹属于超出普通民众生活水准应该是没有错的。中产阶级既是社会经济潮流的受惠者和既得利益者，也是维持现实秩序稳定的社会基础，并由此形成了相应的人生价值取向和文化趣味，正所谓"存在决定意识"。一般说，他们多忙于商务，注重效率，讲究实惠，缺少直接参与社会政治议题的热情和兴趣，看轻"天下兴亡，匹夫有责"的思想启蒙角色，道德激情淡薄，很容易"事不关己高高挂起"。事实上，我对"中产阶级"绝无偏见，只是想客观地表达一种事实或常识。

哪种事实才是金丹的生命真相？这是很容易辨别的。金丹固然与洪信子有极为相似的异质天性，却在生活中删繁就简，与常规为伍，只能孤行于自己的精神荒原。她形容自己恍惚像是坐在电影院里，电影与现实生活完全不一样。这使我想起索菲亚·罗兰的一段自述，她说一直把自己的脸当作面具，以掩盖公众场合中的内心活动，当这个面具习惯成为第二天性，日子反而好过了。人在现实，或许会无奈地付出相应代价，关键是不能失去灵魂的飞翔状态。法国作家纪德曾承认，"在生活中，我尊敬了许多也许并不如此可敬的东西"，他感谢文学给了自己生命的尊严："我在写作中比在生活中更为勇敢……"

只有飞翔的翅膀，最真实，也最自由。

"才尽" 与荷尔蒙

　　海明威在生命接近尽头的岁月里，最不堪折磨的，并非纠缠不休的病魔，也不是几乎使他"体无完肤"的伤痛，而是很可能永远无法写作的绝望。这位硬汉一生喜欢冒险，热衷博弈，年轻时曾迷上拳击，在西班牙的潘普洛纳斗过牛，还有过若干惊心动魄的战场采访经历，但使他其乐无穷的还是写作，"此外一切都是小事"。他甚至把写作的享受当成"猎狮"，始终为"射这一头时就想到还要射下一头"而激情澎湃。那时候的海明威，笃信自己体内的荷尔蒙永无衰竭。由于过度挥霍、透支自己的健康，他逐渐思维迟钝，雄风不再，竟至完全丧失了写作能力。他向朋友诉苦："我整天都在这张该死的写字台前，在这里站一整天。我要干的就是这么一件事，也许只写一句，也许更多一点，我自己也说不准。可是我写不出来，一点儿也写不出来。你晓得，我不行啦！"62 岁的海明威不久就对自己的"才尽"有了终极交代，以一种尊严的"示弱"方式告别人间——把心爱的双管猎枪插进嘴里，然后扣动扳机……

　　捷克当代最伟大作家之一的赫拉巴尔，半个多世纪来创作力持续不衰，其著名的传记体三部曲《婚宴》《新生活》《林中小屋》就是在他 70 多岁的暮昏季节完成的。1997 年初春，朋友们都在为他张罗庆祝 84 岁生日，正住医院的赫拉巴尔却因"才尽"而郁郁寡欢："我都想死了，还庆祝什么生日？"即将出院的他何去何从？他的最终选择，便是从五楼病室的窗口坠下。很显然，他不能允许自己成为一个形同虚设的作家。

雪莱曾为华兹华斯诗歌写作的"骤然衰落"而扼腕叹息："最初是崇高，感人，可敬，深邃；继而转为乏味；又转为沉闷乏味；噢，现在就只是乏味了——这样厉害的乏味！极端正统的乏味。"巴乌斯托夫斯基则在《金蔷薇》中如此感慨："有一桩事情，连我们强大的想象力也是无法想象的。这便是想象力的消失，这也意味着它所孕育的一切事物的消失。如果想象力消失了，人也就不成其为人了。"雪莱说的"骤然衰落"，巴氏说的"想象力的消失"，与中国文学写作语境中的"才尽"，大体是一码事。

作家的"才尽"过程，往往悄然而至，不动声色，却卓有成效。它一点点蚕食、掏空作家的创作力，待本人察觉，已是无可逆转，徒叹奈何。这个过程有点儿像"温水煮青蛙"，即使当事者会有疑惑、煎熬和挣扎，也会逐渐适应着步入终点，而并不如"江郎才尽"的故事由来，听起来像是一个不无诗意的趣味寓言。在我看来，江淹这个历史人物之所以比较特别，不是因为他曾写出过文采斐然的《恨赋》《别赋》，而是向后世贡献了"梦笔生花"与"江郎才尽"那两个成语典故。相传江淹初任浦城县令时，一天漫步郊外，歇宿而眠，梦中见神人授他一支五彩神笔，自此文思过人，"梦笔生花"，一时竟成了南朝的文章魁首。谁料好景不长，钟嵘在《诗品》道出了此中奥秘，传说江淹再一次做梦，梦见郭璞（晋代文学家）向他讨回了五色彩笔，于是被可怜地打回"原形"，以至于才思平庸，名落孙山，成为流传至今的谈资和话柄。

李国文先生曾在《文学自由谈》发表了《人老莫作诗》的随笔，也涉及到江郎才尽，却是为了展开一个更具针对性的话题。清代袁枚说过："诗者，人之精神也；人老则精神衰蒇，往往多颓唐浮泛之词。香山、放翁尚且不免，而况后人乎？故余有句云：'莺老莫调舌，人老莫作诗。'"（《随园诗话》）类似袁枚的感受，19 世纪的美国作家爱默生也有，他在日记中沮丧地称自己是"失去才智的人"，还叹息，"是我追求缪斯，还是缪斯追求我，我发现二者有天壤之别：这就是老年与青春之间丑恶的差异。"年近八旬的李先生深以为然，并举一反三，侃侃发挥，"一个文人老了，见到明眸皓齿，婀娜多姿，青春亮丽，笑靥迷人的小女子，竟然槁木死灰似的无动于衷，竟然心如古井般的波澜不惊，你还指望他会涌出什么诗情来呢？……这也是当前，好多无性趣之人写出来的诗，有一股泔水气味；好多谈不动恋爱之人写的小说，有一种猪食感觉的原因所在"。就李先生的观点，子川先生发表过商榷文章，认为"'江郎才尽'，其实与年龄无关，……典故中的江郎，才尽之日尚是弱冠少年"，并举出帕斯捷尔纳克、汪曾祺、洛夫等中外作家的成功个案，以证明李先生所言有误，不必"非得要把老年人从诗歌、小说创作现场驱逐出去"。其实，李先生只是就某些现象出发，道出了一个文学写作年龄上的基本规律，我们不难意会其中妙趣，一味在老当益壮的作家里面挖例证，找论据，即使个案充分，也难以服人，且意思不大。

"才尽"意味着作家的写作名存实亡，之所以如此，可以有种种缘由：年龄老化对于写作，自然是最常见的制约因素；体弱多病，也有可能形成写作羁绊（有些疾病除外，比如肺结核和某类精神病之于卡夫卡、荷尔德林、尼采等）。此外，诸如生存困境造成的麻木，物质优越引发的懒怠，功成名就带来的满足等等，都可以使写作停顿、弱质、退化。丁尼生早在 100 多年前就表示过，"如果写诗不能像树上长叶子那么自然，就不如不写"。这位英国诗人没有理会诗人年龄，而更在意于诗歌状态。作家靠什么保持一种旺盛的写作状态？这就涉及了一个常常被人们回避、却又心照不宣的写作内在原因——荷尔蒙问题。这个问题绝非无足轻重，很显然，一旦出现荷尔蒙锐减，必然导致作家的智能衰退，想象力贫乏，创作力衰竭，比之过去甚至会判若两人。

前不久，作家陈九打来电话，聊天中忽然声音沉重起来："你知道我现在最恐惧的是什么？是荷尔蒙的流失！想想吧，那些本可以制造经典的庞然大物，作品之所以无精打采，每况愈下，根子不就是荷尔蒙那家伙悄悄溜号了？它们溜得那么隐蔽、突然、绝情啊，连个招呼都不肯打，我们还靠什么写作？"我心头一震，深受触动。看上去写作状态正佳的陈九，却有如此杞忧，岂非故弄玄虚？不是的，以我对他的理解，这种焦虑预示着一位作家可以清醒地评估自己，把握主动。相比之下，大部分作家却似乎普遍缺少荷尔蒙的危机意识，而习惯于知天认命，任其生灭，或乐得以"绚烂归于平淡"而自我慰藉。

　　特定意义上说，荷尔蒙之于作家本体的作用，怎么估价都不为过。作为必不可少的生命激素，持续旺盛的荷尔蒙（力比多），可以为作家写作提供无度、越轨、澎湃、恣肆的智能、激情，以及种种奇思妙想，实在是功莫大焉。某种意义上，荷尔蒙甚至可以构成作家的状态本身，它所激活的东西，既是主体又是客体。有记者问刘恒："戏剧、小说、电影，或者现实生活本身，哪种式样更能让你兴奋？"刘恒的回答非常直截了当："我有足够的荷尔蒙，可以让我长久地爱它们——爱它们全体！"一位媒体人这样问严歌苓：你觉得造成创作低潮的原因是什么？严歌苓坦言："精力、荷尔蒙、分泌，都有关系。"这意味着，不再刻意回避荷尔蒙问题的当代中坚作家，对如何保持自身状态，已经获得了更加逼近生命深处和写作奥秘的认知境界。

作家风范

　　"文人相轻，自古而然"，历代中国知识分子皆耳熟能详，心领神会。曹丕的这句名言并不深奥，却因点中文人身上的一处"死穴"而意味独具，奥妙无穷，流传至今。有些智者甚至将其调侃为国粹之一种，认定只要有文人在场，便会演出争吵、嘲讽、算计、攻讦的连台好戏。按钱钟书的幽默说法，文人相轻只要无伤大雅，一般不会导致太严重的负面效果。"文人好名，争风吃醋，历来传作笑柄，只要它不发展为无情、无义、无耻的倾轧和陷害，终还算的'人间喜剧'里一个情景轻松的场面"。但这一现象凸显的毕竟是人性弱点，不免令人遗憾。

　　就连列夫·托尔斯泰这样屹立于世界文学圣坛的旷世文豪，也常常未能免俗。高尔基笔下对托翁的最初印象是，"他走进来，他身材矮小，可是所有的人马上变得比他更小了……倘是一尾鱼，他一定是在大洋里面游泳，绝不会游进内海，更不会游到淡水湖里"。托尔斯泰的霸气带有顽童特点，他对自己作品的评价自负而可爱："关于《战争与和平》，用不着假谦虚，这是跟伊利亚特（荷马史诗）一样的东西。"很多世界大文豪都不入他的法眼。他对但丁、莎士比亚不屑一顾，对同时代的陀思妥耶夫斯基不以为然，并且在夸赞契诃夫的同时，总是贬低与自己相差 40 岁的高尔基。高尔基不解，问契诃夫这是为什么？契诃夫道出了其中奥妙，认为托翁这是在嫉妒高尔基的文学才能。

巴尔扎克也曾有过被妒忌折磨的经历。1839 年，他在巴黎《立宪报》读到《巴马修道院》第一章（这部分内容主要是描写滑铁卢战事），便在给友人的信中坦白了一段内心挣扎："我简直起了妒忌的心思。是的，我禁不住自己一阵醋上心头，我为《军人生活》（我的作品最困难的部分）梦想的战争，如今人家（司汤达）写得这样高妙、真实，我是又喜、又痛苦、又迷、又绝望。"巴尔扎克毕竟是巴尔扎克，他静下来，再次读司汤达，重新回归阳光心态，并写出《司汤达研究》一书，完成了精神境界的自我超越。巴尔扎克对司汤达的推崇令一些同行感到迷惑，甚至有人猜测其中是否存在猫腻，巴尔扎克却毫不在意那些近乎侮辱性的误解，表示自己对司汤达的赞誉完全是"诚心实意"。

　　若说文人相轻的现象普世皆是，古今莫外，也绝非事实。1844 年，陀思妥耶夫斯基还仅仅二十出头，这位无名小辈写出了小说处女作《穷人》，犹豫很久，终于鼓足勇气把书稿送给诗人涅克拉索夫征求意见，他最大的愿望是能在别林斯基主编的《祖国记事》杂志发表。两天过去了，没有回音。陀思妥耶夫斯基枯坐家中，六神无主，一直被自卑心理煎熬着，甚至怀疑自己做了一件傻事。直到深夜，他才灭灯昏昏欲睡。凌晨四点左右，一阵门铃骤响，他懵懵懂懂爬起来开门，立即被旋风般闯进来的涅克拉索夫张开双臂抱住了。激情澎湃的诗人把内向羞涩的陀思妥耶夫斯基拥在怀里，边亲吻边欢呼。涅克拉索夫又拉着陀思妥耶夫斯基赶到批评家别林斯基家，手里挥舞着《穷人》的手稿喊道："又一个果戈理诞生了！"被斯蒂芬·茨威格誉为"《旧约全书》以来最伟大的文学巨匠"的陀思妥耶夫斯基，最终走上了世界文坛之巅。

　　其实，"文人相轻"的反例在中国历史上也并不缺乏，虽然它们更多地具有个案性质，却铸就了"文人相重"的风范和亮点。

　　唐代两位伟大诗人，33 岁的杜甫与 44 岁的李白初次相逢于洛阳，一见如故，同游同醉。杜甫曾写过有关李白的诗竟达十首，赞之为"白也诗无敌，飘然思不群。清新庾开府，俊逸鲍参军。"近现代国学大师之间的惺惺相惜，高山流水，更不乏其例。梁启超说，"我的等身著作，不如陈（寅恪）先生一篇几百字的论文"。而在陈寅恪眼里，"先生（王国维）之学博矣，精矣。几若无崖岸之可望，辙迹之可寻……"郭沫若在《论郁达夫》中写道："英国的加莱尔说过'英国宁肯失掉印度，不愿失掉莎士比亚'；我们今天失掉了郁达夫，我们应该要日本的全部法西斯头子偿命！"大陆当代文坛，韩少功评价史铁生："我以为一九九一的小说即使只有他的一篇《我与地坛》，也完全可说是丰年。"这些推崇之语丝毫没有降低梁启超、陈寅恪、郭沫若、韩少功们的应有声誉，我们也并不觉得言过其实，夸大其词。

旅美作家陈九先生，最近对我讲了他的一段"汗颜"经历。前不久，他在《世界日报》发表了散文《母猪沙赫》，转天接到一个电话，里面的山东口音已显苍老，自报姓名"王鼎钧"，令陈九又意外又惊喜。王鼎钧已86岁高龄，"百度百科"介绍他为"当代著名华文文学大师"，与余光中齐名，他组织纽约华人作家成立了一个"九九读书会"，大家尊称其"鼎公"。鼎公告诉陈九，近期读书会专门要讨论他的散文，并说："你的散文真好啊，我写了一辈子，赶不上你这一篇。"口吻不像是在调侃，陈九诚惶诚恐，无地自容。我却私下纳闷，难道作家一旦移居海外就能脱胎换骨，不再文人相轻了？陈九最大的感慨是，鼎公健康，海量，而自己做不到。我说："是的，是的，我们都做不到……"

鲁迅认为，文人相轻不外乎三种情况：其一是自卑，其二是自高，其三是批判。原因还是出在"文无第一，武无第二"。与之关联的结果，便成了文人相轻，武人相重。武人过招，简单回合，便知彼此功夫如何，胜负决出，成王败寇，低手佩服高手是很自然的事，非但不丢脸，还会被视为豪侠风度。文人则无法过招，其高下很难分辨，顶多各有千秋，于是互不买账。或许初出茅庐之时，童真未泯，青涩难免，文人还不大懂得世故和伪装，尚能彼此欣赏，尊重内心，快意融融。随着功成名就，气象始大，逐渐形成并稳固了座次意识，圈子思维，态度矜持，讳莫如深，或阴阳怪气，插科打诨，顾左右而言他，越来越吝啬于对他人的褒奖和夸赞。似乎既然承认"文人相

作家风范

轻，自古而然"，一山难容二虎，褊狭病态，唯我独尊，指桑骂槐，造谣生事，都成为顺理成章，天经地义，都可以冠冕堂皇，任其放任。可以想象，一旦出现不利于同行的风吹草动，暗中推波助澜，落井下石，此非天方夜谭，历次"运动"中的不齿事例，可以证之者太多。

唯其如此，我常常凝视一些豁达、磊落、诚实的文坛大师的阳光面容，而陷入沉思。我们曾过于看重大师的霸气与威仪，而忽略对其内心修为的关注。其实大师更有着与之匹配的胸襟、度量、敬畏、谦逊。即使间或得意忘形，手舞足蹈，口无遮拦，大师也是那么可敬、可爱、可亲。巴乌斯托夫斯基在《金蔷薇》就契诃夫写过这样一段话："我觉得凡俄语中可用之于契诃夫的词汇都已说完，用尽了。对契诃夫的爱，已超过了我国丰富的语汇所能胜任的程度。对他的爱，就如一切巨大的爱一样，很快就耗尽了我国语言所拥有的最好的词句。"那是一种动人的"契诃夫感"，他甚至认为契诃夫"善良、谦逊、高尚、勇敢"的品性和境界，业已构成了俄罗斯文学的"性格遗产"。那金子般的风范和亮点，属于契诃夫，也属于巴乌斯托夫斯基。

"师承"的隐秘影响

"没有师承，就没有借鉴。"34年前，老作家冉淮舟对我说出这句话时的那种踌躇满志，至今记忆犹新。那时候共和国刚刚结束了一场文化浩劫，对于千疮百孔的文坛，有关作家"师承"的话题不仅陌生，而且玄妙，刚刚二十来岁的我，自然是听得懵懵懂懂，我更感兴趣的，则是冉先生的"孙门（孙犁）弟子"的略显神秘的背景与身份。去年在北京的一个会议场合，我与已是古稀老人的冉先生重提，重提他的这句话，冉先生竟挠着苍苍白发，现出一脸茫然，令人只能感叹岁月的无情。

或许当年冉先生说起"没有师承，就没有借鉴"，也仅仅是即兴之谈，却不经意地道出了作家成长的一个重要规律。作家的写作，通常具有顽强的传统性和因袭性，这是艾略特一再强调过的，这也决定了一个重要事实，任何一位划时代的作家，必然离不开文学前辈的优秀基因和经验积累。这个事实也意味着，文学史中的开先河者，对后世作家的潜在影响总会化作一种先天优势，其惯性作用类似于先入为主，先声夺人，而形成了前后衔接的"文学史链"。

不过什么事都有例外。有访问者问史铁生："您觉得在写作方面，受哪些作家的或是作品的影响比较大？"史铁生回答："好像没有……"听口吻，说这话时史铁生似乎还有点儿不好意思。确实，我们很难从史铁生的写作中发现任何文学师承的轨迹。史铁生如此解释："其实我看的文学作品、小说并不多，就是现在我也几乎看不完一本书，除非是一篇很短的小说。因为我主要是看他的方式，他的方式就是他的态度，他看世界的态度。我一旦把这个看明白了，我就不要看他了。"史铁生的"无师自通"几乎就是命定，用他自己的说法叫"职业在生病，业余是写作"。他更多的不是文学家，而是思想家，因为这是他无法回避的一种被动选择。王安忆很懂得史铁生，曾说，"不是说史铁生本性里世俗心重，而是外部生活总是诱惑多，凭什么，史铁生就必须比其他人更加自律。现在，命运将史铁生限定在了轮椅上，剥夺了他的外部生活，他只得往内心走去，用思想做脚，越行越远"。坐在轮椅冥想，用脚思考生命，所有问题只能是由自己来想通。《我与地坛》《命若琴弦》《无虚笔记》《病隙碎笔》，这样的存在之思怎么可能与"师承"沾边呢？

但多数作家都会承认，自己的写作或多或少都受到过中外某一类作家的影响。即使本人没有明确说明，嗅觉灵敏的评论家也能从他们的作品感觉出来。赵玫曾说自己"宗教般地崇拜和热爱着这个杜拉斯"，赵玫、林白、陈染们的早期写作也确实有着明显的杜拉斯影子，读《欲望旅程》（赵玫）、《私人生活》（陈染）、《一个人的战争》《子弹穿过苹果》（林白），就会发现她们的写作往往有意将虚构与现实融为一体，作品带有浓烈的自传色彩而散发出私小说味道。有趣的是，王小波对杜拉斯同样情有独钟，称之为"我的老师"，并坦言，"我对现代小说的看法，都是被《情人》固定下来的"。从新时期文学的一批新生代作家（如马原、格非等）的叙事，也常常可以看到博尔赫斯的奥妙表情，他们自己也不否认。

作家的师承往往具有隐性，一位作家对另一位作家的影响并不是一种显在形态，而通常表现为一种精神渗透，即使有些痕迹，也服从于主体自觉。所谓直接影响，是指作家直接接触和吸收外国作家或作品中的影响；所谓间接影响，是指作家通过一个或数个中介吸收外国作家作品的营养。

对于这种历史现象，美国文学批评家垂林早有察觉："有人说所有的哲学都是替柏拉图作注脚。我们也不妨说，所有的小说不外是以各种不同方式处理《堂吉诃·德》的题材。"陀思妥耶夫斯基曾对俄罗斯近代文学有过一句很通俗、也很俏皮的比喻，说"我们都是从果戈理的《外套》里钻出来的"，高尔基在《俄国文学史》中对此不以为然，认为"俄国文学之父"应该是普希金，特别是普希金的《驿站长》，开启了俄国写实主义的先河。果戈理自己的现身说法，倒是佐证了高尔基的观点，他大度地承认，《死灵魂》和《钦差大臣》的主题都是受到了普希金的启示才可能有的，否则，自己"什么也干不了，什么也写不出来。我身上所具有的一切美好的东西，全部应当归功于他"。福克纳和海明威的关系并不融洽，却有一个共同的观点，尊奉马克·吐温为美国文学之父，"我们都是他的继承者，他的后裔，因为在他之前的美国作家仍因袭欧洲传统，没有本土化"。海明威称全部美国现代文学"来自马克·吐温一本叫《哈克贝里·芬历险记》的书"。卡夫卡对歌德敬为神明，称无数后来者都对歌德"无限依赖"，绕来绕去，终归还是要回到他的身边。

作家的最初写作，总是缘于一些契机的遇合，很难想象横空出世，没有一个影子的踪迹可寻。承认这一点并不值得羞愧，反而可以让人看到他的写作发生的来龙去脉。哲学家也如此。尼采第一次读到叔本华的著作，便震惊了，混沌的路向也由此变得清晰。宗璞谈起对自己影响较深的前辈和同代作家，曾提到过孙犁，认为孙犁的小说写得像散文，但又不是那种不是小说的散文，《风云初记》《铁木前传》具有自然朴素的美，孙犁的语言是传统文化的继承，不是"掉书袋"，而是化进去了，很少有人能够达到这种境界。

世间没有人愿意当另一个人的翻版和复印件。不过，并非所有影响巨大的作家都那么幸运，出于种种原因，甚至还得到误解。

文学的师承，不同于一门手艺，问题不是手把手传帮带所能解决的，也没有独门秘籍可言。武林、体育、医术，甚至绘画、音乐、表演，都可以通过"师傅领进门，修行在个人"到一定目的，文学则很难口传心授，言传身教。作家的师承更多的是通过文学作品的风格、韵致的影响，这种影响往往是潜移默化的，凭得是作家的禀赋和悟性，类似姜太公钓鱼，愿者上钩。师承是一个复杂的过程，里面充满了潜在的变数。

确实也有一些青年初学者登门拜师，如同现在的考博士找导师，被拜师的名家也很关注弟子的写作，看作品、提意见、指方向、推荐报刊、撰写评论，但这充其量也只是伯乐角色，还不是真正意义上的师承。文学写作最好的老师就是经典作品，但经典作品也是需要有感觉，类似林语堂说的"找情人"，只有找到心心相印的感觉，才有可能达成默契。

　　师承是一柄双刃剑，有可能助你万里翱翔，也可能使你作茧自缚。文学禀赋越高，师承的过程中越容易出现逆反和背叛。有艺术个性的作家，不允许自己亦步亦趋，言听计从，拒绝与别人雷同，即使是名家，也耻于做一个孪生儿，就像足球运动场上出现"撞衫"的事，总是让人感到尴尬。舍伍德·安德森曾经发现了海明威的杰出文学才华，这位被公认为美国文学中现代文体风格的开拓者之一，却一度收到了海明威对自己的讽刺和嘲弄，而原因近乎不可理喻。海明威初出茅庐之时，评论界他的写作带有安德森作品的明显影子，自尊心极强的海明威难以忍受，为自己辩解说："我们的作品没有任何雷同之处，我只知道我没有受过他的启发。"成名之后的海明威，越来越难以忍受评论界对自己的"偏见"，终于对安德森的作品指手画脚，大加贬损，安德森没有以牙还牙，他未予理睬。当经历种种坎坷的海明威成了世界文豪，也对当年的莽撞之举表达了歉意，并称安德森是"我们所有人的老师"。

诱惑与艺术

倘若视艺术家与女性之间的诸种故事为一群"疯子"的风流韵事，那显然是一种世俗的偏见。懂得欣赏女性的天成之美，了悟艺术家独特的心理构造，就不会产生如上想法。相反，我相信这是一个颇具开发价值的命题。

女性是一个诗意的性别。在许多艺术家的心目中，造物主之所以伟大、神圣，生活之所以美妙、神奇，就在于女性的醉人的魅力。很难想象，一个对女性抱有天生敌意的艺术家会有辉煌的成就。英国大诗人拜伦因受到生活的伤害而报复女人，只能是个变态的特例。因为说到底，艺术家与女性的关系，也就是艺术家与艺术的关系。女性的诱惑，也就是艺术的诱惑。艺术家从女性那里发现了什么，又得到了什么？释放出什么，又创造了什么？诱惑酿成冲突，冲突制造混沌，混沌孕育升华。眼泪与微笑，梦呓与煎熬，疯狂与悔恨，沉沦与裂变……艺术史印满了女性的刻痕。

与一般人不同的是，艺术家的心灵往往对女性诱惑有着超常的早熟和感应。但丁、卢梭、福楼拜、列宾、普希金都有过儿童期的朦胧恋情。而他们对这一点并不讳言。这是一种自发的本能的体验，进而从性的觉醒到发现女性的美，以致激活整个生命系统，使创造力不断进入最佳状态。

人们还发现，一些卓绝的大艺术家"情感欲望"强度、深度和广度是一般人无法比拟和难以理解的。这是他们最强大、最深刻、最神秘的生命原动力。即或处于晚年，他们的艺术创造激情蓬勃不减，他们对年轻女性保有压抑不住的兴趣——更多的不是生理而是心理的需求，那肌肤的亲近常常触发才思的兴奋点。

歌德在玛丽温泉疗养时爱上了一位 16 岁的姑娘，无望的求爱使这位 74 岁的老人寝食不安。歌德有个治愈感情创伤的法宝，每当失恋的重拳袭来，或避其锋芒逃到另一个地方，或折返艺术世界。凭借此他从 17 岁开始创作，直至 83 岁生命的最后一息，他还在为其钟爱的女性吟着最后一首爱情诗。无穷的创造力与无穷的欲望往往成正比。毕加索承认他一生中没有片刻能够离开女性，或许可以从中窥见他那闻名于世的艺术探索精神之缘由。他的艺术观念与艺术风格的嬗变之时，总是牵系着他与女性说不清道不明的情感纠葛。他最后一次结婚已至古稀之年，而妻子佳克琳还不足 30 岁，他的艺术创作也仿佛注入了源源不断的青春活力，有佳克琳的注视毕加索作起画来精神十足。毕加索于弥留之际还在喃喃自语："我的妻子太好了……"爱情需要强烈的感觉，而人的各种感觉正是在爱情的波澜之中变得更加敏锐、细腻、深刻的。爱情离开性欲至少是不完美的，而仅是性欲又不过是一般动物的生理需求。艺术家也是人，但就艺术家的生命状态而言，与其说性欲，不如讲情欲与性爱更确切。

而另一些艺术家则偏执地追求一种幻觉的、自认为具有完整意义和完美价值的爱情生活，并以此为生存的精神支柱。这在世界艺术史中不乏其人。在许多人看来，那些只有古典爱情名著中才会虚构出的奇异、乖僻、近乎疯魔的故事是不可理喻的，而在一些创造了辉煌的近、现代艺术奇观的艺术家的经历中，那一切故事又表现得如此合情合理，自然无奇。

与歌德、毕加索数次感情震荡形成鲜明对照的是，有些艺术家一生只钟情于某个特定的女性偶像。那是一种圣洁的宗教。当 20 岁的勃拉姆斯第一次走进舒曼的家，命里注定他的一生不会活得轻松。他爱上了老师舒曼的爱妻、著名钢琴家克拉拉。这个比他年长 14 岁的女人的知性、教养和气质使他心旌摇荡。在舒曼因精神失常而住进疯人院时，勃拉姆斯边探望病入膏肓的老师，边安慰几乎是万念俱灰的克拉拉，与之相濡以沫，患难与共。舒曼死后，应该说已无障碍，但身为七个孩子母亲的克拉拉不愿拖累年轻的勃拉姆斯，而痴情内向的勃拉姆斯也感觉到舒曼在这位冰清玉洁的女人心中占有无可替代的位置，遂离开了克拉拉。他终其一生独身度日，被人们称为"音乐隐士"。

"曾经沧海难为水"，便是此类艺术家的爱情宿命。音乐使未曾谋面的柴可夫斯基与寡居而富有的梅克夫人彼此引为相知，他们在漫长的通信生涯中相互剖白，把心里话交付对方，但迟迟不见面。他们的心灵越亲近，便越害怕见面，彼此生活在幻觉中。梅克夫人出外旅行，便请柴可夫斯基住在她家，体会她独有的气息。他们曾经住在相邻，中间只隔了一片草地，却仍以书信交谈，为避免见面而审慎地安排着各自的日程活动。一次由于安排有误，俩人的马车在街上不期而遇，他们双方对视了几秒钟，短短的又是长长的几秒钟啊，然后互致默礼而离去，这是他们一生中唯一的见面。正当柴可夫斯基在美国的演出获誉空前时，他竟收到了梅克夫人的"灾难性"的来函，这个悲伤的女人因自己和儿子患重病而要求结束俩人长达 14 年的亲密关系。柴可夫斯基的精神世界随之摇摇欲坠。他创作了著名的《悲怆交响曲》不久便撒手人寰，梅克夫人在他去世两个月后也西去天国。

务实的现代人也许会对这种柏拉图式的精神苦恋不以为然，然而正是这种苦恋支撑着这些艺术家为人类文明奉献了不朽之作。只有那种只知性欲、仅仅将女性作为另一种生理动物、另一种性的载体的人，才视勃拉姆斯、柴可夫斯基的故事为不可思议的天方夜谭。

狄德罗说过："情感淡漠使人平庸。""情感衰退使杰出的人失色。"我想对于艺术家更是如此吧。几年前，《文学报》曾公布了梁实秋晚年的一批情书，使人们触碰到一颗 71 岁却仍像少男一般痴情爱恋的心灵。梁与结发夫妻恩爱相伴数十年，妻子死后撰写长文抒发其欲碎肝肠，曾在台湾各界引为美谈。孰料一个偶然的机会，梁实秋与小他 30 岁的韩菁清女士相识，顷刻跌入恋网，以至到了日日约会仍情书不断的地步。常人自然费解，台湾的大学生甚至甚至掀起护师运动。梁却像一个任性的小孩子不改想法，与韩女士终成眷属。梁实秋晚年的数十万字情书透出了纯情而圣洁的魅力，每每令人叹为奇观。艺术家需要爱情如同生活需要空气。他们在折磨中陷得越深便得到的越多，这是另一种收获，另一种平衡。我觉得从某种意义上讲，艺术的冲突说到底就是情欲的冲突。

女性是一个诗意的性别，不仅意味着女性的诱惑就是艺术的诱惑，还由于女性的自身使然，因为女性特殊的生物本体的自然存在给予女性独具的精神构造。与男性相比较就可清楚地看出其中的种种不同：就事物的观察力而言，男性多注重整体而女性多注重细节；就认知能力而言，男性多定向于物和外部世界，女性多定向于人和内心世界；就思维特征而言，男性擅长于抽象推理而女性更善于形象思维；就情绪和想象力来说，男性更为稳定和富于逻辑性，而女性则较多波移和更具想象性。因而可以这样认为，男性的气质和精神构造更多地体现于自然科学领域，女性则往往在以形象思维为特征的文学艺术领域拥有优势。令人悲哀的是，艺术史上显示出的比例数字恰恰相反。在以男权文化为中心的漫长历史发展中，女性的何种遭遇和命运都是不足为奇的。因之，女性在艺术史上的地位与其所特有的内在优势极不相称，她太久地被弃绝于冰冷的理性世界之外，只能得到男性艺术家巨大创造力的激情拥吻。这是整个社会发展史中的一个基本事实，它说明对女性艺术的本体研究绝不应再被忽略了。

我由此想起几年前有的女作家曾宣称，她厌弃在作家的称谓前冠以"女"字，认为作家就是作家，表明女性含有性别歧视的味道，并反诘道：为什么男性作家不标出"男作家"？显然，这是潜意识中的弱者的自尊情绪。只在女人身上强调"人"而无视"女"，只一味地凸现人的存在而抹杀其性别的存在和价值，应属于某些女权主义思想的过激之见。无论从何种角度看都不足取。无性别的艺术与无性别的人一样令人难以忍受，而强调女性独有的艺术创造价值，正是为了张扬和开发女性特有的审美优势和人格魅力。

不过，对于艺术家来说，无论男权思想或是女权理论都不重要。缪斯与维纳斯的相生相伴却是永恒的，至善至美至纯的。

最初的文学记忆

　　一些中外著名作家在追述文学启蒙之路的时候，常常会提到自己的母亲、祖母或外婆，他们相信，在他们懵懂无知的孩提时代，是母亲或祖母用童话或歌谣浇灌了自己的文学心芽。类似的记载，很容易在作家自传（或传记）中出现。

　　高尔基的外婆就曾为文学史家们所津津乐道。这位大文豪从小就遭遇了父亲早逝、母亲改嫁的厄运，此后外婆便成了他的守护神和"最贴心的朋友"。外婆年轻时做过乡村的织花边女工，那时候女工为了出名，不仅手艺娴熟，还要擅长唱歌。外婆常常用动听的歌声驱走高尔基的孤独和忧愁，她朗诵天之骄子阿列克塞和武士伊万的诗歌，还讲述瓦西丽莎的经历和公羊神甫与上帝教子的故事，以及女寨主玛玛弗、强盗头子乌斯塔婆婆、埃及有罪女人玛丽娅的一些童话，并告诉外孙"圣母"如何遍访人间救苦救难。高尔基在自传体小说《童年》中清晰、完整地记述了外婆唱的一首歌，讲的是关于伊凡柯勇士和米罗那隐士的"美妙故事"，此故事非常珍贵，在任何书籍中都没有记载。高尔基识字以后，很快便产生了想把这些诗歌改变内容和形式记录下来的冲动，可以说，外婆也同时是他早期文学写作的"催生婆"。

　　最初的文学记忆，往往有着思想启蒙或艺术早育的意义，对于某一类作家或学者的一生写作走向，其影响甚至具有决定性。著名哲学家刘小枫同时也是一位出色的文学随笔作家，他的精神成长期正逢一个文化饥馑的年代，所幸他遇到了一部具有"记忆里程碑"价值的重要作品。许多年后，刘小枫在《记恋冬妮娅》一文中回忆，八九岁时，他已经不再满足看关于保尔·柯察金的连环画，而是躲在被窝里痴迷地阅读繁体字版的《钢铁是怎样炼成的》。不知不觉中，他对冬妮娅的"喜欢"超过了英雄保尔，并且承认那种"喜欢"与某种儿童暗恋无异。他当时百思不解的是，保尔何以对深爱自己，自己也同样深爱着的纯洁姑娘冬妮娅如此强调，"在我这方面，第一是党，其次才是你和别的亲近的人们"，然后，"冬妮娅悲伤地凝望着闪耀的碧蓝的河流，两眼饱含着泪水"。他设想，要是"革命"没有发生，或是保尔没有参加革命活动，保尔就会与"资产阶级女儿"冬妮娅订婚成亲，那将会是另一种结局的故事，但"革命"在这部小说中已经被奥斯特洛夫斯基无限放大，而爱欲只得处于臣服和从属的地位，冬妮娅的结局可想而知。这个疑思一直伴随着刘小枫的成长记忆，许多年后他终于发出追问，"保尔有什么权利说，这种生活（爱情）目的如果不附丽于革命目的就卑鄙庸俗，并要求冬妮娅为此感到羞愧？"或许正是最初的文学记忆，才促发了日后刘小枫更深邃、更彻底、更独树一帜的形而上哲学思考。

另一些作家或学者的早期文学记忆，更多的是表现了异于常人的非凡天资极限，对其一生的事业影响，也往往体现为某种文学入门的引领作用。比如早慧的田晓菲，她的文学记忆，应始于最初读长篇小说《金光大道》的 1976 年夏秋时节。那年她只有五岁，还真正是个学龄前儿童，偶尔会被她的父亲领到天津市文化局创评室一起上班。我当时是二十郎当岁的退伍兵，刚刚被分配到这里工作。我清楚记得，那部砖头厚的作品捧在一双小女童的手里，看上去实在有些吃力，但她那副把一切置之度外埋头读书的神情却令人大惊其异，而且一读就是一两个小时，与她的年龄极不相称。我是现场目睹者之一，周围的大人们难以置信，都不认为这个小女童会认识太多的字，更不相信她能把书读进去，她又能读懂什么呢？于是大家围着她问，书里都写了什么？田晓菲便一脸稚气地作答，说出自己读到的内容，还说得津津有味，居然与书中的故事大体不差，这件事一时在我们单位传为奇谈。田晓菲九岁出版第一本诗集，14 岁破格入北大读书，20 岁在美国获文学硕士，27 岁获哈佛大学比较文学博士，已出版《秋水堂论金瓶梅》《赭城》《尘几录：陶渊明与手抄本文化》《烽火与流星（萧梁王朝的文学与文化)》等一批学术专著，看来绝非偶然。留给她那时的文学启蒙是怎样的，我不得而知，我们的最大感受，就是她的文学记忆具备了挑战某项吉尼斯纪录的一种可能性。

有时候我问自己，你最初的文学记忆是什么？说来有些不堪回首，我的精神成长期几乎始于一片文化荒漠。如果硬要追寻，我会想到儿时铭记的一首歌词。

> 月亮在白莲花般的云朵里穿行，
> 晚风吹来一阵阵欢乐的歌声。
> 我们坐在高高的谷堆旁边，
> 听妈妈讲那过去的事情……

歌声是从幼儿园的琴房方向飘出来的，朦胧而悠远。我当时也就是四五岁，和小朋友们已经睡醒午觉，正在院子里玩耍，懵懵懂懂地就被歌声迷住了。我悄悄跑近琴房，从门缝往里面看，是胡老师的背影，坐在一架钢琴旁自弹自唱，梳着齐耳短发的脑袋时而压低，时而扬起，唱得深情款款，无比投入。此后我又听到过胡老师自弹自唱那首歌，那琴音，那旋律，那个词，在我幼时的记忆里袅袅飘荡着。稍大一些，我才可以完整地背诵那首歌词，那时候，广东音乐《马兰花开》《彩云追月》的旋律也是经常能够听到的，但都不如《听妈妈讲那过去的故事》那样打动我，那里面有景色、有人物、有时间、有情节、有朴素的爱憎立场，充满了悲喜莫名的遐想，曾经相伴了我的一段精神岁月。如今，歌词内容已在心中淡化，旋律却与我的记忆永在。

说到文学记忆，我想到了如今正在成长发育中的孩子们。我的女儿不足三岁半，现在上幼儿园小班，混沌初开，满脑子是清一色的"喜羊羊与灰太狼"，诸如书包、衣物、饼干、食品、书册、图片、玩具、发卡之类等等，喜羊羊与灰太狼的怪异造型触目可见，伸手可及，无孔不入，无所不在，其商业渗透力远远超过风靡八十年代的《米老鼠与唐老鸭》，而且还在日益扩展到大人们的生活空间。这些孩子看上去优哉乐哉，一派天真，还有可能拥有自己的文学记忆吗？有关文学记忆的故事，会不会仅仅成为迂腐的历史传说？但愿这不是杞人忧天。

口音里的乡愁

中文系与作家摇篮

作家是一种感性动物，很容易飘飘然。诺奖尘埃落定，莫言美梦成真，一些作家也跟着沾光。前些时，坊间甚至演出了诗人收徒的一幕。过去年代，这种感性动物往往被误读为肩负人类灵魂工程的神职人员，社会转型期后，一度又沦落为百无一用者，其落差着实令人伤感。一次听女作家徐坤谈及，过去北京文联开会，影视大腕、歌星舞星们总是云集在前风光无限，作家则知趣地缩在角落，很符合被边缘化了的形状，如今风气陡然一变，一开会大家就把我们往前面推，眼珠子都亮得异样。我注意到，徐坤说这番话时，面部五官基本上不在原来的位置。

无论如何，还是要感谢莫言。有圈外朋友向我打听，"莫先生是哪所大学中文系培养出来的？"我的回答是，"中文系与培养作家无必然关联。"

这个道理本人在 30 年前就明白了。那时我正在读南开中文系，那段意气风发的日子，一帮不知天高地厚的家伙整天想入非非，蠢蠢欲动，诗歌、小说、剧本什么都写，总觉得新时期文学百废待兴舍我其谁，还常常把普希金、托尔斯泰、巴尔扎克、雨果、拜伦、狄更斯、惠特曼挂在嘴边，仿佛那是自家哥们儿，只不过因年龄关系先行进了文学史，而我们将步其后尘。很快被一位教古代汉语的老先生兜头泼了一盆冷水："想当作家，进中文系那是入错了门！"后来知道，老先生的话是复述西南联大时期中文系主任罗常培先生的训诫。此训诚在铁的事实面前终于成了真理。

鲁迅、郭沫若是学医的，茅盾、巴金、老舍、沈从文、张恨水、萧红没读过大学，曹禺和郁达夫进过大学，专业却与文学无涉。张爱玲倒是读过香港大学的文学专业，但对于这位文学天才，读哪个系恐怕结果都是一样，应属于个案。至于莫言，曾读过解放军艺术学院文学系不假，此系创建于1984年秋天，专门面向军旅创作人才招生，亲自挂帅的徐怀中不仅是总政文化部长，更是个作家，大约说明不了什么。

或许有人会举证韩少功、刘震云、陈建功、肖复兴、方方、赵玫、王小妮、范小青、黄蓓佳、王小鹰等名字，但要知道，这可是高考恢复后的第一批学子，历史上俗称"七七级"，入学前各自都有过下乡或务工的坎坷生活岁月，人间社会的三教九流、五行八作、悲欢离合都见识过，是特殊历史年代里的特殊现象，成为作家，跟中文系关系不大。我有一位教写作的老师曾以张网捕鱼比喻，"七七级"这批学生是十年一网，以后是一年一网，这鱼的成色怎么能一样？虽不好说空前绝后，称其"小概率"事件还是可以的。

中文系强调严谨、翔实、规范、学理，其课堂固然潜力巨大，可造就形形色色的博士、编辑、记者、教师、文员，甚至富商、高官，却难以成为作家的摇篮，开宗明义"本系不培养作家"，也算是负责任的态度。其中仅读书一项，对作家的成才就是双刃剑。这里说的读书，不是随心所欲地读闲书，更不是林语堂所说"读书就是找情人"的那种读书，而是中文系教学大纲所规定的书目。这类书偏重于基础理论，包括中国古、近、现和当代文学史、外国文学史、文学概论、古代汉语和现代汉语等一应俱全，为的是建造相对完备的中文知识结构系统。这种集束轰炸式的阅读使人疲于应付，是不是真正被学生吸收、理解了并不重要，关键是要体现在考试成绩。久而久之，学生的创造力会枯萎，并形成思维定式。莫言曾有夫子自道，"可能因为我读书少，想象力才比较丰富"，实在意味深长。

苏联作家爱伦堡除了小说、诗歌，随笔也写得风生水起，《真理报》便约他写社论，稿子没被采用，主编嫌他的文字不够规范，"因为读者一看，就知道是爱伦堡写的"。作家的文字不需要太规范，而需要的是个性、趣味、想象力和创造力，甚至需要逆向思维，需要"陌生化"的效果，需要不按常规出牌，而这一切又是中文系教学的大忌。也有不信邪的。沈从文只有小学文化，却立志要把大学当作家摇篮，于是一边讲授创作，一边写出了经典小说《边城》。他要求学生，"先要忘掉书本，忘掉红极一时的作家，忘掉个人出名，忘掉文章传世，忘掉天才同灵感，忘掉文学史提出的名著，以及一切名著一切书本所留下的观念或概念。末了，我还再三说，希望他们忘掉'作文'、'交卷'。能够把这些妨碍他们对于'创作'认识的东西一律忘掉……"可谓空谷足音，难合时宜，他钻进了牛角尖儿，弟子寥寥无几，却不改初衷，终成教授同行的笑柄。中文系教不出作家，沈从文的心凉透了，而且在中文系久而久之，恍然觉出自己也不再是作家了，于是后半生在文坛玩失踪，躲在历史研究所的暗处，与古物相伴至终。20 年前，我有一次乘火车出差，途中与一位南京的丝绸研究人员闲聊，他提到《中国古代服饰研究》的作者，我说起《边城》的作者，结果发现，我们谈论的竟是同一个叫作沈从文的老人，那一刻我们都愣住了，并且半信半疑，唏嘘不已。

书房滋味

"你书房里的那些书，都读过吗？"经常有人这样问，我总是面露尴尬，一笑了之。比起藏书家，我的书籍数量不足挂齿，即便如此，我也没有把书房里的书都读过。大致说来，那些书有三分之一读得还算认真，有三分之一只是随意浏览，剩下的三分之一往往束之高阁。我相信这个事实并非"个案"，或许孙犁的一句话可用来自我解嘲，"寒酸时买的书，都记得住，阔气时买的书，读得不认真。读书必须在寒窗前，坐冷板凳"。

中国封建社会，不是所有的统治者都把读书人放在眼里，焚书坑儒的秦始皇就不说了，刘邦打天下时认为读书无用，还往读书人的帽子里撒尿以示羞辱。始于隋唐的科举制度给读书人带来了福音，"书中自有黄金屋，书中自有颜如玉"几乎成了金科玉律和至理名言。而今市场经济年代，读书人买书，读书，藏书，甚至满屋书香，坐拥书城，都不再是一件值得荣耀的事了。

我大约属于冥顽不化的那类迂腐书生。书籍寥寥的名邸豪宅，再富丽堂皇也引不起我的光顾兴趣。我年轻时，最大梦想就是拥有一间属于自己的书房。这对于许多读书人却是个奢望。据说当年的马克思阅读量很大，而收藏很少，是因为囊中羞涩。日本前首相田中角荣早年也买不起书，他凭着记忆力过人，每天背熟一页《和英词典》，"出恭"时再撕掉处理。我的书房诞生于16年前，"领地"一旦形成，即意味着住房面积"缩水"，三居室相当于两居室，也只好厚着

口音里的乡愁

脸皮装聋作哑。几次搬家，最麻烦的就是书，装箱打包，码成小山，堪称一项"工程"，令搬家公司暗自叫苦，搬入新居，拆箱归类，这些活儿不仅费时费力，还有技术含量，别人插不上手，只能亲力亲为。

30年来，买书和送书如同迎新辞旧，已成了我的生活内容之一。这是一个优胜劣汰的机会，孙犁就曾把自己买的《西厢记》《孽海花》送给熟人，然后再购置新书。以前朋友过生日，我最先想到的就是送书，因人而异，投其所好，效果尚可。后来社会风潮有变，兴冲冲买来自认为有价值的书，却忘了读书行为已然落伍，也就不再"一厢情愿"了。我还有过几次大批量送书，最近一次是去年岁末，有朋友新买了大房子，装修讲究，房间过剩，便把一间屋子打造成书房，宽大的书柜占了一面墙，顶天立地，气势不凡，里面却空空荡荡。而我这里早已书满为患，遂装满两只大纸箱送将过去，一举两得，皆大欢喜。

看一个人的书房，其阅读趣向和品位便可一览无余。我的看法是，既称之为书房，就应以书籍为主，挂字画、摆工艺品并无不可，但多到琳琅满目，喧宾夺主，味道就变了。那样的房间更适合叫作收藏间、展览室，而不是书房。书房总是朴素的，怀旧的，令人敬畏，也使人亲近。如今的一些书房，干脆就是某种门面和摆设，其形式远远大于内容，就像现在的新书包装，套装、精装、礼品装不一而足，开本尺寸各行其是，购书成本节节攀升，让读书人望而却步。去年秋天，我把八十年代初买的《美的历程》（李泽厚著）送了人，送走的是薄薄一册，很快又买回了三联书店的新版本，内容完全一样，厚度却增加了足足三倍，字号、版式、纸张、价格一律膨胀，几乎可用"大部头"形容。恍惚间，隐隐觉出书柜在逐渐萎缩，书房在不断缩小，也只能徒唤奈何。个中滋味，唯有自知。

有书友告诉我，一些年迈体衰的老教授最忧虑的一件事，就是如何处理"身后"的藏书。那些藏书倾注了其毕生心血，但他们的儿女往往多在国外，根本无暇顾及，即使儿女在身边的，也少有把父辈藏书视为珍贵遗产的，子承父业的情形毕竟有限。有的老先生明察秋毫，捷足先登，把藏书捐献给大学图书馆或公共图书事业，算是一种善终，更多的老人只能望书兴叹。听到这种事，我总会有一种揪心之痛。我买书不为收藏考虑，不讲究版本校勘，不懂毛本书、签名本、藏书票以及善本、孤本的奥妙，我最看重的是阅读利用率。我买书、读书全凭个人嗅觉和兴趣，一向随心所欲，市场的蛊惑和媒体的忽悠对我不起作用，只要内容吸引我，就不会在意书的形式如何简陋，对于书的命运，亦无后顾之忧。

久而久之，我已经习惯了自己的书房"杂乱无章"。那种一尘不染，井井有条的书房，我会不习惯，不自在。书房是我唯一可以做主的地方。书无须多，但要精，关键是投缘。一见如故，相见恨晚，这样的书聚在一起，自然会形成特有的书房气场。我读书喜欢折角、画线、做记号、塞纸条，这样的书仿佛带着体温和气息，我一般不愿意借出去，如果必要，宁肯再买一本相送。一个读书人有理由保留私人阅读的空间。阅读未必是私密的事，却也无须对外公开晾晒，让自己中意的书成为"大众情人"。林语堂称读书是"魂灵的壮游"，还把阅读比作"找情人"，只有情投意合，才能心心相印。我深以为然。进而想到，如果把书读到头悬梁、锥刺股的地步，真是不读也罢。

缪斯与"自动写诗机"

　　"缪斯"之于新世纪诗坛，实有久违之感。希腊神话里，"缪斯"是九位文艺和科学女神的通称，其中主管音乐与诗歌的欧忒耳珀更是绰约迷人，她幽灵般的飘然而至，神秘造访，曾是无数诗人的梦寐以求。但丁在《神曲》中如此殷殷呼唤："啊！诗神缪斯啊！或者崇高的才华啊！请来帮助我吧……"而今，"缪斯"女神似已沉睡，遥远朦胧，恍如隔世。她还让自己完成世纪"穿越"吗？

　　由"缪斯"，我想到了一个与诗歌诞生有关的具体问题：诗的父母是谁？诗又是如何诞生的？答案应该是这样的：诗的父母当然是诗人，诗人集施孕者、孕育者、分娩者于一身，诗的临盆仪式与诗人的高峰体验同步，负责其助孕和助产并签发诗歌"著作权"的，则是"缪斯"女神。"自动写诗机"的出现，使得一切问题变得简单。诗人不再是诗的父母，"缪斯"也不再是助孕者和助产者。在这里，写诗被简化成为一种游戏编程，其功能类似可以自动调焦的傻瓜相机，操作者按其设定的段数、行数和韵脚等程序操作，只需几秒钟就可以"如愿以偿"。据说有个名叫"猎户"的网民，用自己发明的"自动写诗机"，每小时可制作400余首"诗"，不足一个月竟有20多万首"诗"问世，其神速和产量，申报吉尼斯纪录绰绰有余，至于是不是诗歌垃圾，则另当别论。此类"写诗软件"如今名目繁多，操作者可以根据诗歌的风格类型选择不同款型的软件，让写诗过程易如反掌，随心所欲。对此，不知2011年诺奖得主特朗斯特罗姆先生又该作何想？这位83岁瑞典老诗人一生惜墨如金，写诗总量迄今也未超过170余首。

"自动写诗机"挑战诗人，虽一时风光，却不会受到"缪斯"的青睐，更不可能形成深刻的诗学现象，而充其量，也仅仅属于大众文化的时尚娱乐事件。然而，诗人的光环正悄然褪去却是难以回避的事实。那位"猎户"先生就曾在网上吐槽，轻蔑的口吻充满了"后现代"解构冲动："与朋友谈及现代诗歌时，感叹现在诗人和歌词作者写的诗不知所云，大多数现代诗歌都是瞎扯淡和不知所云的呻吟。我总结出了一些现代诗歌的规律，那就是：1. 主谓宾的乱搭配。2. 形容词、名词、动词的乱搭配。……读不懂就是现代诗的本质，胡乱搭配是现代诗的法宝。在没有大师的年代，我们，让所谓的诗人滚开！"网络时代，"达人"辈出，他的支持者也在推波助澜，"在自动写诗机面前，诗人还有什么高贵、智慧、优秀可言？它让现行的许多诗人和诗歌刊物都变得多余"。如此羞辱诗人的原创力，低估汉诗读者的鉴赏力，也仅仅是某种一厢情愿。不可否认，当"写诗"与任何游戏软件没有区别的时候，当"写诗"变成一项日常娱乐活动的时候，当写诗的难度化为乌有的时候，再洒脱、再放达的诗人，内心也会产生过本能的茫然和隐痛。"写诗软件"的某些支持者还不依不饶，"如果一个靠简单的文本替换技术起家的自动写诗软件就能伤害这门所谓的艺术，这门艺术也没什么必要存在了，那就让我们伤害到底！"我倒是认为，这么说并非全无道理，但显然，问题没有这么严重。危机的背后也是转机。"自动写诗机"固然不会对诗人构成整体伤害，至少其杀伤力没有渲染得那么可怕，然而对于一些冒牌诗人，"自动写诗机"却意味着亮起红灯——如果你诗才平平，写诗无深度、无痛感、无绝活、无创意、无陌生效应、碌碌无为、滥竽充数，在与"写诗软件"的PK中一败涂地，不一定就是坏事。我也相信，一个注重想象力、个体生命体悟和形而上内质的诗人，不会过度在意"自动写诗机"的威胁和挑战，他会引此为鉴，逆势而上。

一个"全球化"时代，商业文化方兴未艾，网络天地气象万千，任何开发娱乐功能的努力、实验和各显神通，无可厚非，亦不可逆

口音里的乡愁

转。然而，这与诗人的创造性劳动本身，与诗人呼唤"缪斯"归来，没有必然联系。挑战难度，忠于原创，拒绝重复，热衷探险，对诗的同质化、公式化、雷同化深怀警惕，永远是诗人的天职，已经成为精英读者的共识。他们绝不会只关注其皮毛形式，而丧失了对优秀诗歌的品鉴能力。他们懂得，以"春"寄怀，李煜"问君能有几多愁，恰似一江春水向东流"是一腔心绪，雪莱"冬天来了，春天还会远吗"，又是一腔心绪；以"飞"托志，苏东坡"我欲乘风归去，又恐琼楼玉宇，高处不胜寒"是一种状态，泰戈尔"天空没有翅膀的影子，但我已飞过"也是一种状态；同样是描摹时空变幻，杜甫"造化钟神秀，阴阳割昏晓"是一番气象，尼采"现在世界笑了，可怕的帷幕已扯去，光明与黑暗举行了婚礼"却别是一番气象。这些诗句映照出诗人主体的不同镜像，任何"写诗软件"又怎奈其何？"自动写诗机"貌似无所不能，仅想象力一项就先天不足，后天无力，望尘莫及。"想象就是深度，没有一种精神机能比想象更能自我深化"（雨果语）。王尔德说过这样的意思：第一个用花来比喻女人的是天才，第二个用花比喻女人的是庸才，第三个用花来比喻女人的是蠢材。"自动写诗机"与诗人主体无法兼容，其软件版本即使完善到了极致，也只局限于智力思维的层面，而永远无法抵达诗人自由无疆的想象境界，只能尾随"天才"照猫画虎，亦步亦趋。

过去曾有人忧虑，大量鱼龙混杂、良莠不分的网络写作会使诗歌低俗化、口水化，艺术失去门槛。现在看来，比起"自动写诗机"，网络诗毕竟源于写作者的内心波动，不曾绝缘于诗人的气息、体味、脉跳、血热，也不曾删除写诗过程中的灵感、构思、立意、推敲等步骤，毕竟没有脱离"人学"范畴。冰冷的"写诗软件"则与"人"没有任何关系，既然它们不需要精神主体的支撑和缪斯女神的光顾，其产品没有任何诗学的 DNA 传承基因，没有疼痛的敏感性、灵魂的自主性、生命的独立性，更无法回答"我是谁，我从哪里来，到哪里去"的终极追问，仅有诗"壳"却无诗"魂"，甚至连口水都算不上，这样的机器"诗人"再多产，再活跃，我们又有什么必要当真？

苏联诗人爱伦堡曾感叹，这个世界，"写诗的人很多，诗人很少"。半个多世纪过去了，这个世界变化之大，堪比沧海桑田，"自动写诗机"可以造就"处处皆诗人"的虚拟现实，也可以无限放大"写诗"的娱乐效应，却依然是"诗人很少"。诗人是神性和排异性的结合体，他们与诗相濡以沫，彼此取暖，尊严地守护着自己的缪斯女神和精神家园，而矢志不渝。

口音里的乡愁

读书与"找情人"

　　把读书与比作找"情人"，并不是我的发明。这个说法的专利权属于现代文学大师林语堂。林语堂一生读书破万卷，却从不会正襟危坐，大约很有一些找"情人"的经历，方把自古文人认为很严肃的读书问题举重若轻地当作"笑谈"。茫茫书海里，读书人不可乱撞，也不可能见谁爱谁，而总要有所寻觅和挑选，找到自己中意的对象，才会心心相印，一拍即合。这种表达显示了林语堂惯常的幽默，但其中确不乏耐人寻味之处。我想，凡是曾经迷恋过一些作家一些作品的人，都会有一番同感。

　　十七世纪英国剧作家范伯鲁通过角色说过一句有趣的话："读书是以别人的脑筋制造出的东西来自娱。"不过，读书一旦陷入盲目，事情就有些可怕。其实书不一定读得越多才越好，关键是要"情投意合"，取其精华，钟情所爱，才不会视读书为负担，更不会与读书的初衷背道而驰。中国古人一直强调"开卷有益"，这种笼统说法有似是而非之嫌，完全可以推敲。除了极个别的天才、通才、怪才，什么书都拿来读，肯定不会有什么好效果。哲学家叔本华认为，不论何时，凡为大多数读者所欢迎的书，切勿贸然来读，可以理解为即使是很火的畅销书，也不一定适宜于一切人。这句话对于当今市场经济时代的热销和炒作，不失为一个警诫。即使是独特的、超凡的书，叔本华也主张少读，"读书愈多，或整天沉浸于读书的人，虽然可以修养精神，但他的思维能力必将渐次丧失，此犹如常骑马的人步行能力必定较差，道理相同。"甚至他还有一个比较极端的比喻，读书意味着利用别人的头脑来代替自己的头脑。说到底，读书是一种独立、审美的精神活动，没有必要为了任何目的而追赶潮流。

如此看来，人与书打交道，也要遵循"物竞天择，适者生存"的法则，除了不得已的情况下（比如应付考试），读书切不要变成一种强迫行为。古时候为了科举仕途，不知多少人苦读寒窗，悬梁刺股，两耳不闻天下事，像鲁迅笔下的孔乙己，读书读得发呆发迂发痴，非但没有尝到读书的乐趣，变成无用的书虫子，反而令人贻笑大方。

很显然，不读书不行，死读书也没有出息。把读书比作找"情人"，关键要掌握一个"情"字。找"情人"当然要有所选择，不可太滥。一旦"情"有所属，"情"有独钟，则必然会想方设法与之相会、沟通，达到情投意合，及至年龄增长，视野拓宽，对于变幻莫测的人生世界有了崭新的认识与切肤的体验，这时候发生一些"移情别恋"，也属正常。如此数番的"喜新厌旧"，人的精神世界便一天天丰富起来，经得住岁月的风风雨雨。

"书香"还有助于我们除"庸"，疗"俗"，曾国藩甚至认为"读书可换骨相"，使人相信，"江山易改，本性难移"的中国古谚有可能因读书而失效。不曾有过"书香"岁月，或长时间不读书，人就会变得庸常、乏味，俗不可耐。尽管我们经历过从龟甲、兽骨、竹简、纸质到电子阅读的巨变，载体的升级换代没有改变"书香"的性质，采取何种方式、何种载体都无妨，重要的是，读书可以使人成为博识而趣雅的"精神富有者"，退一步说，读书仅仅为了陶冶性情，自我欢愉，也大致相当于一桩"获利"不尽的"无本买卖"，又何乐不为？

全球化的信息时代，坐禅式的读书日益成为古老的童话。未来世界我们还能把多少时间、精力、热情献给"情人"？这是无法预见的事情。不过我相信，作为人类知识的最重要载体，书籍的功能绝不会丧失。因为读好书如同追求美好的爱情，总是驱人趋善的，所以大可不必杞人忧天。能够从"知识爆炸"之中寻觅知音，真的需要一种笃定和从容。富于教养的现代人其实并不打算逃避读书，只是随意性多了一些。我粗略归纳，发现有这样四种读书类型：一曰"博纳"，这种人兴趣广泛，视野宽阔，重思考，善融通，属于"通才"型；二曰"实用"，即生活目的明确，急用先学立竿见影，功利性体现于科学性之中，表现了现代人的务实态度；三曰"感悟"，这是典型的找"情人"方式，一旦发现心中情影，则不论其在异邦或远古，必追踪而去，气质近似者很容易这样，比如，近代大学者王国维之于叔本华，一旦接通了其悲观主义的血脉情结，此生便很难解脱，还比如，一些伤感女子沉迷于"红楼""西厢"而无力自拔，亦非个别现象；四曰"消遣"，此类读者最为普遍，不用多言。

说了这么多，我个人算哪一类？或许这并不重要，我只是希望能够在浮躁的世风中保持一种清醒。时下，书籍的出炉、包装和炒作可谓五花八门，鱼龙混杂，这需要我们在有限的时间、精力和购买力的条件下"优胜劣汰"，沙里淘金，选择一些适合自己读，同时自己也有兴趣读的书，尽可能高效率地读好书，读那些"以一当十"甚至"以一当百"的货真价实的精品。现代作家夏沔尊先生曾说过，"当你读错一本书的时候，不要以为你只是读错了一本书，因为同时，也失去了读一本好书的时间和机会"，诚哉斯言。"情人"一而再地找错了，大约总是一件令人沮丧的事。

汪陶陶不是杜拉拉

平日喜欢闲翻。很偶然间，我接触了一本令人快意的书，至于它是否属于教科书意义上的那一类中规中矩的小说，并不重要。它只是一幕潜流状的人生剧情，记录了"小助理"汪陶陶的职场"蜕变"岁月，真实、日常、自然，就像生活本身——汪陶陶怎样如履薄冰，山重水复，又如何柳暗花明，化蛹为蝶，其精彩程度，我相信，绝不亚于一个牧童成长为一位将军的传奇身世。

最先映入眼帘的是"选工作就是选老板"的一句忠告，再浏览目录，更不乏"要有尊严的工作，该 tough 的时候就 tough""Build-upy our image（树立自己的形象）""勤能补拙""要给主管做选择题而非回答题""老板的要求高于一切""实话不能实说"一类的劝诫与镜鉴，便感觉此书大约属于"葵花宝典""攻略小百科"的"职场指南"性质。而这正是作者潇怡的布局玄机，因为另一些内容随之跳入眼帘，"一个人的年会""Kay 的噩梦""内耗""没心没肺""猫腻"……显然，为摆脱故事直奔主题，让底牌更具悬念，韵味更呈妖娆，跨文体的穿插、铺垫是必要的，遂使得谋篇充满弹性，叙述获得起伏，"职场"也多了些氤氲的人间烟火。尾声部分，汪陶陶与 Jack 之间的爱情意外脆败，无疾而终，人生况味袅袅而生，堪称本书的神来之笔。

"职场"的概念进入中国的日常词汇，还是近十几年的事。把"职"与"场"捆绑一起，可以视为当代人充满想象力的一大发现。

所谓"职",自有职业、职位、职权、职薪、职责之意；所谓"场"，则具战场、疆场、赛场、现场、磁场之喻。"职"与"场"组合成一个特殊概念，含有相互依存、协同作战的团队精神，更浓缩了优胜劣汰、适者生存的全部内容。

职场使我们认识了汪陶陶。这个汪陶陶不是那个杜拉拉，我们很容易在一些熟悉的场合发现这类跑龙套的小角色。不过，渐渐的，汪陶陶已经不再是初出茅庐的小女生了。她的智商对付跑龙套的活儿已经够用，她的情商正在被有效地开发出来，这使得她的升职空间一下子开阔起来。汪陶陶具备了当主管的情商，但这情商里却不包括爱情智慧。Jack问她："既然爱我，为什么我永远排在你的矜持后面？永远排在你的工作后面？"茫然的她，获得了赴美培训一年的宝贵机会，也失去了挽回爱情的可能，尽管如梦初醒，却无力阻止自己的精神陷落。

坊间曾有"干得好不如嫁得好"的说法，不仅得到颇多女同胞的认同，还呼应了男权文化的深层心理。在成功男士眼里，让女人为生存奔波属于失职，女人天生就该养尊处优，心安理得地花老公的钱。不过，对此种婚姻选择，一些成功的职场女士并不认同，她们认为，事业与婚姻同样重要，如同车之双轮，鸟之两翼，但两相权衡，其付出与回报未必都成正比，她们也确实看过或经历过事业比男人更可靠的种种个案。同时，放弃事业乐趣龟缩于家庭，对于她们是不可想象的，就社会评价系统而言，全职太太与成功女人的价值指数又怎可同日而语？

事实上，职场同其他领域一样，两性的不平等近乎天经地义。汪陶陶的原上司Kay怀孕待产，这意味着再强势的女人也无法漠视自己的生理制约。用著名的木桶理论（即木桶的容积不是取决于最长板而是最短板）来解释，女人必然绕不开一个天生的"短板"，除非她拒绝怀孕、生育。或许多少与这种性别暗示有关，汪陶陶一直对结婚缺乏心理准备。在她的内心深处，事业高于一切，久而久之，不自觉之间会错过择友佳期，很像是糊里糊涂把自己嫁给了职场。职场压力，非置身其间不能体会。书中提到了一幅意味深长的漫画《人人都需要找一个发泄口》：总经理骂了总监，总监又找碴儿骂了业务经理，业务经理无故骂了职员，职员无可发泄，就虐待了自己的猫。如同人在江湖，大家都是对手，不会有谁怜香惜玉，性征很容易被模糊。如何成功摆渡自己？

启示一：不要让职场成为你的一切。倘若所有的梦想和依赖都寄托于职场，让职场负荷太多人生内容，个人势必会被职场异化。我们身在职场，付出是必然的，但不能没有底线。

启示二：不要让爱情沦为职场的败将。把一切投入都集中于职场，对爱情的感应就会迟钝。也许如今很少有人相信世界上存在惊神泣鬼、地老天荒的爱情，但适合自己的爱情肯定会有，你麻木于它的存在，就不会得到它的青睐。

启示三：不要让幸福感被职场榨干。当今社会的幸福观无限多元，但幸福感却因人而异，适应职场游戏规则，投其所好，见风使舵，这可以理解，但要以个人的真实感受为原则，而不必尊严丧尽，过于委屈自己。

潇怡的文字朴实无华，行云流水，看似随意，不事修饰，其实内功不浅。其白描叙事，风轻云淡，又灵活跳脱，对各类职场人士的心机把握，眉眼揣摩，更是精妙传神，令人莞尔，某些出彩的段落足以使自视甚高的小说工匠无地自容。比如，"市场总部经理 Oliver，男，31 岁，留英硕士，未婚。他皮肤黝黑，身材健美，平时常穿一件紧身黑色衬衫外加黑色皮裤，金黄色的头发根根直立，帅到不食人间烟火。但此君只能远观，因为一开口就是满嘴的娘娘腔，配合着柔美的面部表情和兰花指，江湖绰号'人妖'。一次部门聚餐，大家聊起Oliver，上海销售 David 问：'你们说 Oliver 有女朋友吗？'大家摇头说不知道。David 接着问：'那有男朋友吗？'众人集体笑倒。"仿佛闲笔，却忍俊不禁，韵味十足，一直绷紧的职场神经，也随之出现了片刻轻松。

是的，汪陶陶不是那个杜拉拉。

远去的书香

　　三年前，我结束了一段风尘仆仆的域外旅行，却没有结束大洋彼岸带来的空茫。我如期回到天津，回到熟悉的环境和人群，却不知道家园在哪里，我甚至怀疑，一个读书人的精神深处是不是还需要一座家园。就在我独自彷徨的时候，"席殊"书屋——一个充满了哲性诗意的小木屋出现了。它没有华贵外表，却品位独具；它没有站在云端，却令人仰望。它就像是一个驿站，一个港湾，朴素而雅致，温暖而沉静。读书人在这里小憩，可以忘却喧嚣的市声，红尘的烦恼，可以为人生充电，为心灵洗尘。

　　曾经梦想过，自己也能开一家精品小书店。它面积不大，门脸隐蔽，静悄悄缩在幽僻的街巷，却自有书香弥漫其间，书友流连忘返。最重要的是，它可以满足自己坐拥书城、置身家园的某种想象。

　　15年前，我第一次听说北京有家专营学术书籍的"风入松"书店，一下子就记住了，并直奔那里。该书店"隐匿"于北京大学南门边的一处地下室，其名"风入松"取自古词牌，由汪曾祺先生亲笔题写，已成为京城的一个文化地标。进去后沿楼梯下去，眼前是一条曲径通幽的走廊，两侧贴着很多名言，最醒目的是海德格尔那句话——"人，诗意地栖居"。我一步一步走着，像踏在朝圣之路，走廊尽头图书满目，书香扑面，人头攒动，别有洞天。我看到许多或站或坐的书友正在凝神翻书，正所谓物以类聚，人以群分，他们衣着朴素，面容安详，目光清澈，表情专注，剪影般留存在了我的记忆深处。

知道"风入松"关闭的消息，是去年夏天的事。我一时无语。一些书友心情沉重，唏嘘不已，纷纷在网上贴出"悼词"，形容自己的内心像是遭遇了一次寒流。"风入松"书店开业于1995年10月，季羡林先生的《牛棚杂忆》首发式曾在这里举行，邓广铭、任继愈、张岱年、王永兴、李赋宁等名硕鸿儒也曾"群贤毕至"。其之前之后，北京万圣书园和国林风、上海季风、杭州百通、南京先锋、贵阳西西弗、长春学人等品牌书店相继涌现，大有争妍斗奇之势。然而好景不再，昨是今非，悄然之间"诗意地栖居"竟成风华往事，恍若隔世。如今，网络购书占尽天时地利，以近乎野蛮的方式大面积疾速推进，既实惠且时尚，那些囊中羞涩、深受书价攀升折磨的读书人不禁奔走相告，快意转身。相形之下，承受着租金、税制和各种开销压力的民营实体书店则每况愈下，惨淡经营，最终甘拜下风，黯然凋零。更有论者推波助澜，认为市场规律，优胜劣汰，天经地义，书店既然属于经营性质，就只能愿赌服输。据统计，这些年全国各地倒闭的民营实体书店已逾万家，可以想象，那该是怎样悲壮的一幕。

央视主持人白岩松曾对此激昂陈词：你要问我知道这样一个消息是该笑还是该哭？理论上作为一个还敢号称自己是一个读书人的人，我应该哭，但是我不哭，哭没有用，即便我哭得悲伤逆流成河了，但是市场不相信眼泪……为什么一些民营书店倒闭了之后，我们会叹息呢？因为这些年经过民营书店这种努力，的确给读书人找到了一个可以读书、买书的合适的地方，那种氛围让人非常喜欢。那种欲哭无泪的痛苦，相信无数书友都会感同身受。

面对坚硬的物质现实，人很容易变得实际和世故。我越来越清楚，开书店的梦想，永远也只能是个梦想了。我变得精打细算，锱铢必较，非但如此，那种对于民营实体书店近乎雪上加霜的事，老实说我也干过。我是一家小书店里的资深会员，它曾被我视为灵魂驿站、精神港湾，安顿过我空茫、疲惫的心，而今已趋冷清，却仍在勉力支撑。去冬我习惯地在那里转悠，也仅仅是转悠，装模作样地翻翻书，问问价，暗中记下书名、作者和出版社，然后回去网购。清夜扪心，我没有窃喜，反而自责，这种勾当与趁火打劫又有何区别？书香渐行渐远，是因为沾了越来越多的铜臭。我决定不再网购。尽管有如"杯水车薪"，我还是愿意坚持下去。有朋友从荷兰回来，谈起印象最深的就是书店，且不说阿姆斯特丹，即使是人口仅 12 万的小城莱顿，就有书店十几家，与之相比，我们国家现有的书店不是太多，而是太少了。书店毕竟是一个散发书香的特殊实体，致力于文化普及、学术传承，具有某种公益性质，相应的政策扶植，显然是非常必要的。

然而情况似乎远没有结束。据书业潮人断定，人类正在进入电子阅读称霸的数字化时代，倘若属实，受此毁灭性冲击的则不限于实体书店，而是整个纸质书籍。但我相信，总会有许多人对书香情有独钟。阅读专业书籍或经典作品，纸质书籍带来的是文化的品味，艺术的享受，因其妙不可言，所以无可替代。真正的读书人，从来不是读过一本好书就完事，而往往买下来，心里才会踏实。这意味着纸质书籍不可能消亡，而只能说，电子阅读为人类汲取知识提供了一种新的便捷方式，两者各有优势，相得益彰，给了读书人更多选择。

无"错"怎成书?

自古代至民国,受出书的历史条件制约,"无错不成书"早已成了业内"顽疾",为历代读书人所诟病。道理很简单,既然书籍有错,为什么还要面世?于是可以理解了,一向有"语林啄木鸟"之誉的《咬文嚼字》最近何以再次说"不",并将纠错的目标锁定在这些年获"茅奖"的部分作品,包括《尘埃落定》《无字》《暗算》《秦腔》《额尔古纳河右岸》《湖光山色》《推拿》《蛙》等名著。据说已经查出不少差错,主要集中在三方面:1. 词语的误解误用;2. 知识性缺陷;3. 错别字——皆为书刊编辑、出版中的常见问题。

纠正书籍中的种种错讹无可厚非,特别是一些名家的笔误更容易以讹传讹,其社会影响不可小视。这里面,属于字、词、句、语法和常识方面的致命硬伤,纠错当然是没商量。追求书籍出版的完美无瑕,无疑是对读者的负责任态度,理应嘉许,需注意的是,对不同情形要甄别对待,以尊重和保护作家的文学书写个性,避免为求疵而求疵,纠缠于细枝末节刻意显微或放大,否则,这种直击式的锁定纠错之举很可能事倍功半,新闻效果大于实际意义。

据我观察,所谓书籍之"错"往往也存在着其他可能,比如内容的歧义,词语的"另类",修辞逻辑的"逆反",就不可一概而论。应允许可以有不同的理解和表述,这不仅仅是一种包容的境界,更有助于思想文化领域的发展。从某种意义说,有"错"才会引起怀疑、辨析、争鸣、纠正,并由此获得长进。编了大半辈子教材的张中行先

口音里的乡愁

生这样认为，课本应该好坏文章都要选，他的理由是，优秀的文章可以为学生提供"取法乎上"的营养，多病的文章"作用相反，教学生如何避忌"，古人说的"开卷有益"正是这个道理。对于成长期的孩子，营养再好，若一味偏食必然适得其反，影响发育，而杂食显然更易于身体的免疫和强壮。

我还发现，更多的"错"往往出自文学作品，根由恐与作家从事的是创造性思维、个性化表达有关。其实他们未必就想冒犯什么，破坏什么，而是不喜欢在写作中按部就班，中规中矩，他们的书写与"范文"的要求很远，找出其毛病非常容易。钱钟书先生曾感慨："认识字的人，未必不是文盲。譬如说，世界上还有比语言学家和文字学家识字更多的人么？然而有几位文字语言专家，到看文学作品时，往往不免乌烟瘴气眼前一片灰色。"（《释文盲》）他在《谈艺录》中还提到"变易"现象："在常语为'文理欠通'或'不妥不适'者，在诗文则为'奇妙'而'通'或'妥适'之至。"视写作的语法规范不可逾越，对于某些作家可以说是恐怖的事。比如萧红，比如张承志，要求他们适应语法规范是困难的，也是痛苦的，萧红拥有"越轨的笔致"（鲁迅语），张承志意欲"突破语法"（《美文的沙漠》），几乎就是出于本能。

文学作品一经抽筋剔骨的剖析，常常会令人惘然。高尔基在散文《海燕》中有"海燕像黑色的闪电，在高傲地飞翔"的描写，有人认为是很严重的病句："海燕，英文名（Petrel），鹱形目、海燕科，体长约13~25公分，体暗灰或褐色，有时下体色淡，腰白色。闪电：自然现象，是一些非常明亮的白色、粉红色或淡蓝色的亮线或亮光。经查证，海燕的身体颜色基本呈现为黑灰色，而闪电迄今为止还没有发现有黑色的。……这样的病句，不该登上大雅之堂，以免误人子弟，贻笑大方。为此，有必要把'海燕像黑色的闪电，在高傲地飞翔'修改一下，把修饰词'黑色的'改到主语'海燕'前面，修改成'黑色的海燕像闪电，在高傲地飞翔'。只有这样，才算更完美。"没人怀疑此修改动机充满善意，可是为什么让人生出索然之感呢？张爱玲的散文《天才梦》的结尾处有句话，"生命是一袭华美的袍，上面爬满了虱子"，人们都熟悉，在挑剔者眼里却绝非无懈可击。最近就有文章断言，这句话是病句，问题出在对"一袭"用法有误，"袭"本用于成套的衣服，"一袭"即一套，指上下两件，古代文献中就有多处"赐衣一袭"的记载，云云。读罢此文，我除了对作者的认真、执着感叹不已，剩下的只是无语。

鉴于此，有必要重申，生活实用语言与文学表现语言的功能是有显著区别的，而不可相提并论，前者仅仅是日常生活的信息传递手段，以明白晓畅、易于沟通为原则，后者则属于艺术世界中的特殊语码，注重暗示性和隐喻性，意在唤起人们对于生活和世界的五味杂陈的多重感受，以实现"陌生化"效果。苏联作家肖洛霍夫的史诗巨著《静静的顿河》中有这样一段描写，葛里高利携阿克西妮娅"私奔"，途中阿克西妮娅被流弹击中，死在了葛里高利怀里，"他仿佛是从一个苦闷的梦中醒来"，眼前竟出现了"黑色的天空"，和一轮"黑色的太阳"。出太阳的天空怎么会是黑色的？太阳更不可能是黑色的。但没有人会追究作家违背生活常识，我们相信，此景此境此刻中的人物，其幻觉有可能发生反自然的主观变异。这时候，有语病的语言反而更有意味，它能够为读者带来如临其境的奇效。

作家所习惯于使用的文学语言，本质上是与语法规范相抵牾的，有意或无意地屡屡犯一些"语言的错误"，也就不足为奇。明人袁宏道的解释是，他们"大都独抒性灵，不拘格套，非从自己胸臆流出，不肯下笔。有时情与景会，顷刻千言，如水东注，令人夺魂。其间有佳处，亦有疵处，佳处自不必言，即疵处亦多本色独造语"。现代美学家朱光潜先生则说得比较直白："一个人的心理习惯如果老是倾向这种'套板反映'，他就根本与艺术创造无缘。"其情其境，其滋其味，文学中人的感受自然更直接，更深刻。科学语言注重精确性，公文语言讲究规范性，文学语言追求模糊性，指出其属性区别，并非凸显"无错不成书"的片面合理性，而是为了强调回到有关"常识"，发挥书籍的应有效用。